MORTS EN COULISSES

Mary Jane Clark est productrice au bureau new-yorkais de la chaîne d'information CBS News. Parallèlement à sa carrière, elle écrit des romans à suspense ; tous sont de grands succès de librairie.

Paru dans Le Livre de Poche :

CACHE-TOI SI TU PEUX

DANSE POUR MOI

NUL NE SAURA

NULLE PART OÙ ALLER

PUIS-JE VOUS DIRE UN SECRET ?

SI PRÈS DE VOUS

VOUS NE DEVINEREZ JAMAIS !

MARY JANE CLARK

Morts en coulisses

TRADUIT DE L'ANGLAIS (ÉTATS-UNIS) PAR MATHIEU PÉRIERS

L'ARCHIPEL

Titre original :

LIGHTS OUT TONIGHT

Publié par Saint Martin's Press, New York.

*À Elizabeth, ma joie et ma fierté,
qui m'a soufflé le point de départ
de cette histoire.*

Prologue

Dimanche 30 juillet

La voiture d'un modèle récent était garée à quelques pas de l'entrée de la supérette, sur une place réservée aux handicapés. Une personne tout ce qu'il y a de valide ouvrit la portière du véhicule et s'assit à la place du conducteur. Elle décapsula une canette de soda et la porta à ses lèvres desséchées. Un bonheur, que cette première gorgée glacée. La seconde fut en revanche gâchée par un importun, qui lui lança par la vitre ouverte :

— Hé, vous savez pas lire, ou quoi ? Vous n'avez rien à faire ici !

Ignorer le jeune homme dégingandé, vêtu d'un short et d'un tee-shirt noir portant l'inscription « I love New York », n'était visiblement pas la solution. N'obtenant pas de réponse, il se pencha à l'intérieur et poursuivit sa diatribe :

— Hé, je vous parle ! Vous m'entendez ? Cet emplacement est réservé aux handicapés.

— Laissez-moi tranquille, voulez-vous...

— Vous laisser tranquille ? Hors de question. Vous n'êtes pas invalide à ce qu'il me semble. Dégagez !

— Allez, viens, Tommy. Laisse tomber, c'est pas si important que ça, lui dit la jeune femme qui l'accompagnait en le tirant par le bras. Allons-nous-en.

— Mais si, Amy, c'est important ! s'insurgea le jeune homme. Par manque de civisme ou par paresse, cette personne occupe la place de quelqu'un qui pourrait réellement en avoir besoin !

— Arrête tes grands discours tout juste bons à impressionner ta copine, lui lança le conducteur en démarrant vivement.

D'une marche arrière rageuse, il quitta la place de parking sous le regard médusé des deux jeunes gens. En s'éloignant, il jeta un coup d'œil dans son rétroviseur. La fille était en train de le prendre en photo avec son téléphone portable ! Et s'ils allaient ensuite trouver la police pour signaler son incivilité ? Étant donné le degré d'énervement de l'énergumène, ils en étaient bien capables. Et, avec les moyens informatiques dont elles disposaient, les autorités ne seraient pas longues à identifier sa plaque minéralogique et à le retrouver.

Pas bon du tout. Si jamais j'ai la police dans les pattes, je peux dire adieu à tous mes plans..., pensa le conducteur.

*

Tommy et Amy, engagés dans une grande discussion à bord de leur vieux cabriolet jaune, capote baissée, n'avaient pas remarqué la voiture qui les suivait depuis maintenant une dizaine de minutes sur cette petite route sinueuse.

Le conducteur qui les filait connaissait bien les environs. Une fois dépassés les étables et le dernier corps de ferme, ils ne rencontreraient plus âme qui vive avant des kilomètres. La route allait grimper à flanc de colline, l'endroit idéal pour agir.

Le conducteur secoua la tête en voyant les deux jeunes gens se passer un joint. Pour donner des leçons, ils étaient forts ! Mais ils étaient les premiers à contourner la loi quand ça les arrangeait, sachant sans doute qu'aucune voiture de police ne patrouillait jamais dans le secteur... Ni policiers ni témoins, l'accident serait imputé à leur consommation de marijuana, que l'on ne manquerait pas de détecter lors de l'autopsie. Parfait !

Tommy déplia son bras et le passa autour des épaules de sa compagne, qu'il attira contre lui. Le premier choc les surprit. Tommy jeta un coup d'œil dans son rétroviseur tandis qu'Amy se retournait pour voir ce qui se passait. Tous deux reconnurent immédiatement leur agresseur. En un geste de défi, le jeune homme tendit son majeur. Le conducteur en profita pour heurter de nouveau l'arrière du cabriolet, qui fit une embardée.

Agrippant cette fois le volant à deux mains, Tommy tenta de reprendre le contrôle de son véhicule. La troisième collision les déporta vers la gauche de la chaussée. La quatrième les précipita dans le vide.

*

Quand le conducteur arriva au fond du ravin, le cabriolet gisait sur le toit, ses roues tournant encore dans le vide. Il s'assura que le pouls de ses victimes ne battait plus et chercha le téléphone portable de la jeune fille, qu'il empocha.

Lundi 31 juillet, au matin

Le garagiste inspecta la voiture avec circonspection. Le pare-chocs avant enfoncé, deux phares cassés, une aile froissée.

— Vous êtes rentré dans quoi ?

— Une autre voiture.

— Pas de blessés ?

Le mensonge franchit ses lèvres sans difficulté aucune.

— Heureusement, non !

— Bon, je peux vous la bichonner pour la fin de la semaine, reprit le garagiste.

— En fait, j'en ai besoin aujourd'hui...

— Impossible, regardez vous-même, dit l'homme en balayant de la main le parking encombré de véhicules. J'ai du boulot par-dessus la tête.

— Votre prix sera le mien, je paierai...

En attendant que les réparations soient effectuées, le propriétaire de la voiture alla s'installer dans un café, où il commanda un petit déjeuner. Une fois ses œufs brouillés avalés, il consulta le téléphone portable qu'il avait récupéré dans la poche de la fille. Le dernier message avait été envoyé à une adresse Internet : bright-lights999@hotmail.com.

Il avait été expédié à 17 h 47. Se pouvait-il qu'Amy ait tenté de prévenir son destinataire au moment où le cabriolet chutait dans le vide ? Avait-elle envoyé la photo de la voiture qui les précipitait vers la mort ?

Il allait falloir mettre la main sur ce bright-lights999…

MERCREDI 2 AOÛT

1

L'alarme du réveil déchira le silence qui régnait dans la pièce. Caroline garda pourtant les yeux résolument fermés. Il ne pouvait pas déjà être l'heure de se lever. Elle poussa un faible grognement en tournant la tête vers la table de nuit. Les chiffres verts scintillaient dans le noir. 4 heures. Il était hélas temps de se préparer. Dans trente minutes, Rodney l'attendrait en bas de l'immeuble.

Caroline trouva le courage de rejeter la légère couverture et s'assit sur son lit. Elle poussa un soupir en cherchant l'interrupteur de la lampe de chevet. Mais soupirer ne servait à rien. Elle savait qu'elle n'avait à s'en prendre qu'à elle-même. Si la veille, avant de quitter le bureau, elle avait terminé ce qu'elle avait commencé, elle aurait pu dormir deux ou trois heures de plus et n'aurait pas été obligée de se lever aux aurores pour achever la préparation de sa chronique. Mieux, si elle l'avait enregistrée en fin d'après-midi, elle n'aurait pas eu à venir aux studios de toute la matinée. Mais bon, les choses étaient ce qu'elles étaient... Et, à présent, il lui restait tout juste le temps de boucler le sujet qui serait diffusé dans « Key to America », l'émission d'information matinale la plus regardée du pays. Un sujet qu'elle n'avait pas intérêt à bâcler. Linus Nazareth, le producteur exécutif, exigeait de chacun le meilleur – voire plus. Et il l'attendait au tournant... C'est du reste à cause d'une discussion animée avec ce dernier qu'elle était partie avant d'avoir terminé la rédaction de son intervention. Caroline avait préféré quitter le bureau de Nazareth avant de prononcer des paroles qu'elle aurait à regretter. Ensuite, trop énervée, elle avait été incapable de se concentrer.

Elle ressentit comme une agression sur sa peau claire le jet de la douche, d'ordinaire si apaisant. Peu à peu, l'eau chaude qui coulait sur elle l'aida à rassembler ses esprits. Elle se shampouina rapidement, puis rinça ses cheveux bruns. En sortant de la cabine, elle prit une serviette qu'elle noua sur sa tête. Ainsi enturbannée, elle en saisit une autre et se frotta vigoureusement le dos, puis les jambes. Caroline n'essuya pas la buée qui recouvrait le miroir de la salle de bains. Si son visage et ses yeux portaient encore la trace de ses pleurs de la veille, elle ne voulait pas les voir. Merci, monsieur Nazareth !

Elle s'en voulait à présent de s'être laissé traiter de la sorte par cet individu pour qui elle n'éprouvait pas le moindre respect. Linus Nazareth ne possédait en effet aucune des qualités humaines qui font que l'on admire quelqu'un. La seule chose qu'on pouvait lui reconnaître était son professionnalisme. C'était un producteur de génie. Même si Caroline se demandait parfois s'il était aussi brillant que cela. Ses manières rustres et sa façon de toujours hurler ses directives cachaient peut-être un profond manque de confiance.

Assez perdu de temps en conjectures sur ce type, pensa Caroline. Elle rassembla ses affaires de toilette dans une trousse, qu'elle déposa ensuite dans la valise posée à même le sol de la chambre. Ce soir, je suis avec Nick. Elle plia avec précaution la petite nuisette en dentelle que son mari aimait tant et la plaça au-dessus de la pile de vêtements. Elle s'apprêtait à fermer la valise quand elle repensa à la paire de sandales que Meg voulait qu'elle lui apporte.

Caroline se dirigea vers la chambre de sa belle-fille et ouvrit le grand placard. D'un coup d'œil, elle aperçut les chaussures en cuir souple qu'elle et Nick lui avaient achetées à Capri, au cours de leur lune de miel. En se penchant pour les attraper, elle remarqua un sachet en plastique transparent qui traînait dans un coin. Elle le ramassa et vit avec stupeur ce qu'il contenait : de la marijuana et un paquet de feuilles à rouler.

Elle sentit son corps entier se tendre en observant sa trouvaille. Quelle attitude adopter ? En parler en tête à tête avec Meg ? Prévenir Nick ? Caroline n'avait aucune idée de ce qu'elle devait faire, chaque solution pouvant se révéler désastreuse. Seule certitude, il s'agissait d'un problème épineux. Pas un de ceux qui se résolvent d'eux-mêmes, d'un coup de baguette magique.

Consciente que le temps filait, Caroline reposa le sachet où elle l'avait trouvé. Pour le moment, il était aussi bien dans le bas du placard. Elle prit la paire de sandales et retourna dans sa chambre. En hâte, elle se vêtit du chemisier violet et de la jupe blanche qu'elle avait préparés la veille avant de s'écrouler sur son lit, enfila une paire d'escarpins à hauts talons, peigna ses cheveux encore mouillés, attrapa son sac à main et se dépêcha de quitter l'appartement, tirant sa valise à roulettes derrière elle.

Quand les portes de l'ascenseur s'ouvrirent au rez-de-chaussée, elle aperçut, derrière la porte vitrée de l'immeuble, la voiture qui l'attendait.

— Bonjour, lui dit l'homme tout sourire en lui ouvrant la portière de la berline bleu marine.

— Merci, Rodney, lui répondit-elle. Ça fait plaisir de vous revoir. Il y avait un moment.

Le chauffeur mit sa valise dans le coffre pendant qu'elle s'asseyait sur la banquette arrière. La plupart du temps, quand elle était mieux organisée et n'avait pas à partir aux aurores, Caroline prenait un taxi pour se rendre à Key News. Mais, à cette heure, il était plus pratique et plus sûr de s'adresser à l'un des chauffeurs de la chaîne.

Alors qu'ils roulaient vers Central Park Ouest, Caroline entendit son portable vibrer.

— Allô, fit-elle après l'avoir trouvé dans son sac.

— Comment va mon rayon de soleil ? lui demanda une voix masculine.

— Nick ! s'exclama-t-elle, radieuse, en s'enfonçant dans le siège en cuir. Que fais-tu debout à cette heure ?

— Tu sais, il n'est que 1 h 30, ici.

— Comme si je pouvais oublier un seul instant où tu te trouves, alors que j'aimerais tant que tu sois là, à côté de moi. Mais tu n'as pas répondu à ma question : que fais-tu encore debout ?

Caroline entendit son mari soupirer à près de cinq mille kilomètres de distance.

— Une dernière retouche au scénario. Le réalisateur voulait que je modifie la scène de la laverie automatique. Et ça y est, je pense que j'ai trouvé le bon angle. En tout cas, il faut que ça lui plaise, car je ne change plus rien. Fini. Je suis bien décidé à prendre le premier vol cet après-midi. J'ai tellement hâte de te retrouver.

— Oh, moi aussi, lui assura Caroline qui baissa la voix avant de poursuivre. J'ai l'impression qu'il y a une éternité que nous nous sommes quittés.

— Ce n'est pas une impression, c'est la réalité. Ces trois semaines sans toi m'ont paru interminables. Tu me manques...

Caroline regarda par la vitre tandis que le chauffeur prenait la 63e Rue avant de tourner sur Colombus Avenue.

— Trois semaines, c'est très long. Surtout quand on est mariés, depuis seulement trois mois... Un quart de notre vie de couple l'un sans l'autre, Nick. Tu te rends compte ? Et tout ça à cause de ce film... Que se passe-t-il donc ?

— Je sais, je sais, lui répondit-il. Tout va s'arranger, maintenant. Mais ce voyage était indispensable, chérie. Tu en étais d'ailleurs convenue...

— Oui, bien sûr, mais j'ai du mal à accepter la séparation, dit-elle alors qu'ils dépassaient le Lincoln Center.

— Alors, nous sommes sur la même longueur d'onde, répliqua Nick en éclatant de rire. Nous n'aimons pas vivre éloignés l'un de l'autre. Heureusement, je vais bientôt pouvoir plonger de nouveau mon regard dans tes magnifiques yeux bleus... Au fait, et toi, que fais-tu debout à cette heure si matinale ? J'appelais sur ton portable pensant y laisser un message. Je n'imaginais pas que tu décrocherais.

— J'ai une chronique au cours de la deuxième partie de l'émission et je n'ai encore rien préparé.

— Vilaine fille ! la taquina-t-il. Ça ne te ressemble pourtant pas. Que s'est-il passé ?

— À la dernière minute, Meg m'a appelée de Warrenstown pour me communiquer la liste de tout ce qu'elle voulait que je lui apporte. Et, comme ta fille a des goûts très arrêtés, ça a pris du temps. Je voulais être certaine de ne pas me tromper.

Caroline ne mentionna pas le sachet d'herbe qu'elle avait découvert dans la chambre de Meg, ni le terrible savon qu'elle avait essuyé la veille de la part de Nazareth. Elle lui en parlerait – au moins du second point –, mais elle attendrait pour cela qu'ils soient l'un en face de l'autre. Elle ne voulait pas aborder le sujet Linus au téléphone.

— C'est gentil de ta part, reprit Nick. Je sais que tu te donnes extrêmement de mal avec Meg, et j'apprécie tes efforts, chérie. Je sais que ce n'est pas facile, et que Meg refuse tout dialogue, mais...

Sa phrase resta en suspens.

— ... mais je ne suis pas sa mère..., acheva Caroline.

Et je ne le serai jamais, pensa-t-elle au moment où la voiture s'arrêtait devant le siège de Key News.

Caroline savait qu'elle ne pourrait jamais remplacer la maman de Meg, décédée de la même maladie que la sienne. Elle aussi avait perdu sa mère à peu près au même âge. Quand Caroline était entrée à l'université, elle avait ses deux parents. Le jour de la remise de son diplôme, elle était orpheline. Un cancer du pancréas avait emporté sa mère alors qu'elle était étudiante en deuxième année. Dix-huit mois plus tard, son père succombait à son tour à une attaque cardiaque. Depuis, pas une journée ne s'écoulait sans qu'elle pense à eux.

C'est pourquoi Caroline avait compris le ressentiment de Meg à son égard dès le début de sa relation avec Nick. Elle représentait la femme qui prenait la place de sa mère dans le cœur de son père. Caroline avait d'abord fait montre d'empathie et déployé des trésors de compréhension, excusant la mauvaise humeur perpétuelle et les sarcasmes continuels de sa belle-fille, mais sa patience s'effritait. Lutter quotidiennement contre une adolescente hostile était usant. Aussi Caroline avait-elle été soulagée que Meg parte à Warrenstown pour l'été.

Le sachet de marijuana découvert dans le placard, synonyme de nouvelles tensions, ne faisait qu'augmenter son appréhension et son stress à l'idée de la revoir bientôt. Un stress déjà élevé en raison de la crainte qu'elle avait de perdre son emploi...

2

Nick examina le contenu du minibar. Son choix s'arrêta sur une mignonnette de vodka. Il mit deux glaçons dans un verre, y versa le liquide transparent et le porta à ses lèvres. Il arpenta un instant la chambre d'hôtel avant de s'installer confortablement dans un fauteuil. Il ôta ses chaussures et s'empara du dossier posé sur la table basse. Bien que vivant à l'ère de l'informatique, il prenait toujours la précaution de conserver une trace écrite de ce qu'il produisait. Une fausse manœuvre et le travail de toute une journée pouvait disparaître. Il en avait plusieurs fois fait l'amère expérience...

Nick relut une nouvelle fois les pages imprimées et afficha un sourire de satisfaction. Il se leva et se dirigea vers son ordinateur. Quelques clics plus tard, il avait envoyé la scène retouchée au réalisateur. Il alla de nouveau vers le minibar et se servit une autre vodka. De retour dans le fauteuil, il alluma la télévision et jeta un œil distrait à l'écran.

Le projet qu'il venait de boucler avait été un travail de longue haleine, et il espérait à présent que les modifications qu'il avait apportées au scénario seraient les dernières. Il avait conscience que le film qui allait être tourné serait bien différent de celui qu'il avait imaginé au départ. Mais, depuis qu'il travaillait pour le cinéma, il avait appris à se plier aux exigences des réalisateurs et des producteurs. Il fallait bien accepter de retoucher ses textes si l'on voulait voir son nom apparaître au générique. Même s'il n'aimait guère ces compromis...

Deux ans plus tôt, quand sa pièce avait été lue sur scène, à Warrenstown, il avait connu un moment de pure félicité. Pendant une heure vingt, les acteurs avaient donné vie à son œuvre sans en changer le moindre mot. Il avait alors conçu les plus grands espoirs pour sa dernière création. Une fois la lecture terminée, saluer le public, puis répondre à ses questions avait encore ajouté à son bonheur. C'étaient ces souvenirs qu'il voulait garder en mémoire, et non les terribles moments qui avaient suivi.

Nick avala une dernière gorgée et rinça son verre dans la salle de bains. Il regagna ensuite sa chambre en déboutonnant sa chemise, puis vida les poches de son pantalon. Il posa son portefeuille et quelques pièces sur la commode et demeura un instant à observer son reflet dans la glace. Pas mal conservé pour un type de mon âge, pensa-t-il. Même s'il admettait que les dernières années avaient fait leur œuvre. Son visage était plus marqué et de nombreux cheveux blancs parsemaient désormais sa crinière noire. En fait, pour être honnête, le blanc dominait à présent. Il fit un pas de côté pour se regarder de profil. Grâce à la fréquentation régulière d'une salle de gymnastique, il pouvait se targuer d'avoir le ventre plat. Quant à sa pratique assidue du golf, elle lui permettait d'entretenir ce hâle qui mettait en valeur ses dents d'un blanc éclatant et ses yeux bleus. Pour quelqu'un de quarante-six ans, il s'en tirait bien.

Évoquer son âge le laissa songeur. Il avait sans doute déjà dépassé le mitan de sa vie. Jusque-là, il n'avait jamais vraiment dressé de plans d'avenir, faisant confiance à l'existence, estimant que les problèmes se résoudraient d'eux-mêmes. Et cette philosophie lui avait plutôt réussi. Il avait eu un mariage heureux, duquel était née une fille qu'il chérissait et, professionnellement, sa carrière était florissante. Seul point noir, le décès de Maggie. Mais, moins d'un an après, au cours de la projection d'un film en avant-première, il faisait connaissance de Caroline Enright.

D'emblée, Nick avait été séduit par la jeune femme quand elle s'était présentée à lui. Elle était alors journaliste pour la presse écrite et souhaitait le rencontrer afin de l'interviewer. Nick n'avait pas vraiment envie d'accorder d'entretien, mais il avait vu là l'occasion de passer un moment avec la première femme qui l'attirait depuis la mort de Maggie. Il lui avait proposé un déjeuner au Four Seasons. Attablés non loin de la piscine, ils avaient rapidement abordé des sujets personnels. Nick avait confié à Caroline que sa femme venait d'être emportée en quelques semaines par un cancer foudroyant, et que sa fille traversait depuis une sale période.

— Mais vous aussi, vous devez vivre des moments difficiles, lui avait-elle répondu en posant sa main sur la sienne, en signe de réconfort.

Gênée par son geste qui pouvait être mal interprété, elle l'avait aussitôt retirée. C'est en ressentant son trouble que Nick tomba amoureux d'elle. À présent, il était l'heureux époux d'une jolie femme déterminée, de douze ans sa cadette.

Il se mit au lit mais ne parvint pas à trouver le sommeil.

Dans moins de vingt-quatre heures, il serait dans les Berkshires, en compagnie de Caroline cette fois. Il n'avait pas souhaité se rendre à Warrenstown l'été dernier. Trop nombreux étaient les événements qu'il n'avait pas envie de se remémorer. Ce qui était arrivé à Maggie après leur dernier été ensemble ainsi que la trahison qu'il lui avait infligée étaient des souvenirs qu'il voulait effacer de sa mémoire...

3

Tandis que la coiffeuse lui séchait les cheveux, Caroline maintenait une poche de glace sur ses yeux gonflés. La maquilleuse prit ensuite le relais. Elle allait lui appliquer une première couche de fond de teint quand Constance Young fit son apparition. Aussitôt, Caroline se leva pour céder sa place à la présentatrice-vedette de « Key to America ».

— Assieds-toi, Constance. Je finirai plus tard.

Sans un mot, cette dernière s'installa dans le fauteuil. En sortant, Caroline sentit une tension bien palpable dans la loge. Elle savait que Constance et Harry Granger étaient actuellement sous pression. Les derniers sondages indiquaient une chute de l'audience de quelques points. Et, comme les recettes publicitaires étaient indexées sur les taux d'écoute, des millions étaient en jeu. Tout le monde était à cran, à commencer par les deux présentateurs et le producteur exécutif de l'émission.

De retour dans son bureau, Caroline alluma son ordinateur portable et se mit à rédiger la chronique du film qu'elle devait présenter à l'antenne. Elle était soulagée, même si ce n'était pas une surprise pour elle, d'avoir aimé le dernier film de Belinda Winthrop. La suivre pendant toute la durée du festival de Warrenstown pour brosser son portrait se serait révélé délicat si elle n'avait pas apprécié sa dernière prestation. Mais Caroline avait vraiment été enthousiasmée par l'interprétation de la comédienne – comme par les précédentes. Et elle avait vu tous ses films...

Caroline avait l'impression qu'elle s'intéressait à la carrière de l'actrice depuis toujours. Quinze ans plus tôt, à seulement vingt-trois ans, Belinda avait remporté son premier Oscar pour le rôle de Leslie Crosbie dans le remake du film *La Lettre*. En 1940, Bette Davis, qui interprétait ce même personnage, avait vu la récompense lui échapper au profit de Ginger Rogers, pour son rôle dans *Kitty Foyle*. Belinda avait séduit tant les critiques que le public et c'est avec sa première statuette en or qu'elle avait quitté la cérémonie. Caroline avait vu *La Lettre* à cinq reprises. Et elle aurait été bien incapable de dire combien d'heures elle avait passées à regarder les films de l'actrice.

Quand les adolescents de son âge traînaient en ville les samedis après-midi, Caroline préférait s'enfermer dans l'obscurité d'une salle de cinéma. Au lycée, elle rédigeait déjà des critiques de films pour le journal de l'école. Elle avait ensuite fait fructifier cette première expérience en mettant sa plume et son regard avisé au service de publications de plus en plus prestigieuses, jusqu'à ce qu'elle décroche ce poste de chroniqueuse spectacles pour « Key to America ». Le job de ses rêves. Du moins avant que Linus Nazareth ne l'ait dans le collimateur...

Chaque jour, elle recevait par dizaines des DVD présentant les prochaines sorties de films ou les nouvelles pièces de théâtre. Le fait que son avis pouvait influencer le public, et donc contribuer au succès d'un spectacle, lui valait également un nombre important d'invitations à des avant-premières, à des fêtes et autres voyages de presse, au cours desquels producteurs et patrons de studios tentaient de l'amadouer. Mais Caroline n'avait jamais dérogé à la règle qu'elle s'était fixée en début de carrière : toujours dire ce qu'elle pensait être la vérité. Cette franchise lui avait d'ailleurs valu plusieurs coups de fil d'insultes, plus rarement de menaces, de la part de professionnels qui n'avaient pas apprécié qu'elle émette des réserves sur la qualité de leur dernière production.

Une fois de plus, sa chronique matinale serait le

reflet de ce qu'elle pensait. Tandis qu'elle l'écrivait, elle prit conscience que Linus Nazareth ne la trouverait sûrement pas à son goût. Elle l'entendait déjà lui dire que ce n'était pas assez « nerveux ». Traduction : trop complaisant, absence de tout sens critique...

« Dans son trente-deuxième long-métrage, Belinda Winthrop apporte encore la preuve de son immense talent. Une nouvelle fois, comme souvent par le passé, elle incarne à la perfection son personnage... »

Caroline poursuivit à voix haute la lecture de sa chronique, sachant que c'était la meilleure façon de préparer son intervention. Son intonation devait être celle de la conversation, comme si elle s'adressait directement au téléspectateur. Lire à voix basse ne restituait pas la même chose.

— Ça donne envie d'aller voir le film, lui dit Annabelle Murphy, qui se tenait, bronzée, dans l'encadrement de la porte. Si on trouve une baby-sitter pour les jumeaux, j'essaierai de convaincre Mike de m'y emmener ce week-end. En plus, j'adore Belinda Winthrop.

— J'aurais préféré que tu viennes avec moi au festival d'été de Warrenstown plutôt que de rester à New York, lui dit Caroline en tapant les dernières lignes de son billet. Cela t'aurait permis de voir Belinda en chair et en os et, moi, cela m'aurait assuré la présence d'un producteur sur place.

— Oui, et moi ça m'aurait changée de la routine : un reportage sur les progrès technologiques en matière de mammographie... Passionnant ! Mais le pire, continua Annabelle en fronçant les sourcils, c'est que personne ici n'aura conscience du travail accompli : la recherche documentaire, la sélection des intervenants, l'écriture du scénario, la préparation du tournage... Les gens ne verront que Constance Young. À elle la gloire, comme d'habitude... Le métier de producteur est parfois bien ingrat.

— C'est vrai, elle récolte les lauriers, mais aussi le stress qui va avec, répondit Caroline. Et, en ce moment, j'ai le sentiment qu'elle est en première ligne, que la pression est vraiment très forte sur ses épaules. Quand je l'ai croisée tout à l'heure au maquillage, elle ne semblait pas vraiment détendue, loin s'en faut. Je sais que vous êtes amies toutes les deux, et je ne devrais peut-être pas te raconter tout ça, mais l'accueil qu'elle m'a réservé était, comment dire... glacial.

— Puis-je entrer ? lui demanda Annabelle, la main sur la poignée de la porte.

— Je t'en prie.

Une fois la porte fermée, Annabelle s'y adossa, ses yeux bleus embués.

— Mais tu pleures ? s'inquiéta Caroline.

— Oui, on dirait. Et je ne sais pas si c'est parce que j'ai de la peine ou parce que je suis en colère... Constance est ma meilleure amie, on se connaît depuis des années. On a débuté ensemble à Key News, elle comme journaliste, moi comme documentaliste...

Annabelle se tut, le temps d'essuyer une larme qui coulait sur sa joue.

— Quand j'ai arrêté de travailler pour élever les jumeaux, reprit-elle, Constance a continué son chemin. Elle s'est consacrée corps et âme à son métier de reporter, acceptant des enquêtes longues et difficiles, se portant volontaire pour effectuer les reportages dont personne ne voulait. Un résultat payant puisqu'elle coprésente aujourd'hui « Key to America »... Nous sommes restées amies tout au long de ces années. C'est même grâce à Constance que je travaille de nouveau pour la chaîne. C'est elle qui est allée voir Linus Nazareth après mon congé maternité. Elle a su trouver les mots pour que je sois embauchée. C'est encore Constance qui m'a soutenue quand j'ai connu une période délicate avec Mike[1]. Elle a toujours été là pour moi. Aujourd'hui, à mon tour, j'ai envie de l'aider. Je sens bien qu'elle en a besoin.

— C'est tout à ton honneur, lui répliqua Caroline qui ne savait trop quoi dire d'autre.

— Le problème, c'est que Constance n'accepte aucune aide. J'ai l'impression qu'elle s'est enfermée dans une tour d'ivoire. Elle repousse tous mes appels du pied. Elle n'a jamais le temps d'aller déjeuner. Elle ne répond pas aux messages que je lui laisse. Et, dès qu'on entame un semblant de conversation, elle devient irritable et perd patience. C'est tout juste si elle ne m'a pas envoyée bouler quand je lui ai demandé de faire une nouvelle prise pour le sujet que nous préparons ensemble. J'ai l'impression qu'elle a complètement changé. Je ne reconnais plus mon amie...

— Tu devrais essayer de trouver un moment pour la coincer et lui dire sans détour ce que tu as sur le cœur..., lui suggéra Caroline.

— Oui, peut-être, mais j'ai peur que notre amitié ne s'en relève pas, conclut Annabelle en secouant la tête. Constance est en train de couper les ponts avec tout le monde. Ce qui n'est jamais bon...

---

1. Voir *Nulle part où aller*, L'Archipel, 2006.

4

« Dans son trente-deuxième long-métrage, Belinda Winthrop apporte encore la preuve de son immense talent. Une nouvelle fois, comme souvent par le passé, elle incarne à la perfection son personnage... »

Au moins un point sur lequel Meg était d'accord avec Caroline. Elle aussi était une grande fan de l'actrice. Elle écouta la fin de la chronique de sa belle-mère et éteignit son poste de télé portatif. Elle enfila un tee-shirt blanc, un pantalon gris et une paire de tongs roses. Elle coiffa ses longs cheveux noir de jais en un chignon qu'elle maintint à l'aide d'une pince, prit en hâte le tapis de mousse bleu et se dépêcha de quitter sa petite chambre du campus de Warren College.

Ce matin, Meg avait été dispensée des exercices de stretching. Elle devait accompagner la troupe de *Devil in the Détails*. Deux répétitions étaient prévues aujourd'hui, l'une pour régler les ultimes détails techniques, l'autre en costume. Les derniers galops d'essai avant la première. Pourtant, Meg avait tout de même décidé d'assister au cours de gymnastique. Elle avait mal dormi la nuit précédente et un peu d'exercice lui ferait le plus grand bien.

Meg redoutait l'arrivée de Caroline dans l'après-midi. Malgré son emploi du temps chargé, elle ne pourrait éviter sa belle-mère. La dernière répétition débutait à 20 heures, et d'ici là elle trouverait toujours des excuses pour ne pas la voir. Mais après ? Il était de coutume, après un tel événement, que la troupe, les membres de la régie et certains invités de choix se retrouvent pour souper. Elle ne pourrait alors se défiler si Caroline lui proposait de s'asseoir à sa table. Elle avait de plus promis à son père de faire des efforts. Elle se doutait aussi, même si elle ne voulait pas trop y penser, que sa mère aurait souhaité qu'elle agisse de la sorte. Mais elle s'y refusait ; jamais Caroline ne prendrait la place de sa maman...

Marchant à grandes enjambées sur la pelouse du campus, Meg se surprit à ressasser pour la énième fois qu'il était injuste que sa mère ne soit pas là, au côté de son père, pour l'encourager alors qu'elle avait été sélectionnée pour participer au festival de théâtre de Warrenstown, à partager son excitation légitime au moment où allait se jouer une pièce que tout le monde attendait et à laquelle, modestement, elle prenait part. Il était également injuste que sa mère ne soit pas là pour assister à ses premiers pas sur scène, dans un spectacle qui serait donné en fin de semaine. Le pire étant que Caroline Enright-McGregor, elle, serait présente.

Pendant toute sa scolarité, sa mère n'avait cessé de lui répéter qu'il serait formidable, étant donné son aspiration à devenir comédienne, qu'elle passe un été à Warrenstown. La ville et l'université devaient leur nom au révolutionnaire James Warren, dont l'épouse, Mercy Otis Warren, était l'une des femmes les plus éclairées de son temps, auteur d'un nombre considérable de pièces, et à qui le festival se déroulant sur le campus rendait hommage chaque année.

Le nombre d'anciens élèves prestigieux et la possibilité de côtoyer les plus grands noms du théâtre faisaient du programme d'été de Warrenstown l'une des formations les plus courues du pays. Chaque été, quelque soixante-dix apprentis comédiens étaient recrutés comme stagiaires pendant la durée du festival, où ils effectueraient des tâches parfois ingrates. En contrepartie, ils avaient l'opportunité d'assister à des cours, à des répétitions et à des auditions. Certains se voyaient même offrir un petit rôle dans l'une des productions majeures du festival, ce qui signifiait jouer sur la scène principale devant plusieurs centaines de spectateurs, même si la plupart devaient se contenter d'apparitions dans des pièces du festival *off*, qui se déroulait à la cafétéria ou dans la chapelle désaffectée.

Depuis plusieurs années, Meg suivait le week-end des cours dans la célèbre école de Lee Strasberg et, durant les vacances, elle effectuait des stages à la New York Film Academy ou au Neighborhood Playhouse. Enfin, son rêve semblait prendre forme. Elle était à Warrenstown. C'était son dernier été avant qu'elle ne sorte diplômée de l'université – ses parents ayant insisté sur ce point –, et elle le passait ici.

Elle s'arrêta à la cafétéria, prit une banane et un verre de jus d'orange avant de se diriger vers une des salles du gymnase. Comment cette petite pièce, à la propreté douteuse, sentant le renfermé et où il faisait trop chaud, avait-elle pu être choisie pour qu'ils y débutent chaque journée ?

Quand les stagiaires avaient commencé leur programme, fin juin, ils avaient été informés que la séance de stretching matinale était obligatoire. Cependant, à mesure que l'été avançait, la fréquentation diminuait, les apprentis comédiens ayant remarqué qu'aucune sanction ne venait punir leurs absences.

Ils n'étaient qu'une petite trentaine et Meg trouva

sans problème un endroit pour étaler son tapis. C'était Derek qui allait ce matin diriger la séance.

Allongée sur le sol, Meg s'étira consciencieusement. Elle se demanda comment sa mère aurait réagi en apprenant la nouvelle. Une fois surmontée la déception de savoir qu'elle ne jouerait pas dans l'une des productions majeures du festival, elle se serait certainement réjouie de son affectation. Chaque soir, Meg serait en effet l'habilleuse de Belinda Winthrop. Maman aussi était une grande fan de l'actrice. Meg se souvint que, deux ans plus tôt, après le séjour qu'elle avait passé à Warrenstown avec Nick, Maggie n'avait pas tari d'éloges au sujet de l'actrice. Elle avait particulièrement apprécié son interprétation dans *Treasure Trove*, une comédie romantique écrite par Daniel et Victoria Sterling.

C'était avant qu'ils n'apprennent qu'elle assistait alors à son dernier festival, avant que la terrible maladie ne se déclare, avant que son père ne la remplace si rapidement... Au moins sa mère n'était-elle plus là pour constater cette trahison. Bien que révulsée à cette pensée, Meg était heureuse que sa mère ne sache pas que son père s'était remarié si vite.

5

Quand Caroline eut achevé sa chronique, la régie lança une salve de publicités. Elle quitta le plateau et enleva son micro. En sortant du studio, elle croisa le docteur Margo Gonzalez, qui allait prendre sa place à côté de Constance pour la rubrique suivante. Margo était la dernière recrue de « Key to America ». Psychiatre, elle avait été embauchée par la chaîne pour apporter aux téléspectateurs une expertise scientifique aux faits divers qui alimentaient chaque jour l'actualité.

C'était sa première semaine et Caroline avait sympathisé avec elle. Quels que soient le domaine d'expertise et le degré de compétence de chacun, débuter à la télévision n'était pas facile. Caroline en avait fait l'expérience six mois plus tôt. Travaillant pour la presse écrite, elle avait l'habitude d'évoluer en solo, n'ayant à se concentrer que sur les mots de son article pour exprimer son opinion. L'audiovisuel exigeait de prêter attention à bien d'autres détails, dont l'apparence et l'élocution. La caméra pouvait se montrer impitoyable. La moindre ride, la moindre mèche rebelle, le moindre lapsus, le moindre excès de poids... Tout était amplifié.

Caroline avait appris à porter des couleurs qui la mettaient en valeur. Elle avait aussi pris l'habitude de regarder toutes ses interventions pour les analyser de manière critique afin de corriger son sourire, son port de tête et, surtout, son phrasé – raison pour laquelle elle était même allée jusqu'à prendre des cours privés de diction avec un orthophoniste.

— Comment te sens-tu ? demanda Caroline à Margo.

— Un peu tendue. En fait, je vous admire vraiment, vous, les gens des médias. Tout a l'air si facile quand on est de l'autre côté, vous avez vraiment l'air naturel quand on vous regarde, mais en réalité il n'en est rien.

Caroline lui sourit.

— Ne t'en fais pas. C'est le début. Tu vas voir, tu vas vite t'habituer. Et puis n'hésite pas à m'appeler si tu as besoin d'un conseil.

*

Debout dans un coin de la régie, Caroline observait, sur l'un des nombreux écrans de contrôle qui tapissaient le mur, Constance lancer le nouveau sujet.

— Bien souvent, on s'aperçoit que les criminels qui défraient la chronique souffrent d'un trouble psychologique. Parmi eux, ceux qui font le plus peur sont sans doute les sociopathes. Qu'est-ce qu'un sociopathe ? Comment les reconnaître ? La nouvelle experte de Key News en matière de questions psychiatriques, Margo Gonzalez, va nous l'expliquer.

La caméra zooma sur Margo et son visage apparut en gros plan à l'écran. Caroline grimaça en constatant que la consultante n'était vraiment pas à son avantage ; elle était nettement mieux en réalité.

— Bonjour, Constance, attaqua-t-elle d'une voix assurée. Oui, les sociopathes font peur, et à juste titre. Une personne atteinte de cette pathologie ne possède en effet aucune conscience morale. C'est cela qu'il faut garder à l'esprit, Constance. Elle n'éprouve aucun sentiment de culpabilité, aucun regret, aucune empathie envers autrui, fût-ce un ami, un proche ou un membre de sa propre famille... Imaginez, vous commettez les actes les plus horribles, les plus répréhensibles, et cela ne vous affecte pas, vous ne ressentez ni honte ni remords.

— J'avoue que j'ai du mal à imaginer, ponctua Constance.

Margo acquiesça.

— Le nœud du problème se situe là. La plupart d'entre nous sommes en effet incapables de nous représenter un être humain dépourvu de toute conscience. Un sociopathe n'a donc aucun mal à dissimuler le fait qu'il n'en a pas. Jusqu'à ce qu'il soit trop tard...

— Jusqu'à ce qu'il commette un crime ? lui demanda Constance.

— Oui, car c'est souvent seulement à ce moment-là que l'on découvre la véritable personnalité de son auteur, reprit Margo Gonzalez. Mais il y a plus inquiétant, Constance. On imagine tous qu'un sociopathe est une brute sanguinaire. Or, d'après les dernières statistiques, quatre pour cent de la population souffrirait, à des degrés divers, de ce mal...

— Attendez, attendez une minute, la coupa Constance. Vous êtes en train de nous dire qu'une personne sur vingt-cinq serait un sociopathe qui s'ignore. L'information est quelque peu difficile à croire !

— En effet, Constance, cela fait froid dans le dos. Mais oui, votre voisin, votre patron, votre collègue, votre mari... n'importe qui dans votre entourage pourrait être sociopathe. Attention, j'insiste bien sur le conditionnel.

— Mais n'y a-t-il aucun moyen de les détecter ?

— Non, lâcha Margo. À moins de connaître les symptômes. Et encore, même en les connaissant, il n'est pas facile de poser un diagnostic. D'après les experts médicaux, un sujet est dit à risque lorsque l'on détecte chez lui trois de ces sept critères.

Un graphique apparut alors à l'écran, que Caroline lut tandis que Margo Gonzalez le détaillait à l'attention des téléspectateurs.

1. Inobservation des règles de vie en société.
2. Irresponsabilité chronique.
3. Impulsivité ; difficultés à planifier.
4. Conduite imprudente pour sa propre sécurité ou celle des autres.
5. Irritabilité ; agressivité.
6. Duplicité ; caractère manipulateur.
7. Absence de remords après avoir causé du tort à autrui.

— Y a-t-il d'autres détails auxquels faire attention, Margo ? lui demanda Constance après cette énumération.

— Les sociopathes peuvent souvent se montrer extrêmement séduisants et charmeurs. Charmants et intéressants. Capables de parler d'eux-mêmes en des termes très élogieux. Mais, comme je l'ai déjà mentionné, ce masque cache une absence totale de morale et de considération pour autrui.

— Eh bien merci, docteur Gonzalez, pour cet éclairage. Même s'il est quelque peu terrifiant. J'ai l'impression que, désormais, je vais voir des sociopathes à chaque coin de rue, conclut la présentatrice sur cette touche plus légère.

*

Tandis qu'une nouvelle vague de publicités était diffusée, Margo Gonzalez ôta son micro et se pencha vers Constance pour lui adresser quelques mots. La présentatrice ne leva même pas le nez de ses notes, ne faisant aucun effort pour se montrer agréable envers la nouvelle recrue de l'émission. Caroline éprouva de la compassion pour elle. Il n'était jamais facile d'être le dernier arrivé. Et « Key to America » pouvait se révéler un véritable panier de crabes...

6

Gus Oberon marmonnait tout seul en démêlant le tuyau d'arrosage. Le cabriolet Mercedes garé sur le parking de la propriété lui rappelait, comme chaque matin depuis trois semaines, que Belinda Winthrop était présente et qu'il l'avait dans les pattes. Alors qu'en temps normal il avait Curtains Up pour lui tout seul. Heureusement, Belinda l'avait prévenu de son arrivée, ce qui lui avait permis de quitter la maison principale pour réintégrer son logement de fonction, un petit appartement au-dessus du garage.

Depuis quelque temps, il était déjà obligé de partager le domaine avec un artiste assez étrange à qui Belinda prêtait l'ancienne écurie transformée en loft. Remington Peters n'était certes pas bien gênant, mais Gus aurait préféré qu'il ne soit pas là. Le type vivait dans sa bulle et ne sortait quasiment jamais, sinon pour aller en ville effectuer quelques courses ou prendre son courrier à la poste. Gus avait remarqué qu'il éteignait souvent la lumière de bonne heure. Ce Peters ne représentait donc pas une menace pour lui, au contraire de Belinda, à qui rien n'échappait...

Le régisseur de la propriété dirigea son jet vers les fleurs roses qui poussaient au pied du vaste corps de ferme. Heureusement, l'emploi du temps de Belinda était tel que ses séjours s'espaçaient de plus en plus. Elle n'avait pas mis ses pieds bien manucurés dans les Berkshires depuis l'été dernier, ce qui avait permis à Gus de mener ses propres affaires en toute tranquillité.

Sans le regard inquisiteur de Belinda, Gus gérait le domaine de soixante-quinze hectares comme bon lui semblait, s'occupant tour à tour des bois, des prairies, de l'étang et du petit cours d'eau qui traversait la propriété. À l'extrémité sud de Curtains Up, le ruisseau disparaissait sous terre, se mêlant à d'autres cours souterrains ayant creusé leur lit dans un dédale de grottes millénaires. Gus avait passé des heures à explorer ce réseau de cavernes, qu'il connaissait désormais comme sa poche et utilisait à bon escient...

Gus tourna le tuyau d'arrosage vers les jardinières de géraniums blancs posées sur les rebords de fenêtre, exaspéré par l'inanité de cette tâche. Tout le temps qu'il passait à planter des fleurs, arracher des mauvaises herbes, tailler des arbustes, tondre la pelouse, réparer une barrière, repeindre des volets ou s'occuper des mille et une choses qu'exigeait sa fonction était du temps qu'il ne consacrait pas à son activité lucrative. Mais il n'avait pas le choix. Conserver son emploi de régisseur à Curtains Up était primordial. Pour la bonne marche de ses affaires, il avait besoin de pouvoir aller à sa guise sur le domaine.

Gus plissa les yeux quand un rayon de soleil vint le frapper en plein visage. Il mit sa main en visière au-dessus de son front et tourna son regard vers la chambre de Belinda. Les rideaux étaient toujours tirés, et il y avait fort à parier qu'ils le resteraient ainsi pendant plusieurs heures encore. Ces gens de théâtre se couchaient souvent très tard et, par conséquent, se levaient à point d'heure. Tant qu'elle dormait, il était tranquille. Une fois qu'elle serait réveillée, il serait nerveux jusqu'à ce qu'elle parte pour sa représentation, emmenant avec elle son amie, l'auteur dramatique qu'elle hébergeait.

Gus descendit l'allée en observant les prés qui couraient de part et d'autre, couverts de fleurs multicolores et bordés d'arbres centenaires. Belinda possède vraiment une propriété magnifique, pensa-t-il en observant un papillon prendre son envol. Un endroit à des années-lumière de la maisonnette sordide qu'il occupait avant d'entrer au service de la comédienne. Un endroit à des années-lumière de la cellule où il avait passé trois ans de sa vie pour détention de marijuana...

7

Après la discussion animée qu'ils avaient eue la veille, la dernière chose dont Caroline avait envie était d'aller trouver Linus Nazareth. Mais il fallait pourtant qu'elle tente de le faire changer d'avis et qu'il revienne sur sa décision. Elle avait besoin qu'un producteur l'accompagne à Warrenstown. Elle laissa passer quinze minutes après la fin de l'émission avant d'aller le voir, le temps qu'il quitte la régie de « Key to America » pour regagner son bureau. Elle frappa à la porte ouverte.

Le producteur exécutif lui fit signe d'entrer.

— Quelle chronique, ce matin ! Combien Belinda t'a-t-elle donné pour lui passer la brosse à reluire ? attaqua-t-il d'emblée.

— Très drôle, Linus. Vraiment très drôle, lui répondit-elle en essayant de ne pas se laisser déstabiliser.

— Je ne plaisante qu'à moitié, Caroline, lui assena-t-il, assis derrière son bureau encombré. Je suis quasiment persuadé que ton prédécesseur était acheté par les studios. Je ne serais d'ailleurs pas surpris d'apprendre un jour qu'il touchait des pots-de-vin pour se payer sa coke...

Caroline n'avait aucune intention d'entamer une discussion sur les prétendus défauts du chroniqueur spectacles qu'elle avait remplacé.

— Écoute, Linus, lui répliqua-t-elle en mettant les mains dans les poches de sa jupe. Belinda est vraiment excellente dans son dernier film. Je te passerai le DVD et tu en jugeras par toi-même.

— Ne sois pas toujours sur la défensive, lui rétorqua le producteur exécutif en prenant le ballon de football américain qui traînait toujours sur son bureau. Et essaie de comprendre ce que je veux te dire. Tu aurais pu être plus incisive, créer la controverse... Mais non ! Ton sujet, c'était de la guimauve !

— Je suis payée pour donner mon opinion, n'est-ce pas ? Eh bien, j'ai trouvé le film bon, très bon même. Et il faudrait que j'affirme le contraire, juste pour le plaisir de polémiquer ?

Nazareth esquiva la question.

— N'empêche, poursuivit-il, que j'ai trouvé ta chronique bien trop fade, sans relief, rien de mémorable... Regarde un peu ce que font tes confrères des autres chaînes. Du punch, bon Dieu !

Caroline serra les poings sous l'effet de la colère.

— Eh bien, c'est entendu. Je pimenterai mes prochaines interventions, lui répondit-elle au bord de l'implosion.

Se sentant incapable de continuer la conversation de manière sereine, elle se dirigeait vers la sortie quand Linus la rappela.

— Hé, attends une minute, Caroline. Qu'avais-tu à me dire ?

Après tout, qu'ai-je à perdre ? pensa-t-elle.

Elle fit demi-tour et revint vers le bureau.

— En fait, je voulais de nouveau te demander qu'un producteur m'accompagne à Warrenstown.

— Et pourquoi donc ? s'enquit Linus en lançant le ballon en l'air avant de le rattraper.

— Tout simplement parce que ça me permettra de réaliser un reportage de meilleure qualité.

Le producteur exécutif bascula en arrière dans son fauteuil et les boutons de sa chemise Oxford de couleur bleue se tendirent sur son ventre rebondi.

— Je pensais que tu serais capable de t'en sortir toute seule, Caroline. Tu peux très bien, comme bon nombre d'autres chroniqueurs, indiquer à l'équipe technique ce qu'il faut filmer et prendre toi-même les rendez-vous avec les personnes que tu souhaites interviewer.

— Bien sûr, je vais m'en tirer. Mais tu sais comme moi, Linus, qu'avoir un producteur à mon côté me faciliterait grandement la tâche. J'aurais plus de temps pour peaufiner mon sujet et, surtout, au lieu de m'occuper des détails techniques, je pourrais préparer deux ou trois autres reportages…, lâcha-t-elle consciente que cet argument pouvait séduire le producteur exécutif, toujours avide d'audience. L'un sur le festival, l'autre sur cette nouvelle pièce pressentie pour le prix Pulitzer, qui sera créée sur place. Avec tout le battage autour de *Devil in the Details*, il y a fort à parier qu'elle sera prochainement à l'affiche d'un théâtre de Broadway, sans parler d'une probable adaptation cinématographique. J'ai déjà calé un rendez-vous avec Belinda Winthrop et, en fonction de ce qu'elle me dira au cours de l'interview, j'aurai peut-être suffisamment de matière pour un autre sujet…

Linus posa le ballon sur son bureau et se pencha en avant, suffisamment près d'elle pour qu'elle distingue la surface grêlée de ses joues.

— Écoute, Caroline, je sais que tu n'es pas à la télévision depuis très longtemps et qu'un producteur te rassurerait. Mais je n'en ai pas sous la main. Ils ont tous déjà une affectation ou sont en vacances. C'est l'été, on manque de personnel. Navré, mais tu devras te contenter d'un cameraman et d'un preneur de son.

Caroline se demanda si Linus Nazareth essayait délibérément de la déstabiliser en insinuant qu'elle était novice ou s'il n'avait fait qu'énoncer la réalité. Quoi qu'il en soit, le producteur exécutif avait fait valoir des arguments qu'elle ne pouvait contester. De plus, si elle insistait trop, cela pourrait être interprété comme un manque de confiance. Aussi préféra-t-elle se retirer.

En regagnant son bureau, Caroline était perplexe.

Si Nazareth la jugeait incompétente, pourquoi ne lui adjoignait-il pas un soutien éditorial ? À moins qu'il ait plus confiance en ses qualités qu'il ne le laissait penser ? Ou alors voulait-il qu'elle échoue pour pouvoir ensuite se débarrasser d'elle ?

8

La lumière qui inondait la pièce était superbe en cette heure de la journée. Remington Peters, debout devant l'immense baie vitrée du loft que Belinda avait fait aménager à son attention après l'incendie de son appartement, ne se lassait pas de la vue : le vert des prairies surmonté du gris foncé des montagnes dans le lointain.

Remington ne s'expliquait toujours pas la générosité de Belinda à son égard, même s'il se doutait que la culpabilité et la pitié entraient en ligne de compte. Lui aurait-elle sinon offert l'hospitalité depuis trois ans sans rien exiger en contrepartie ? Elle ne lui avait jamais demandé combien de temps il comptait rester. De même, elle n'avait jamais insinué que son séjour avait trop duré. Remington était un ami, un ami de longue date, répétait-elle à l'envi. Et sa maison était la sienne.

Ami. Ce mot lui fendait le cœur quand il l'entendait, lui qui vouait à Belinda un amour désespéré. Remington savait en effet que son amour n'était pas payé en retour – qu'il ne le serait jamais. Elle le lui avait dit dès le premier été qu'ils avaient passé au festival, quand ils s'étaient rencontrés – elle, une apprentie comédienne prometteuse, lui, un décorateur débutant. À la fin de la saison, il lui avait offert son cœur. En retour, elle le lui avait brisé...

Vingt ans plus tard, ils avaient tous deux gravi les échelons de leur art respectif. Le monde entier avait suivi l'ascension de Belinda Winthrop, l'une des actrices les plus talentueuses et les mieux payées de sa génération, qui collectionnait les récompenses au cinéma tout en remplissant les salles de Broadway. Les médias s'étaient rapidement intéressés à la carrière de la comédienne. Mais aussi aux aspects les plus privés de son existence. Depuis ses débuts, on avait pu, notamment dans la presse à scandale, assister à tous les soubresauts de sa vie, qu'il s'agisse d'un changement de coiffure ou d'un changement de petit ami... Chaque fois, Remington s'était senti meurtri par ce déballage, raison pour laquelle il avait arrêté de lire les articles qui lui étaient consacrés. Puis il avait peu à peu cessé d'allumer la télévision, tant le visage de Belinda apparaissait fréquemment à l'écran. À la fin, il avait même résilié ses abonnements au *New York Times* et au *Berkshires Eagle*, la gazette locale. Découvrir une photo de Belinda au détour d'une page lui était trop douloureux... Bien que torturé par Belinda, mais séduit par la nature des Berkshires, Remington avait décidé de s'établir à Warrenstown après le festival. Et c'est là qu'il résidait désormais. De surcroît sur la propriété de celle qui le hantait...

Le premier tableau qu'il avait peint de la jeune femme datait de l'hiver suivant leur rencontre. Il la représentait dans le personnage de la fougueuse Katharina, qu'elle avait interprété cet été-là dans *La Mégère apprivoisée*. Et, bien qu'elle ne fût pas à vendre, la toile avait été exposée à la galerie Ambrose. Aucun des autres portraits qu'il avait peints par la suite n'était non plus destiné à être vendu. Ils faisaient tous partie de sa collection particulière.

Debout devant son grand chevalet, Remington étudia attentivement le tableau auquel il avait consacré plusieurs mois et qu'il était sur le point d'achever. Il n'avait pas besoin que Belinda vienne poser pour lui. Il connaissait par cœur chaque détail de son visage et savait très précisément à quoi elle ressemblait aujourd'hui – comme il l'avait toujours su au cours des vingt dernières années. Il avait mémorisé l'éclat de ses yeux verts et son sourire, qui lorsque ses lèvres charnues s'étiraient découvrait une canine supérieure légèrement de travers. Le contour de ses pommettes et la ligne droite de son nez n'avaient également plus aucun secret pour lui. De même qu'il pouvait dessiner les yeux fermés la courbe gracieuse de son cou. Remington jalousait du reste son pinceau, qui seul pouvait le caresser et descendre lentement vers les superbes épaules de Belinda...

Non, il n'avait vraiment pas besoin que Belinda pose pour lui afin de brosser d'elle un nouveau portrait fidèle. La seule chose dont il avait besoin pour parachever son œuvre était de voir le costume de scène qu'elle porterait cette année au festival. Alors seulement il pourrait mettre un coup de pinceau final à sa toile, la dernière de la série des Belinda Winthrop.

9

Caroline mettait un peu d'ordre dans son bureau avant son départ pour Warrenstown quand le téléphone sonna.

— Caroline ? C'est Margo Gonzalez à l'appareil.

— Margo ! s'exclama-t-elle, surprise. Que puis-je pour toi ?

— Je me demandais si tu avais le temps d'aller prendre un café avec moi.

Caroline jeta un coup d'œil à sa montre.

— Je pars pour le Massachusetts dans une demi-heure, mais si tu penses que cela est suffisant, retrouvons-nous à la cafétéria.

Caroline rassembla ses affaires, prit l'ascenseur et rejoignit Margo qui l'attendait dans l'un des box.

— Je suppose que tu ne t'attendais pas à ce que je t'appelle aussi vite, dit-elle à Caroline tandis que cette dernière prenait place autour de la table. Il faut faire attention avant de proposer son aide à une personne que l'on ne connaît pas, on ne sait pas à quoi on s'expose..., poursuivit-elle sur le ton de la plaisanterie.

Caroline lui sourit. Elle se sentait spontanément en confiance avec cette femme.

— Je t'en prie, tu as bien fait. Je me souviens de mes débuts ici. Je ne connaissais personne. Commencer un nouveau job est déjà stressant en soi, mais je pense que le plus dur est d'apprendre à se familiariser avec toutes les nouvelles têtes qui nous entourent. Savoir qui est qui...

— C'est justement la raison pour laquelle j'ai pris la liberté de t'appeler. J'ai l'impression que tu peux m'aider sur ce point. Depuis combien de temps es-tu à Key News ?

— Six mois environ.

— Et ça te plaît ?

Caroline s'accorda un temps de réflexion.

— Disons que c'est différent...

— Oui, je vois ce que tu veux dire, glissa Margo. Je ne te l'ai pas dit, mais j'étais une lectrice assidue de tes articles, et souvent tes critiques m'ont donné envie d'aller voir un film ou une pièce. Et jamais je n'ai été déçue. Et c'est pourquoi je comprends ce que tu veux dire. On n'écrit pas de la même manière pour un journal que pour la télévision.

— Et encore, l'interrompit Caroline. L'écriture à proprement parler n'est qu'une des facettes du métier. Quand je travaillais pour la presse écrite, j'allais voir un film et je rédigeais mon papier. Point final. Les rédacteurs en chef pouvaient ne pas aimer tel ou tel article, et ils ne se gênaient pas pour me le faire savoir, mais ils n'avaient rien à dire sur mon port de tête ou sur le fait que je n'avais pas mis assez de rouge à lèvres... Pour être totalement honnête, je ne suis pas sûre que la télévision soit le média qui me convienne le mieux. Enfin, j'espère qu'avec le temps ça s'arrangera...

— Ça me fait du bien d'entendre que je ne suis pas la seule à me poser ce genre de questions, la remercia Margo, qui avala une gorgée de café. Si j'étais l'une de mes patientes, je me conseillerais de ne pas m'en faire, j'insisterais sur mes compétences professionnelles qui me permettent d'occuper ce nouveau poste... Mais je ne me doutais pas que je serais à ce point épiée. Je sens en permanence des regards braqués sur moi.

— Oui, les regards des millions de téléspectateurs ! plaisanta Caroline pour détendre l'atmosphère. Mais le plus important, poursuivit-elle avec sérieux, est celui de Linus Nazareth, le seul qui compte. Si tu es dans ses petits papiers, tu n'as pas à t'en faire...

— Et tu as réussi à l'amadouer ?

— Je n'en mettrais pas ma main au feu, répondit Caroline. Bien au contraire ! Depuis peu, j'ai même l'impression qu'il est constamment sur mon dos. Mais bon, si je suis toujours à l'antenne, c'est qu'il n'est pas trop mécontent de moi. C'est du moins ce que j'espère... L'une des qualités de Linus, enfin si l'on peut dire, c'est qu'il vous pousse à toujours donner le maximum. Il ne relâche pas la pression... Depuis que j'ai débuté à Key News, je ne suis jamais arrivée un matin en étant complètement détendue.

— Et Constance ? lui demanda Margo. Est-elle toujours aussi... *aimable* que ce matin ?

— J'ai remarqué la manière dont elle t'a ignorée, lui glissa Caroline. Mais ne le prends pas pour toi. Depuis quelque temps, Constance agit de la sorte avec tout le monde.

— Depuis quelque temps ? répéta Margo en la regardant droit dans les yeux.

Caroline hésita un instant avant de continuer.

— Constance est sans doute une personne charmante, tout le monde s'accorde à le dire. Seulement, depuis que je suis là, je n'ai pas eu l'occasion de m'en rendre compte...

La conversation prit ensuite un tour plus léger. Les deux femmes échangèrent des adresses de salons de coiffure et de manucure. Caroline indiqua même à

Margo une boutique de vêtements sur la 57ᵉ Rue, où l'on trouvait selon elle les tenues les plus adaptées au petit écran.

— Même ma belle-fille les apprécie, c'est pour dire !

— Quel âge a-t-elle ?

— Vingt ans.

— Et comment...

— Comment ça se passe ? poursuivit Caroline pour achever la phrase que Margo avait laissée en suspens. C'est bien ce que tu allais me demander ?

— Oui, excuse-moi, Caroline, je ne voulais pas entrer dans ton intimité, mais j'ai tellement l'habitude de poser ce genre de questions à mes patients.

— Ne t'en fais pas, Margo, ça ne me dérange pas, lui répondit-elle en regardant sa montre. Malheureusement, il va falloir que je file. Et c'est dommage car c'est un sujet que j'aurais bien aimé aborder avec toi. En deux mots, ce n'est pas facile, elle n'accepte toujours pas ma présence. Et ce matin, j'ai trouvé de l'herbe dans sa chambre. Le problème maintenant est de savoir que faire...

10

Une fois son cours de gymnastique terminé, Meg traversa de nouveau le campus et s'arrêta au théâtre pour consulter le tableau où étaient affichées les informations concernant les stagiaires. Au milieu de leur emploi du temps, des conférences du jour et des horaires des diverses répétitions se trouvait un faire-part annonçant la cérémonie qui serait célébrée à la mémoire des deux stagiaires décédés accidentellement le week-end dernier. Quiconque voulait prendre la parole au cours de l'office de samedi ou participer à son organisation était le bienvenu. Meg ajouta son nom à la liste.

En regagnant sa chambre, elle réfléchit à ce qu'elle pourrait bien dire pour honorer la mémoire d'Amy. À Warrenstown, elle était sa meilleure amie. Dès le premier jour, elles s'étaient bien entendues et, au cours des six semaines qu'elles avaient passées ensemble, les deux jeunes filles s'étaient découvert bon nombre de points communs. Meg voulait lui rendre hommage. Sans oublier Tommy, son petit ami, bien qu'elle n'ait pas réellement appris à le connaître. Mais l'amour que lui portait Amy était si évident qu'elle ne pouvait les dissocier.

Une fois dans sa chambre, Meg se dirigea aussitôt vers son ordinateur portable, qu'elle alluma. Elle ouvrit de nouveau le dossier contenant les photos qu'Amy lui avait envoyées dimanche dernier, peu de temps avant leur accident. La première – ils avaient dû demander à un autre visiteur de la prendre – les montrait tous deux, elle et Tommy, bras dessus bras dessous, devant l'entrée de l'office du tourisme du mont Greylock. Tous deux souriaient, ignorant qu'ils vivaient là leurs dernières heures...

Meg cliqua pour faire apparaître la photo suivante, envoyée dix minutes à peine après la précédente. Elle montrait un Tommy grimaçant qui exhibait ses dents devant une vitrine en verre. En zoomant, Meg comprit que le garçon essayait d'imiter l'expression du lynx empaillé qui trônait derrière lui sur une étagère. Elle se souvenait de l'avoir vu elle aussi quand elle avait visité le parc quelques semaines plus tôt. Meg avait été impressionnée d'apprendre qu'autant d'espèces sauvages vivaient dans cette réserve.

Une heure plus tard, elle avait reçu deux autres photos. Cette fois, c'est Tommy qui les avait prises. Sur la première, Amy était assise sur le muret de pierre qui entourait un étang. Sur la seconde, elle souriait en regardant un papillon qui s'était posé sur son bras. Quinze minutes plus tard, Amy lui avait envoyé la photo d'un cerf.

Meg fit défiler un à un les autres clichés ponctuant leur excursion dans les Appalaches. Les dernières photos de cette série avaient été prises depuis le sommet du mont Greylock. Le jeune couple avait de nouveau demandé à quelqu'un de l'immortaliser devant une stèle à la mémoire d'anciens combattants érigée à cet endroit. Puis venaient des photos de paysages somptueux. Mais, pour avoir elle-même effectué l'ascension, Meg savait que la vue était bien plus spectaculaire en vrai qu'en photo.

En arrivant à la fin du fichier, Meg fut au moins heureuse de constater qu'Amy avait passé une dernière journée agréable et insouciante dans un cadre enchanteur. Mais pourquoi donc lui avait-elle envoyé ce dernier cliché, une sorte de tache bleutée et floue ? Meg ne comprenait pas.

Pas mal conservée pour une femme ayant déjà bien entamé la quarantaine, se dit Victoria Sterling en se regardant dans la glace du dressing. Autant qu'elle pouvait s'en rendre compte, les deux paquets de cigarettes qu'elle fumait chaque jour n'avaient pas eu sur elle un effet dévastateur. Elle était loin de ressembler à ces femmes aux yeux cernés et à la peau terne que montrait le gouvernement dans ses campagnes antitabac.

Après avoir passé un coup de peigne dans ses cheveux noirs frisés et enfilé une robe de soie bleue, elle prit un paquet de cigarettes dans son sac à main et quitta sa chambre. Victoria marcha sur la pointe des pieds en passant devant celle de Belinda. La porte fermée indiquait que son hôtesse n'était pas encore levée. Victoria en fut soulagée. Elle avait envie d'être seule un moment.

Belinda ayant programmé l'appareil avant qu'elles n'aillent se coucher, une cafetière fumante attendait Victoria dans la cuisine récemment refaite. Elle s'en versa un mug et observa la nouvelle décoration. Les travaux avaient dû coûter une fortune. Les meubles design, les plans de travail en granit sombre, les appareils ménagers dernier cri et jusqu'à l'imposante table de ferme en chêne massif qui trônait telle une île au milieu de l'immense cuisine, tout avait été choisi avec soin pour donner à cette pièce un caractère apaisant.

En sirotant son café noir, Victoria se dirigea vers la baie vitrée. Cette large trouée n'avait pas encore été percée lors de son dernier séjour à Curtains Up – elle s'en serait souvenue. Il y a deux ans, elle et Daniel venaient y prendre chaque matin leur petit déjeuner. La cuisine était de plus l'endroit où ils avaient installé leur quartier général. Ils l'avaient littéralement investie, une planche de pin posée sur tréteaux leur servant de bureau. Des feuilles dactylographiées remplies d'annotations manuscrites jonchaient alors le sol tandis qu'ils apportaient les ultimes modifications à *Treasure Trove*, la pièce qui serait donnée en ouverture du festival. Leur pièce. Les acteurs répétaient, ils retouchaient un dialogue ou revoyaient un détail de la mise en scène.

Jusqu'à la dernière minute, ils avaient travaillé d'arrache-pied. Certains disaient même que c'est ce qui avait emporté Daniel... Le stress de leur dernière création. Une pression telle qu'il en aurait oublié ses piqûres d'insuline. Une erreur fatale quand on est diabétique...

— Viens là, minou ! Viens me voir, Marygold, murmura Victoria en se penchant vers le chat roux qui passait près d'elle.

Mais l'animal évita dédaigneusement la main tendue pour aller se percher sur une chaise baignée des rayons matinaux du soleil.

— C'est ça, va-t'en, sale petite peste, siffla Victoria avant d'allumer une cigarette.

Puis elle détourna le regard vers l'extérieur, où une silhouette s'éloignant à travers champs attira son attention. Même de dos, elle le reconnut. Gus, dont les larges épaules ne la laissaient pas indifférente. Elle qui était veuve depuis deux ans...

Par la lunette arrière de la voiture qui l'emmenait à Warrenstown, Caroline observait la campagne défiler. Ils avaient quitté New York depuis un petit moment déjà et les buildings avaient cédé la place à des champs présentant toutes les nuances de vert. Une heure à peine de route, et un nouveau monde s'ouvrait à eux.

Caroline décida d'entamer la conversation avec ses compagnons de voyage.

— Boomer, demanda-t-elle au preneur de son assis à l'avant, à côté du conducteur, d'où te vient ce surnom ?

L'homme à l'imposante carrure se tourna sur son siège et lui répondit par-dessus son épaule.

— Oh, ça fait un bail qu'on m'appelle comme ça, tu sais. Ça vient de mon métier, évidemment pas à cause de ma taille[1]...

— Et quel est ton prénom ? lui demanda Caroline.

— Michael, lui répondit-il avant de s'adresser à son voisin. Hé, Lamar, tu t'arrêtes à la prochaine station. Je suis mort de faim.

— Tu rigoles ! répliqua le chauffeur. On vient juste de partir.

— Ouais, peut-être, mais j'ai pas assez de sucre dans les veines.

— Eh ben fallait prévoir, mon pote. T'avais qu'à prendre un truc à grignoter !

---

1. En anglais, *boom* désigne la perche au bout de laquelle les preneurs de son fixent leur micro et ce mot signifie aussi girafe. *(N.d.T.)*

— Comme si j'avais eu que ça à penser ! rétorqua Boomer.

À contrecœur, Lamar quitta l'autoroute et se gara sur l'aire de repos.

On dirait vraiment Mutt et Jeff[1], pensa Caroline en suivant le duo qui pénétrait dans l'immense complexe de restaurants jouxtant la station-service. J'ai rarement vu une paire aussi mal assortie.

Autant l'un, Lamar Nelson, le cameraman, était grand, maigre et dégingandé, autant l'autre, Michael « Boomer » O'Mara, était petit et rondouillard. Elle n'avait jamais travaillé avec eux jusqu'à présent mais elle avait la nette impression qu'ils étaient tous deux en train de la jauger.

— Je vous retrouve à la voiture, leur lança Caroline en pointant du menton la direction des toilettes, tout en pensant en son for intérieur que les jours à venir ne seraient pas de tout repos.

Le duo de techniciens qui lui avait été affecté était connu pour son sale caractère. Ils n'en faisaient qu'à leur tête. Mais les présentateurs et producteurs de la chaîne, même s'ils déploraient cet état de fait, n'avaient d'autre choix que de supporter leurs incartades. La situation actuelle, avec ses restrictions budgétaires, était telle qu'il fallait déjà s'estimer heureux d'avoir une équipe à sa disposition, quelle qu'elle fût...

Caroline se lava les mains et les sécha en les passant sous le courant d'air chaud de l'appareil automatique fixé au mur. Elle fit ensuite la queue pour acheter

---

1. Personnages de bande dessinée créés au début du XXᵉ siècle par Bud Fisher, qui ont plus tard inspiré Laurel et Hardy. *(N.d.T.)*

un café et rejoignit la voiture où les deux techniciens l'attendaient déjà.

Alors qu'ils quittaient la bretelle d'accès menant à l'autoroute, Boomer se contorsionna sur son siège et tourna sa large carcasse vers Caroline.

— Et qu'est-ce qu'on va shooter sur place ? lui demanda-t-il tout en croquant dans son cake à la cannelle.

— Le festival de théâtre de Warrenstown, lui répondit Caroline.

— Ouais... Comme si on s'en doutait pas ! Je veux dire quoi en particulier ? insista-t-il en se léchant les lèvres.

— Eh bien, on va tourner un reportage sur le festival en général, lui répliqua Caroline, mal à l'aise. Un autre sur cette nouvelle pièce que tout le monde attend et, avec un peu de chance, si elle accepte de coopérer, on va réaliser une interview de Belinda Winthrop.

— Hum, Belinda Winthrop..., siffla Lamar. Ça c'est un beau brin de femme ! Je suis tombé amoureux d'elle le jour où je l'ai vue jouer dans ce remake de *La Lettre*. Après ça, je n'ai pas arrêté de penser à elle pendant des mois...

— Ouais, toi et quelques millions d'autres enfoirés dans ton genre ! lui lança Boomer.

— Parce que, toi, elle t'a laissé insensible, peut-être ?

Le preneur de son, tout occupé qu'il était à enfourner la fin de son gâteau, ne répondit pas. Lamar regarda avec dégoût son partenaire.

— T'as du sucre glace qui te dégouline sur le menton, gros dégueulasse !

— Quelqu'un a un mouchoir en papier ? demanda Boomer en se penchant vers la boîte à gants, à la recherche d'une serviette.

— Fais gaffe, espèce de plouc, t'es en train de renverser du café partout sur le siège !

— Oh, fais pas ta chochotte, Lamar ! lui lança Boomer.

— Et c'est pas parce que t'es soi-disant en manque de sucre qu'il faut te goinfrer ! rétorqua Lamar en serrant le volant, excédé.

— Ah bon, t'es médecin, maintenant ? Excuse-moi, j'avais oublié...

Il y eut un silence dans la voiture, comme si les deux hommes avaient pris conscience qu'un mot de plus pouvait déclencher un pugilat. Au cours des prochains jours, ils allaient devoir travailler de concert, partager leurs repas... En deux mots : vivre ensemble. Et si leurs disputes dégénéraient, la semaine à venir risquait d'être tendue. Pour tout le monde.

Changeant de sujet, Lamar interpella Caroline :

— C'est ton premier déplacement ? lui demanda-t-il. T'es toute nouvelle à la télé, non ?

— Ça fait quand même six mois que je travaille pour « Key to America », lui répondit-elle. Avant, c'est vrai, j'étais dans la presse écrite.

— Et ça te plaît ?

— Disons que je commence à m'y habituer.

— Ça ressemble à un non, ou je ne m'y connais pas ! Hein, Lamar, qu'est-ce que t'en penses ? dit Boomer en écrasant son gobelet.

— Moi j'interprète ça comme la réponse polie d'un

nouveau, enfin d'une nouvelle, qui découvre comment fonctionne cet excité de Nazareth.

Boomer se tourna vers Caroline.

— Si je puis me permettre une remarque, jeune demoiselle, tu ne vas jamais t'habituer aux manières de ce salopard...

— Jeune demoiselle ! s'exclama Caroline. Quelle expression ringarde ! On la croirait tout droit sortie d'un vieux western de John Wayne !

— Là, mon pote, je crois bien que tu viens de perdre un point, lança Lamar à Boomer, un sourire en coin.

13

Belinda s'obligea à sortir du lit. Si elle se dépêchait, elle aurait le temps d'aller se promener dans la propriété avant de se rendre au théâtre. Ce qui au début n'était pour elle qu'une manière de prendre l'air lui était devenu au fil du temps aussi indispensable que de se laver les dents. Si, quatre ou cinq fois par semaine, elle ne s'accordait pas cette marche matinale, elle ne se sentait pas dans son assiette – un exercice qui devenait d'autant plus important qu'approchait la première d'une pièce. Tandis qu'elle marchait, elle pouvait réfléchir aux dernières répétitions, visualiser les scènes, répéter son texte et penser à ses déplacements sur scène.

La femme de ménage ne viendrait pas avant midi mais Belinda laissa son lit défait. Elle se rendit dans la salle de bains, se brossa les dents et peigna sa chevelure blond cendré. Elle enfila ensuite un short kaki, un tee-shirt violet floqué du logo du festival de Warrenstown, puis laça ses chaussures avant de gagner le rez-de-chaussée de la maison. La porte de son bureau était ouverte mais elle n'éprouva pas le besoin pressant d'aller consulter ses mails.

— Bonjour, dit-elle en entrant dans la cuisine.

Victoria détourna son regard du jardin et accueillit son hôtesse d'un sourire.

— Oh, tu as encore l'air tout ensommeillé ! Bien dormi ? lui demanda-t-elle.

— Comme une souche, répondit Belinda. J'étais claquée.

— Tu veux un café ? s'enquit Victoria en se dirigeant vers la paillasse.

— Juste une demi-tasse, s'il te plaît.

— Noir, n'est-ce pas ?

Belinda acquiesça et prit le café que lui tendait Victoria.

— Merci, lui dit-elle. Qu'as-tu fait de beau, ce matin ?

— Pas grand-chose. J'ai juste rêvassé quelque peu en pensant au régisseur de ta propriété.

— Ah oui, Gus..., dit Belinda en se tournant vers la baie vitrée pour regarder dehors. Il est un peu trop beau, ça le perdra. Tu ne crois pas ?

— Qu'est-ce que tu dis là ? Comment peut-on être trop riche, ou trop mince, ou trop beau ? répondit Victoria en resserrant la ceinture de sa robe de soie. Et puis une femme peut bien rêver, non ?

— Je doute que vous ayez grand-chose en commun, Victoria. Et j'imagine mal quel type de conversation vous pourriez avoir. Gus n'est ni un génie littéraire ni un auteur dramatique.

— Très drôle ! répliqua Victoria. Mais qui te dit que j'ai envie d'une longue conversation avec lui... Mes fantasmes à son égard sont d'une tout autre nature !

Belinda avala une dernière gorgée de café.

— Je vais faire un peu d'exercice, annonça-t-elle à son amie. À mon retour, je prends une douche rapide et on file au théâtre.

— Si tu croises ton superbe régisseur, dis-lui qu'il vienne me voir... Je l'ai vu s'éloigner à travers la prairie à bord de sa voiturette de golf, lui dit Victoria en adressant un signe du menton vers l'extérieur.

*

Belinda sortit de la maison et effectua quelques étirements. L'air était frais et vif, mais sans une once d'humidité. Encore une superbe journée en perspective.

Belinda commença à s'engager sur l'allée mais changea d'avis et coupa à travers prés. Si elle trouvait Gus, elle pourrait évoquer avec lui l'organisation de la fête qu'elle donnerait pour les comédiens et les membres du staff technique le lendemain, après la première. Il fallait que Gus enlève du patio ces piles d'ardoises qui traînaient. Outre leur aspect peu décoratif, un invité pouvait les heurter et trébucher.

En arrivant cet été, elle avait remarqué à plusieurs détails que Gus avait négligé certaines tâches. Et cela ne lui avait pas plu. Elle espérait que cela ne signifiait pas le début de problèmes plus sérieux avec son régisseur. Pour le moment, tous deux étaient satisfaits de la situation. Gus avait un emploi stable, bien rémunéré, et vivait dans un endroit idyllique. Quant à elle, elle pouvait partir l'esprit tranquille, sachant que quelqu'un de confiance veillait sur Curtains Up et entretenait la propriété en son absence.

Belinda prit la direction que lui avait indiquée Victoria, à la recherche de Gus. En marchant au milieu des fleurs sauvages, elle se dit que l'argent ne faisait sans doute pas tout. Mais elle appréciait ce qu'il lui avait permis d'acquérir. Ce domaine serein et d'une beauté à couper le souffle, par exemple, qui était sans doute celui qu'elle aimait le plus. Tant que sa carrière serait jalonnée de succès, elle savait qu'elle aurait les moyens d'entretenir ses différentes propriétés. Mais, inévitablement, elle ne connaîtrait pas toujours la même réussite professionnelle, ne serait-ce qu'en raison de l'âge, et viendrait le jour où elle ne pourrait plus se permettre le même train de vie. Il serait alors temps de se séparer de quelques biens immobiliers pour ne conserver que ses préférés, ce qui lui permettrait de vivre confortablement jusqu'à la fin de ses jours.

Arrivée à la limite de la prairie, elle marqua une pause et appela son régisseur.

— Gus ! essaya-t-elle une nouvelle fois.

Toujours pas de réponse.

Belinda longea la lisière des bois, à la recherche d'un sentier que la voiturette de golf aurait pu emprunter. À un endroit, des herbes écrasées et des branches basses cassées semblaient indiquer l'entrée d'un chemin étroit. Belinda hésita. Fallait-il qu'elle fasse demi-tour ? Elle pouvait après tout le voir plus tard, ou alors lui laisser des instructions écrites...

Finalement, elle décida qu'il était préférable de le voir en tête à tête le plus vite possible. Ainsi serait-elle sûre de bien se faire comprendre. Ce n'est pas parce qu'elle n'était pas souvent là qu'elle ne veillait pas à ce qui se passait sur le domaine. À son retour, ce soir, elle serait trop exténuée pour avoir une discussion de ce genre. Sans compter que Gus serait certainement déjà couché.

Belinda respira l'air pur des montagnes et s'enfonça à travers bois.

14

Keith Fallows, debout sur la scène vide, regardait les sièges inoccupés. Demain soir, le théâtre ferait salle comble, toutes les places ayant été réservées. Quatre cents paires d'yeux seraient alors braqués sur les comédiens, quatre cents cerveaux analyseraient la pièce, quatre cents cœurs seraient chavirés à l'unisson – du moins l'espérait-il...

Pour un metteur en scène, les quelques heures précédant une première sont toujours stressantes. Pour Keith, la pression était d'autant plus grande qu'il misait énormément sur *Devil in the Details*. Grâce à cette pièce, il espérait enfin pouvoir passer du théâtre au cinéma, à la fois comme producteur et comme réalisateur.

Parce qu'ils collaboraient depuis de nombreuses années à Warrenstown, Victoria Sterling lui avait laissé l'option sur les droits de la pièce. Il n'avait pas hésité longtemps. Il avait aussitôt investi la majeure partie de ses économies dans ce projet et n'avait pas non plus ménagé son temps. Durant l'hiver et le printemps, il avait également refusé nombre de propositions pour se consacrer exclusivement à l'adaptation du scénario pour le grand écran.

Si la pièce était une réussite, ses chances d'obtenir le feu vert des studios augmenteraient. Mais Keith savait que l'enthousiasme des critiques était une condition nécessaire mais pas suffisante pour que le film se fasse. Pour réunir les fonds indispensables au tournage, il lui fallait une tête d'affiche. Il avait besoin de Belinda Winthrop.

À la fin de l'été dernier, quand Victoria leur avait fait lire sa pièce pour la première fois, Belinda s'était aussitôt entichée du rôle de Valérie, l'épouse de Davis, un homme amoral et sans scrupules. Keith était présent à ses côtés quand elle s'était empressée d'appeler son agent afin qu'il ne lui prenne aucun engagement en juillet, pour les répétitions, ni au cours des deux premières semaines d'août, pour les représentations. Quand Keith avait ensuite fait part de son rêve d'adapter *Devil in the Details* pour Hollywood, Belinda lui avait assuré qu'il pouvait compter sur elle. Mais, à présent que le projet était enclenché, elle faisait machine arrière. Elle revenait sur sa parole, prétextant que le rôle de Valérie était bien trop exténuant et qu'elle avait d'autres projets en tête.

Keith serra le poing droit et frappa la paume de sa main gauche. Belinda n'aurait jamais dû le laisser démarcher les investisseurs en affirmant qu'elle serait la vedette de son film si elle n'y croyait plus. Sans parler du temps passé, il risquait de perdre son argent et sa crédibilité si le projet avortait. Quand ils apprendraient que le nom de Belinda Winthrop ne figurait plus au générique, les studios lui fermeraient les vannes.

Mais Keith gardait encore l'espoir de la faire changer d'avis...

15

Qui a dit que les médias ne relayaient jamais que les mauvaises nouvelles ? Les informations dans le journal étaient en tout point excellentes !

Les rapports d'autopsie des adolescents décédés montraient qu'ils avaient tous deux consommé de la marijuana avant que leur voiture ne bascule dans le vide. Pour la police, les circonstances du drame étaient limpides : Amy et Tommy étaient sous l'emprise de la drogue, raison pour laquelle le conducteur avait perdu le contrôle de son véhicule.

Parfait ! La police se satisfaisait de ces éléments et concluait à l'accident... Ce qui signifiait que l'enquête était close. Le seul élément, à présent, qui pourrait la rouvrir était cette foutue photo qu'Amy avait envoyée à son correspondant.

*

L'assassin se connecta à Internet et créa une adresse électronique sur un site gratuit qui ne permettrait pas de remonter jusqu'à lui. Il pesa ensuite chaque mot de son message.

> Chers amies et amis d'Amy,
> Mon mari et moi avons reçu de nombreux témoignages de proches qui souhaitent nous venir en aide en ces temps douloureux. Ces messages de soutien sont pour nous un réconfort qui nous va droit au cœur.
> Il est important pour nous de savoir ce que faisait Amy juste avant qu'elle ne nous soit enlevée.
> Si vous possédez des informations susceptibles de nous apporter des éléments de réponse, nous vous serions reconnaissants de prendre contact avec nous par mail. Il nous est encore difficile d'en parler de vive voix au téléphone. J'espère que vous comprendrez nos raisons.
> La maman d'Amy

Le tueur relut son message avant de l'envoyer. Mais il ne l'adressa qu'à un seul correspondant : brightlights999.

16

Plus Belinda progressait dans les bois, plus il faisait sombre. Les feuilles des chênes centenaires formaient une carapace que ne pouvaient percer les rayons matinaux du soleil. Elle commença à se sentir mal à l'aise. Gus n'était peut-être même pas dans le coin. Et Dieu sait quels animaux rôdaient ou rampaient dans les parages. Elle frissonna et s'apprêtait à faire demi-tour quand elle aperçut la voiturette de golf.

Comme cette dernière était vide, elle se mit à appeler son régisseur. Puis se ravisa. Quelque chose clochait. Elle reprit sa progression en veillant cette fois à ne pas faire le moindre bruit. En s'approchant de la petite voiture, elle remarqua une ouverture dans le sol. Elle se baissa pour regarder à l'intérieur du trou d'environ deux mètres de diamètre et vit le haut d'une échelle posée à quelques centimètres du bord.

Pour rien au monde, elle ne descendrait seule dans cette sorte de puisard.

*

Gus remontait des profondeurs de la grotte souterraine. Quand il atteignit le sommet de l'échelle et passa sa tête hors du trou, il vit Belinda qui s'éloignait à grandes enjambées.

*

— J'ai l'impression que Gus va devenir une source d'ennuis, dit Belinda en manœuvrant sa Mercedes dans l'allée.

— Qu'est-ce qui te fait dire ça ? lui demanda Victoria.

Belinda fit part à son amie de sa découverte.

— D'accord, tu te demandes ce qu'il fabrique là-bas,

mais ça ne prouve pas qu'il fasse quoi que ce soit de répréhensible. Veux-tu que j'aille jeter un coup d'œil, à l'occasion ? lui proposa Victoria.

— Peut-être ferais-je mieux d'appeler la police...

— C'est sans doute prématuré. Imagine que la police vienne et ne trouve rien d'anormal. La seule chose que tu auras réussie est de montrer à Gus que tu n'as aucune confiance en lui... Et ce n'est pas ce que tu recherches, j'imagine ?

— Non, effectivement...

— Écoute, j'ai une idée, poursuivit Victoria. Quand nous serons rentrées, tu me feras voir sur une des cartes du domaine qu'a dessinées Remington où se trouve l'entrée de cette grotte. Et, à l'occasion, j'irai y faire un tour, voir de quoi il retourne. Mais, pour le moment, tu ne dois pas te laisser distraire. Il faut que tu te concentres sur la pièce.

La voiture quitta la petite route sinueuse à deux voies et s'engagea sur un rond-point. Belinda tourna à droite et trouva assez facilement une place non loin de l'entrée du théâtre flambant neuf. Les deux femmes gravirent une volée de marches et furent accueillies par une jolie jeune femme blonde, qui leur ouvrit la porte.

— Merci, Langley, lui sourit Belinda.

Victoria garda le silence jusqu'à ce qu'elles ne soient plus à portée de voix de Langley.

— Crois-moi, Belinda. Celle-là, elle veut ta place. C'est écrit sur son visage. Elle est toujours tellement serviable, tellement obséquieuse que ça en devient malsain...

— Allons, laisse-la tranquille, lui répondit Belinda. Ce n'est qu'une gamine...

— Une gamine qui épie le moindre de tes gestes !

— Mais c'est normal, c'est ma doublure.

— Non, il n'y a pas que ça, insista Victoria. Elle est jalouse de toi.

17

Caroline ne pouvait détacher son regard des champs et des montagnes majestueuses qui s'étendaient à perte de vue. Contempler cette nature sauvage était pour elle le meilleur des dérivatifs. Elle oubliait tous les soucis que lui causaient sa belle-fille, le producteur exécutif de « Key to America » et la perspective de sa prochaine collaboration avec les deux techniciens.

Finalement, Caroline se résolut à extraire de son sac un dossier qu'elle se mit à parcourir. Elle commença à étudier la revue de presse que lui avait préparée le service documentation de Key News. Elle débuta sa lecture par un article que *Vanity Fair* avait consacré à Belinda Winthrop deux ans auparavant. Le journaliste récapitulait tous les rôles de l'actrice, aussi bien au théâtre qu'au cinéma. On voyait également des photos de sa maison en bord de mer à Malibu, de son chalet à Gstaad, de son loft à Greenwich Village et de sa propriété à Warrenstown, dans le Massachusetts.

L'article soulignait l'importance que Belinda accordait aux moindres détails et le soin particulier avec lequel elle avait elle-même décoré chacun de ses pied-à-terre, choisissant des meubles en harmonie avec le style de la région. Le journaliste évoquait également son penchant pour la fête et décrivait quelques-unes des réceptions mémorables que l'actrice avait données au cours des années passées. Elle aimait particulièrement imaginer des soirées à thème, en lien avec le rôle qu'elle interprétait.

Pour célébrer sa participation dans *Treasure Trove*, elle avait organisé une chasse au trésor géante dans sa propriété de Warrenstown. Caroline étudia le croquis qui illustrait ce passage de l'article. La carte du domaine, dessinée par Remington Peters, le célèbre portraitiste de Belinda, était constellée d'étoiles indiquant l'endroit où se trouvaient les indices permettant de découvrir le trésor. Des croix – une douzaine au total – signalaient quant à elles les trous menant aux grottes souterraines courant sous la propriété comme autant de pièges que les invités devaient éviter.

Un encadré retint particulièrement l'attention de Caroline, qu'elle surligna.

La belle série de succès de Belinda Winthrop s'est achevée l'été dernier par une tragédie. Après la fête donnée à Curtains Up en l'honneur de *Treasure Trove* – fête à laquelle participaient les membres de la troupe, la grande famille du théâtre présente à Warrenstown et des huiles locales –, l'auteur dramatique Daniel Sterling a trouvé la mort dans un accident de voiture.

L'ami de longue date de la comédienne, qu'elle hébergeait avec son épouse Victoria, souffrait de diabète. Cette maladie est peut-être la cause de son accident. Il se serait assoupi ou aurait eu un malaise au volant, ce qui expliquerait qu'il ait manqué un virage sur cette route sinueuse des Berkshires et que sa voiture ait versé dans un ravin. Sa femme a affirmé aux autorités que Daniel Sterling avait eu une violente altercation avec l'un des hôtes de la soirée – sans leur en révéler l'identité – et qu'il avait ensuite décidé d'aller faire un tour en voiture pour se calmer avant de se coucher.

Plusieurs invités ont été entendus par la police, parmi lesquels le metteur en scène Keith Fallows, le scénariste Nick McGregor et le peintre de renom Remington Peters. Mais aucun n'a été inquiété, la police ayant conclu à un accident.

Caroline reboucha son Stabilo et regarda de nouveau par la vitre. Si Nick avait été entendu après la mort de Daniel Sterling, pourquoi ne lui en avait-il rien dit ? Il savait pourtant qu'elle allait faire un reportage sur Belinda Winthrop. Pourquoi lui avait-il caché qu'il était chez elle le soir où Daniel Sterling avait trouvé la mort ? Ce n'est pourtant pas le genre d'événement que l'on oublie facilement...

— J'ai faim ! s'exclama Boomer, mettant un terme aux questions que Caroline se posait.

— Encore ! marmonna Lamar. Mais t'es un ventre sur pattes...

— Pour être franche avec vous, les gars, je ne suis pas contre l'idée qu'on s'arrête un moment, intervint

Caroline. On est presque arrivés. Alors pourquoi ne pas prendre le temps de déjeuner ? J'en profiterai ainsi pour acheter le journal local.

*

Une fois de retour dans la voiture, après le déjeuner, Caroline feuilleta le *Times Union* d'Albany. Un titre en bas de la première page lui sauta aux yeux : « Les deux stagiaires du festival consommaient de la marijuana. » Elle lut ensuite l'article qui relatait les circonstances de l'accident. Puis le résultat des autopsies. Elle nota également que la police avait retrouvé un sachet d'herbe dans la carcasse de la voiture.

Meg devait forcément les connaître, pensa Caroline, espérant que leur mort tragique serait un avertissement suffisant pour sa belle-fille.

18

Meg resserrait les lacets du corset.

— Tire plus fort, Meg, n'aie pas peur, l'incita Belinda. Je ne suis pas en sucre, je ne vais pas me briser.

Meg, qui se tenait derrière la comédienne, observa son reflet dans la glace qui couvrait un mur entier de la loge. Elle avait l'air sérieux et appliqué tandis qu'elle se concentrait sur sa tâche.

Belinda grimaça.

— C'est mieux, lui dit-elle, en se passant les mains sur les hanches. Ça devrait suffire comme ça.

Meg se dirigea vers la penderie où étaient accrochés les costumes de la comédienne et choisit la robe de bal en velours vert que Belinda portait lors de sa première et de sa dernière apparition sur scène. Meg l'aida à l'enfiler puis remonta la fermeture Éclair dissimulée dans le dos, les vingt-quatre boutons assortis n'étant là que par fidélité au style de l'époque. Il était en effet inimaginable de les boutonner ou de les déboutonner en peu de temps, alors qu'un changement de costume entre deux scènes exigeait de la rapidité pour ne pas nuire à la fluidité du spectacle.

— Parfait ! s'exclama Belinda une fois habillée. Mais rappelle-moi qu'il faut que je retienne ma respiration.

Meg sourit timidement. Elle n'en revenait toujours pas. Belinda Winthrop, qu'elle admirait par-dessus tout, était dans la même pièce qu'elle – et en plus elle lui parlait, à elle ! Depuis le début de leur collaboration, la jeune fille essayait de trouver avec la star la distance adéquate : respectueuse sans pour autant se montrer déférente. Un exercice délicat. Car, même si à Warrenstown, tous, stagiaires comme acteurs professionnels, étaient considérés sur un pied d'égalité, Meg avait conscience qu'elle côtoyait une artiste d'exception.

Quand une sonnerie se fit entendre, Meg hésita.

— Vas-y, décroche, lui intima Belinda tandis qu'elle enfilait ses longs gants de couleur verte.

Meg fouilla dans son sac à dos et regarda le nom de son correspondant, qui s'affichait sur l'écran de son téléphone portable.

— Oh, c'est sans importance, lança-t-elle avant de remettre le téléphone dans son sac.

*

Caroline écouta les sonneries s'égrener jusqu'à ce qu'elle entende le clic caractéristique signifiant que son appel était transféré vers une messagerie vocale.

— Salut, c'est Meg. Merci de me laisser un message. Je vous rappellerai plus tard.

— Meg, c'est Caroline. Je voulais juste te prévenir que j'étais arrivée. Rappelle-moi quand tu peux afin que nous convenions d'un rendez-vous.

Puis elle lui laissa son numéro de téléphone avant de raccrocher. Caroline était persuadée que sa belle-fille l'avait déjà. Mais, comme Meg était tout à fait capable de prétendre le contraire, Caroline ne voulait pas lui laisser la moindre excuse.

19

Les personnes réunies cet après-midi pour assister à la répétition de *Devil in the Details* avaient été triées sur le volet. Et, à l'exception de Remington Peters, le peintre, qui avait réussi à se faufiler par une porte latérale pour observer Belinda dans sa robe de scène, toutes étaient directement concernées par la pièce.

Dans ces moments d'agitation nerveuse qui précèdent un lever de rideau, nombreux sont les détails à régler. Tout le monde s'agitait. Les figurants avaient été réunis sous la lumière crue des projecteurs pour une dernière inspection de leurs costumes. En coulisses, on entendit le chef accessoiriste pousser une série de jurons quand il remarqua qu'un verre manquait sur un plateau. Et, quand le régisseur annonça aux acteurs qu'il ne leur restait que deux minutes, les techniciens son et lumières s'activèrent sur leurs consoles pour les derniers réglages.

Keith Fallows s'assit au fond de la salle, un endroit stratégique d'où le metteur en scène pouvait avoir une vision d'ensemble. Langley Tate, au contraire, s'installa au premier rang, pour ne rien manquer des déplacements et expressions de Belinda. Victoria choisit un siège sur l'un des côtés de la scène, d'où elle pourrait, le cas échéant, effectuer quelques retouches à son texte sans déranger personne.

Enfin, la lumière faiblit dans la salle et le rideau se leva. L'un des trois lustres accrochés aux chevrons manqua de tomber, mais chacun fit semblant de ne pas le remarquer. La prestation de Belinda était parfaite et sa présence sur scène obligeait les autres acteurs à hausser leur jeu pour se mettre à son diapason.

La première scène d'exposition, qui présentait les personnages principaux, permettait au public de comprendre où et à quelle époque l'action se déroulait.

À Boston, à la fin du XIXe siècle, Valérie, une femme fortunée appartenant à la haute société, soupçonne peu à peu son mari Davis, qu'elle a épousé il y a quatorze ans, d'être un dangereux sociopathe...

— Tout le monde reste en place, ça ne va pas ! cria Keith une fois la scène terminée.

Puis le metteur en scène se leva de son siège et dévala

l'allée à grandes enjambées tandis que les acteurs l'attendaient.

— Belinda, chérie, je pense que tu devrais davantage rester en retrait pour ta dernière réplique.

— Keith, hier tu m'as dit le contraire. Tu m'as demandé de m'avancer vers le public.

— Je me rappelle très bien ce que je t'ai dit hier. Mais aujourd'hui est un autre jour...

Le visage de Belinda demeura impassible quand elle demanda au metteur en scène si cela signifiait qu'il fallait rejouer la scène depuis le début.

— Évidemment ! lui répondit Keith Fallows.

*

Quelle professionnelle ! pensa Langley, admirative, en observant l'échange entre la comédienne et le metteur en scène. À sa place, elle lui aurait sauté dessus pour l'étrangler. Depuis le début des répétitions, il n'avait cessé de pester et de changer constamment d'avis. Les scènes s'enchaînaient mal, les lumières étaient soit trop faibles soit trop fortes, les costumes manquaient d'inspiration... Quand aux acteurs, leur diction était un jour trop enflammée, le lendemain trop monotone...

Langley n'avait jamais travaillé avec Keith Fallows mais il se montrait fidèle à la réputation qui le précédait dans le milieu : quelqu'un d'hyperexigeant. C'est certes cette attention aux détails et son perfectionnisme qui faisaient de lui le grand metteur en scène qu'il était. Mais la doublure de Belinda ne s'attendait pas à de tels sarcasmes de la part du metteur en scène, dont les reparties souvent cinglantes dès qu'un détail ne lui convenait pas terrorisaient tout le monde. À l'exception de Belinda, tous les comédiens et techniciens étaient dans leurs petits souliers.

Si le comportement du metteur en scène dérangeait la comédienne-vedette, elle n'en laissait rien paraître. Jamais un mot plus haut que l'autre, jamais une remarque, pas le moindre signe d'agacement face aux incessantes tergiversations de Keith Fallows... Langley se demanda comment elle réagirait si jamais elle devait prendre la place de Belinda. Mais l'envie qu'elle avait de jouer était bien plus forte que la crainte que lui inspirait le metteur en scène.

Depuis le début des répétitions, Langley Tate, qui avait tout juste dix ans de moins que Belinda Winthrop, n'avait cessé de se projeter dans le rôle de Valérie, imaginant avec quel enthousiasme elle l'interpréterait. Un premier rôle dans la pièce phare du festival de Warrenstown mettrait un bon coup de projecteur sur sa carrière et lui permettrait d'atteindre les sommets. Mais encore fallait-il pour cela que Belinda tombe malade...

*

Meg avait suivi les deux premières scènes de la pièce sur un moniteur de contrôle, en coulisses, pour être prête à aider Belinda à changer de costume sans perdre de temps. Mais, du fait de l'entracte qui suivait la fin de l'acte I, elle ramassa le scénario que Belinda avait laissé sur la table de sa loge et gagna la salle pour suivre la dernière scène du premier acte.

Acte I, scène 3

Le salon, tout juste éclairé par un feu de cheminée, est quasiment plongé dans l'obscurité, la lumière des flammes dansant par intermittence sur les meubles et les murs. La pièce semble vide. Un moment passe, puis Valérie fait son entrée. Elle s'apprête à allumer mais suspend son geste quand une voix spectrale se fait entendre au fond du salon.

Davis : Ne touche pas à cet interrupteur.

Valérie : Oh, mon Dieu, Davis ! Tu m'as fait peur. *(Valérie attend une réponse mais Davis reste muet.)* Pourquoi restes-tu assis dans le noir ? Et pourquoi laisser les lumières éteintes ce soir, comme chaque soir ? Tu sais pourtant que nous attendons des invités pour le week-end.

Davis : Rester assis dans le noir est si réconfortant, si apaisant... Contrairement au son de ta voix, aussi coupant que du verre, ce soir plus encore que d'habitude.

Valérie : Je vais ignorer cette remarque blessante, Davis. *(Elle se dirige vers lui tout en enlevant ses gants.)* Mais si tu ne te sens pas bien, pourquoi n'irais-tu pas te reposer à l'étage, un linge frais sur le front ?

Quand Meg entendit l'intonation pleine de compassion de cette dernière réplique, elle fut prête à parier cinquante dollars que Keith Fallows allait se lever pour interrompre la scène. Précédemment, à deux reprises déjà, gentiment la première, avec agacement la seconde, il avait repris Belinda. Valérie devait se montrer sarcastique envers les prétendus maux de Davis et non être pleine de sollicitude. Et, une nouvelle fois, Belinda n'avait pas suivi les indications du metteur en scène.

— Arrêtez tout ! hurla-t-il en se levant.

Les acteurs se figèrent.

— Belinda, s'il te plaît, grinça-t-il en s'approchant de la scène.

La comédienne fit quelques pas en avant, s'immobilisa au bord de la scène entre deux projecteurs et mit un genou à terre afin qu'ils puissent discuter sans être entendus.

— Que se passe-t-il encore ? lui demanda-t-elle à voix basse.

— Tu sais très bien ce qui ne va pas, répliqua-t-il.

— Il va alors falloir que l'on se mette d'accord une bonne fois pour toutes, Keith, lui répondit Belinda. À ce moment précis de la pièce, je ne pense pas que Valérie soit entièrement convaincue que son mari est le monstre qu'il deviendra. Elle a peur de se tromper, de mal interpréter son comportement étrange. Tout ce qu'il a fait au cours des deux premières scènes trouve encore une explication plausible à ses yeux... Alors, si je commence, comme tu le souhaites, à devenir sarcastique, voire suspicieuse à ce moment-là, nous desservons la pièce. Le public ne comprendra pas sa réaction et n'éprouvera aucune empathie pour le personnage.

— N'es-tu pas en train d'empiéter sur mes plates-bandes ? N'est-ce pas le metteur en scène qui effectue ce genre de choix ? C'est moi qui dirige cette pièce..., murmura-t-il.

— Tout le problème est là ! lui rétorqua-t-elle, cinglante. Et puis tu sembles oublier que diriger n'est pas imposer. Tu te comportes comme un véritable dictateur ! Crois-tu que j'en serais arrivée là si j'avais suivi aveuglément toutes les instructions des metteurs en scène avec lesquels j'ai travaillé, aux dépens de mes propres intuitions ? conclut-elle en se relevant, lui signifiant par là même que le sujet était clos.

Keith était furieux mais il décida de n'en rien laisser paraître. Il ne voulait pas d'esclandre public. Et il voulait encore moins s'attirer les foudres de Belinda. Il avait tellement besoin d'elle. Son avenir en dépendait...

20

Caroline et les deux techniciens arrivèrent au théâtre pour entendre les dernières instructions du régisseur général.

— OK, on marque une pause. Vous avez quelques heures devant vous. Rassemblement à 7 h 30.

Caroline attendit que Keith Fallows ait terminé sa conversation avec quelques membres de l'équipe. Quand il fut seul, elle se dirigea vers lui et se présenta.

Le metteur en scène l'observa d'un regard sans expression.

— Nous avions rendez-vous pour une interview, lui rappela Caroline.

— Mais oui, bien sûr ! Comment ai-je pu oublier ? lui répondit Keith d'une voix enjouée, derrière laquelle Caroline crut cependant détecter une pointe de sarcasme.

— Où voulez-vous que nous nous installions ? lui demanda-t-elle. Peut-être pourrions-nous nous asseoir dans ces fauteuils ? Ou alors sur scène ?

— À vous de décider, ma chère. Je ne voudrais en aucun cas prendre une telle décision à votre place. J'ai déjà tant à faire...

— C'était seulement pour vous être agréable, monsieur Fallows, répliqua Caroline.

— Si vous voulez vraiment m'être agréable, reportons donc l'interview. Je suis débordé...

Tandis qu'elle sortait du théâtre, les deux techniciens sur les talons, Caroline sentit que ses joues, à la suite du fard qu'elle avait piqué, la chauffaient encore.

— Ça, c'est ce qu'on appelle une claque ! s'exclama Boomer.

— Tu crois ? lui lança Caroline d'un ton ironique.

— Hé ! Sois pas si susceptible... Je faisais juste une remarque.

— Merci, Boomer. Je ne sais pas ce que je ferais sans toi...

21

Après avoir entendu la requête, la bibliothécaire se tourna vers l'horloge murale.

— Nous fermons dans un quart d'heure.

— Je sais mais c'est très important. Je ne pourrai pas revenir demain et j'ai vraiment besoin de consulter ce vieux numéro de *Vanity Fair*.

— C'est bon, attendez-moi ici.

Cinq longues minutes s'écoulèrent avant que la vieille femme ne revienne, un magazine à la main.

— Il y a une photocopieuse là-bas, près du mur, au cas où vous en auriez besoin, lui proposa-t-elle.

— Je vous remercie mais ça devrait aller.

La bibliothécaire vaqua à ses occupations et vit de dos la personne se diriger entre deux rangées de livres vers une table de lecture isolée. Une fois installée, elle feuilleta le magazine et tomba rapidement sur l'article consacré à Belinda Winthrop, qu'elle arracha.

— Hé, qu'est-ce que vous êtes en train de faire ? l'apostropha la bibliothécaire, qui se tenait devant la table, une pile de livres dans les bras.

— Qu'est-ce que vous voulez dire ?

— Vous savez très bien de quoi je parle. J'ai tout vu, lança la vieille femme, d'un ton accusateur.

— Vous m'avez vu faire *quoi* ?

— Arracher ces pages de magazine.

— Vous devez vous tromper !

L'assurance de la bibliothécaire vacilla quelque peu. Elle était seule, tous ses collègues étant déjà partis, et l'heure de la fermeture était déjà dépassée. Elle fixa un instant les yeux immobiles de son interlocuteur et rebroussa chemin, préférant éviter que la situation ne dégénère.

— Allez-vous-en et ne remettez plus jamais les pieds ici, lança-t-elle en s'éloignant.

*

Dès qu'elle ouvrirait la revue, la bibliothécaire remarquerait quelles pages avaient disparu. Et si jamais il arrivait quelque chose à Belinda Winthrop, il y avait fort à parier qu'elle irait aussitôt trouver la police pour signaler ce vol étrange. Elle donnerait alors son signalement...

La bibliothécaire devait disparaître.

Comment ?

Il y avait bien ce coupe-papier en métal qui brillait sur le bureau d'accueil. Pourquoi pas ? Ce serait sans doute un bain de sang, mais il n'y avait pas d'autre choix.

22

— N'oublie pas de filmer ces affiches sous différents angles, dit Caroline à Lamar, pointant du doigt les posters géants qui encadraient la porte d'entrée du théâtre.

Le nom de Belinda Winthrop apparaissait en énormes lettres majuscules tout en haut de l'affiche, au-dessus d'une silhouette masculine tenant un pistolet à la main. Au-dessous figurait en plus petit le nom de tous les comédiens. Puis, tout en bas, mais de manière bien visible, on pouvait lire que *Devil in the Details*, écrit par Victoria Sterling, était mis en scène par Keith Fallows.

— Prends les noms en gros plan, en particulier ceux de Winthrop, Fallows et Sterling, demanda Caroline au cameraman, pensant déjà aux images dont elle aurait besoin plus tard pour illustrer son reportage.

Ces trois-là étaient les personnes les plus importantes à interviewer. Heureusement, Fallows, après l'avoir laissée en plan tout à l'heure, lui avait promis de lui accorder un peu de son temps le lendemain. Quant à Belinda Winthrop, Caroline espérait qu'elle pourrait la voir une fois la première passée.

— C'est bon, on a ce qu'il nous faut, allons à l'intérieur. Victoria Sterling ne devrait plus tarder. Pourquoi ne pas nous installer ici ? suggéra Caroline en montrant l'un des bancs.

— Parfait, lui répondit Lamar.

Tandis que le cameraman installait son trépied et que Boomer déballait mollement son matériel, Caroline sortit ses notes et relut les questions qu'elle avait préparées.

Quand Victoria arriva, Caroline se sentait prête.

— Navrée d'être en retard, s'excusa Victoria pendant que Boomer lui fixait un micro portatif. Pour être honnête, j'ai bien failli oublier notre rendez-vous. Vous savez ce que c'est, tous ces préparatifs de dernière minute avant une première...

Caroline acquiesça.

— Bien sûr, je comprends. C'est déjà très gentil à vous de nous accorder un peu de votre temps.

Boomer ayant fini d'équiper les deux femmes, Lamar fit signe à Caroline qu'il était prêt à commencer l'enregistrement.

— Parfait, répliqua Caroline. Puis, se tournant vers Victoria : Je suppose qu'il va sans dire que les moments que vous vivez sont excitants...

— Terriblement excitants ou épouvantablement stressants, c'est au choix ! répondit Victoria.

— *Devil in the Details* est la première pièce que vous avez écrite en solo, n'est-ce pas ?

— En fait, c'est la première pièce depuis bien longtemps, précisa Victoria. Avant de rencontrer Daniel, j'en avais déjà plusieurs à mon actif. Dont l'une fut même montée dans un petit théâtre de Broadway. Mais il est vrai qu'après le début de notre collaboration je n'ai plus jamais écrit seule... Jusqu'à la mort de Daniel.

— Je me suis laissé dire que *Devil in the Details* était de bien meilleure facture que tout ce que vous et votre mari aviez écrit ensemble par le passé... Je me trompe ?

— Non, lui répondit Victoria. J'ai eu les mêmes échos. Mais il ne faut pas s'enflammer. Et cela n'est en rien une consolation pour moi. Daniel était un homme d'une créativité extraordinaire. Il est parti bien trop tôt...

— La rumeur, continua Caroline, relaie également que *Devil in the Details* est un prétendant sérieux pour obtenir le prix Pulitzer de la meilleure pièce dramatique. Est-ce vrai ?

— Eh bien, oui, la pièce fait en effet partie des favorites. Mais, comme vous le savez, Caroline, le comité Pulitzer, pour prendre sa décision, a besoin, en plus des six exemplaires du scénario, d'un enregistrement vidéo de la pièce. Et cet enregistrement sera réalisé demain soir, lors de la première. Mais je suis sûre qu'avoir Belinda Winthrop au générique ne pourra pas me desservir...

— Effectivement, non. Le contraire serait étonnant, admit Caroline, appréhendant la suite de l'interview, qui ne serait certainement pas du goût de Victoria Sterling. Pouvez-vous, en quelques mots, nous dire de quoi parle la pièce ?

Victoria marqua une pause et inspira longuement.

— Je sais que vous n'aimez pas que l'on s'étende trop longtemps, alors je serai brève. Disons que *Devil in the Details* relate l'histoire d'une femme follement amoureuse de son mari, un homme charismatique, mais qui se rend compte peu à peu que ce dernier n'est pas celui qu'elle croyait être.

— Et qui est-il ?

— Un homme amoral, prêt à tout pour obtenir ce qu'il désire, peu importe qui il écrase sur son passage pour arriver à ses fins.

Caroline prit son courage à deux mains pour poser la question suivante.

— Certains disent que *Devil in the Details* est largement autobiographique, que, pour l'écrire, vous vous êtes inspirée de votre vie de couple... Qu'avez-vous à leur répondre ?

— Pas grand-chose, murmura Victoria.

Caroline attendit que l'auteur dramatique poursuive mais Victoria regardait résolument ailleurs.

23

Boomer étudiait une brochure touristique des Berkshires. Plus exactement, il regardait les publicités des restaurants de la région. Son choix s'arrêta sur une enseigne qui proposait « des steaks incomparables et les meilleurs homards du Maine ».

— Surf & Turf, voilà le restau qu'il me faut, dit-il, les yeux brillants.

— Toi, un rien te rend heureux ! s'exclama Lamar, qui rangeait son équipement vidéo.

— Merci pour votre invitation, les gars, mais ce sera sans moi. Ce soir, je dîne avec ma belle-fille, leur lança

Caroline alors qu'aucun des deux techniciens ne lui avait proposé de les accompagner.

Lamar, penaud, fourragea dans son sac.

— Ah bon ! Et où vas-tu ? lui demanda Boomer.

Il n'avait pas saisi la pique, mais était anxieux à l'idée qu'il existât un meilleur restaurant que celui qu'il avait choisi.

— Je n'en sais rien encore, répondit Caroline. Je vais laisser Meg décider... Enfin, si je parviens à la joindre...

Tandis que les deux hommes s'éloignaient en voiture, Caroline décida de se rendre à pied dans le centre-ville. Elle traversa le campus, dont les vieux immeubles de brique couverts de lierre rappelaient l'histoire du lieu. Warren College avait été fondé après la guerre de l'Indépendance et la plupart des bâtiments dataient du début du XIXᵉ siècle. De l'ensemble se dégageait une atmosphère de permanence et de sérénité. L'on se trouvait ici dans un cadre privilégié et protégé.

Caroline eut une pensée pour les parents des deux jeunes stagiaires décédés accidentellement. Ils avaient laissé partir leurs enfants à Warrenstown pour l'été en toute confiance, persuadés qu'ils étaient en sécurité. Ils dormaient dans des chambres d'étudiants, prenaient leurs repas à la cafétéria de l'université, suivaient des cours de théâtre sur le campus... Pourtant, ces parents traversaient en ce moment la pire épreuve de leur vie.

Heureusement, Meg était toujours en vie. Nick ne réussirait pas à surmonter un tel choc ni à s'en remettre si jamais il arrivait quoi que ce soit à sa fille.

Caroline flânait dans Main Street et s'arrêtait devant chaque boutique. Elle admira une petite jupe paysanne en gaze noire dans la vitrine d'un magasin de vêtements. Elle entra et l'essaya. Tandis qu'elle s'observait dans le miroir, elle ne put s'empêcher – comme elle s'en faisait la réflexion au moins une fois par jour – de se trouver trop petite. Mais la jupe lui allait bien, aussi décida-t-elle de la prendre.

Caroline continuait son lèche-vitrines quand un collier de turquoises attira son attention. Elle pénétra dans la bijouterie et l'acheta pour Meg. Puis elle poursuivit sa déambulation à la recherche d'un cadeau pour Nick. Quand elle aperçut une galerie d'art, elle y entra.

Une femme entre deux âges au sourire engageant vint à sa rencontre.

— Bonjour, je suis Jane Ambrose. Bienvenue à la galerie Ambrose, l'accueillit-elle.

Caroline embrassa du regard l'unique pièce spacieuse. Savamment accrochées, plusieurs toiles égayaient les murs gris pâle. Des meubles d'artisanat trônaient sur la moquette couleur ardoise et plusieurs vitrines en verre présentaient divers objets de décoration d'intérieur. Chaque pièce de la galerie, harmonieusement disposée, semblait avoir été choisie avec soin.

— Vous avez vraiment un très bel endroit ! s'exclama Caroline.

— C'est très gentil de votre part, la remercia Jane. Nous sommes presque prêts pour le vernissage de vendredi soir, lui dit-elle en montrant un pan de mur nu.

C'est là que nous accrocherons la dernière création de Remington Peters, un portrait de Belinda Winthrop.

Caroline s'approcha et examina les deux toiles qui encadraient l'espace vide réservé au clou de l'exposition. L'une d'elles représentait une jeune femme vêtue d'une élégante robe légère avec, en arrière-plan, un paysage boisé. Sur l'autre, la même femme portait une robe noire des plus sobre rehaussée d'un long collier de perles. Ses cheveux étaient coiffés à la manière d'Audrey Hepburn dans *Diamants sur canapé*.

— Ce sont des tableaux représentant Belinda Winthrop dans ses rôles des deux années précédentes, lui précisa la galeriste. Titania, la reine des fées dans *Le Songe d'une nuit d'été*, et Madison Whitehall, l'héroïne de *Treasure Trove*. Nous attendons avec impatience la Valérie de *Devil in the Details*.

— Ces toiles sont superbes, s'enthousiasma Caroline. On sent que l'artiste aime son sujet...

— Ça, c'est le moins qu'on puisse dire ! En fait, ça va même au-delà. On peut dire que Remington la vénère. Il est tombé amoureux de Belinda quand ils étaient plus jeunes, et son travail atteste que c'est toujours le cas...

— C'est un peu triste, répliqua Caroline en observant les toiles avec attention.

— Oui, sans doute, admit la galeriste. Mais regardez l'émotion fantastique qui s'en dégage.

— Et je suppose que les prix eux aussi sont... fantastiques...

— Ces toiles ne sont pas à vendre. Hélas ! Remington refuse de s'en séparer. Ce n'est pourtant pas faute d'avoir essayé. Ah, si seulement il avait consenti à céder les autres toiles qu'il avait faites de Belinda, elles n'auraient pas été détruites dans l'incendie de son atelier.

— Quel dommage ! s'exclama Caroline.

— Oh, oui ! Un véritable drame. Bien sûr, ses peintures étaient assurées, mais jamais une somme d'argent ne pourra remplacer une telle perte.

24

Le premier acte se déroula sans anicroche. Une fois le rideau tombé, Keith Fallows se rendit en coulisses et livra ses recommandations pour la suite à des comédiens et des techniciens visiblement plus détendus que lors de la répétition précédente.

— OK ! Tout le monde en place. Et, quoi qu'il arrive, on ne s'arrête pas, on va jusqu'au bout du deuxième acte. On se retrouve ensuite ici pour que je vous fasse part de mes remarques, dit-il pour conclure sa causerie. Et, n'oubliez pas, après l'acte II on répète également les rappels, juste pour voir avec quelle rapidité on se retrouve tous sur scène.

Quand le rideau se leva de nouveau, Langley se tenait debout, un script à la main, juste à côté de l'un des accès à la scène, veillant à ne pas gêner le déplacement des acteurs qui entraient et sortaient. Les deux premières scènes défilèrent sans histoire. Comme chaque fois, elle n'avait eu d'yeux que pour Belinda Winthrop. Au moment où *Devil in the Details* allait reprendre, elle jeta un coup d'œil au scénario.

Acte II, scène 3

La même chambre, un peu plus tard. Un feu brûle dans la cheminée, qui procure, avec la lampe allumée sur l'une des tables de chevet, sa seule lumière à la pièce. Valérie et Davis se font face, chacun à une extrémité de la chambre, comme prêts à livrer un combat.

Valérie : Qu'attends-tu de moi, Davis ?

Davis : Je n'attends rien de toi. Qu'est-ce qui peut bien te laisser croire que j'ai besoin de toi ?

Valérie : Le fait que nous vivons ensemble, que nous faisons l'amour ensemble depuis quatorze ans a pu me laisser imaginer cela.

Davis : *(Rires.)* Oh, ça ! Je crains que tu ne confondes besoin et commodité. *(Pause.)* Tu as toujours eu un esprit un peu embrouillé. Cela fait partie de ton charme. *(Davis se dirige vers l'autre table de chevet et allume la lampe, parlant à Valérie par-dessus son épaule.)* Tu avais l'air un peu fatiguée ces derniers temps mais, pourtant, tu semblais heureuse, n'est-ce pas ?

Valérie : Maintenant, c'est toi qui mélanges tout, Davis. Le bonheur et la peur sont des sentiments différents – du moins pour toute personne normalement constituée.

Davis : Tu parles de peur ?

Valérie : Oui, j'ai peur. Je suis sans doute la seule personne qui te connaisse assez pour savoir que la peur est le seul sentiment que tu puisses inspirer.

Davis : Que crois-tu avoir appris, Valérie ? *(Davis ouvre le tiroir de sa table de chevet puis se tourne vers Valérie.)* Dis-le-moi, bon sang ! Que crois-tu savoir ?

Valérie : Je sais que la femme la plus effrayée au monde se couche chaque soir à côté de quelqu'un qui a vendu son âme au diable.

Davis : Tu pensais donc que j'avais une âme à vendre ! Tu me flattes... *(Tournant le dos à Valérie, Davis sort un pistolet du tiroir. Valérie aperçoit l'arme. Elle recule d'un pas.)*

Valérie : Je savais que tu possédais cette arme, Davis. Cela fait des mois que tu la conserves dans ce tiroir, afin que, lorsque je m'allonge, nuit après nuit, j'aie peur de fermer les yeux, peur qu'à tout moment tu ne viennes presser le canon contre ma tempe et appuyer sur la détente.

Davis : Je pourrais peut-être te convaincre d'appuyer toi-même sur la détente. Sens la douceur du métal. Écoute le doux bruit de la percussion avant l'explosion finale. Tout le monde comprendra, crois-moi. Et je me ferais un malin plaisir d'insinuer combien tu étais déprimée ces temps derniers.

(Davis se déplace rapidement vers la porte pour empêcher Valérie de sortir. Valérie ouvre la porte-fenêtre donnant sur le balcon.)

Valérie : Il suffit, Davis. La plaisanterie a assez duré. Même toi, je suis sûre que tu ne trouves pas ça drôle.

Davis : Je suis d'accord. Ce n'est pas drôle. Il est seulement plaisant d'imaginer toutes les possibilités.

Valérie : Pourquoi ne pas divorcer alors, ou simplement me quitter ? Je ne te créerai aucun ennui...

Davis : Mais ça ne se passera pas comme ça, ma chère. Je n'ai jamais connu l'échec, Valérie. Et je ne veux absolument pas que l'on puisse penser que j'ai échoué dans mon rôle de mari. *(Menaçant.)* Te laisser partir est hors de question.

(Valérie se tourne vers la fenêtre ouverte et sort sur le balcon. Davis, son pistolet toujours à la main, la suit hors de la scène. Les lumières s'éteignent.)

25

Meg aida Belinda à ôter son costume de scène, qu'elle alla soigneusement ranger dans la penderie. Elle accrocha ensuite le jupon à un cintre, qu'elle suspendit à côté de la robe verte.

— Oh, ça fait du bien ! s'exclama Belinda tandis que Meg défaisait les lacets de son corset. Comment les femmes des siècles passés supportaient-elles une pareille torture !

Meg prit le corset ainsi que divers accessoires qui traînaient dans la loge pour les remettre à leur place pendant que Belinda finissait seule de se déshabiller. Elle enfila ensuite un jean et un chemisier au décolleté plongeant.

— Donne-moi ça, dit Meg en montrant du doigt le débardeur en coton que Belinda portait sous son corset. Je vais le porter à la buanderie.

Une fois dans le couloir, Meg croisa Langley Tate qui attendait pour entrer dans la loge. Meg hésita une seconde avant de poursuivre son chemin. Sans qu'elle puisse clairement se l'expliquer, Meg avait tendance à se montrer protectrice envers Belinda quand Langley était dans les parages. Elle n'avait aucune envie de laisser la star seule en compagnie de sa doublure.

Meg déposa le sous-vêtement dans un panier de linge sale et s'apprêtait à regagner la loge quand son téléphone se mit à sonner. En voyant le nom s'afficher à l'écran, elle sut qu'elle devait répondre. Elle ne pouvait pas éternellement retarder l'échéance. Rencontrer sa belle-mère était inévitable. Pourtant, elle ne décrocha pas. Elle écouta ensuite le message que Caroline lui avait laissé sur sa boîte vocale et décida de lui adresser un SMS pour lui fixer rendez-vous. Cela éviterait au moins d'avoir à lui parler...

*

Belinda était assise devant le grand miroir de sa loge et enlevait l'épaisse couche de maquillage qui lui couvrait le visage. Langley, qui se tenait derrière elle, parlait au reflet de la comédienne dans la glace.

— Tu as été formidable, lui lança la jeune femme.

— Merci, Langley. C'est gentil.

— Particulièrement dans le deuxième acte. Tu interprétais Valérie à la perfection. J'ai vraiment été effrayée. La manière dont elle prend conscience que son mari veut se débarrasser d'elle était tout simplement fantastique. J'apprends tellement en t'observant, Belinda. Toutes les années d'expérience que tu as accumulées te permettent de rayonner sur scène.

— On croirait, à t'entendre, que je suis croulante, répondit Belinda en enlevant la pince qui retenait ses cheveux blond cendré avant de secouer la tête pour qu'ils retrouvent leur position naturelle.

— Oh non ! Ce n'est pas du tout ce que je voulais dire, répliqua Langley, gênée. Bien au contraire. C'est juste que tu es au sommet et que moi je n'ai aucune expérience.

— Allons, Langley. Tu es une comédienne talentueuse, et tu le sais. Toi aussi, tu vas percer. Laisse-toi un peu de temps.

— Excuse-moi, Belinda, mais c'est facile pour toi de dire ça. À mon âge, tu avais déjà remporté un Oscar...

*

RDV o resto thaï de Main Street

Une fois son texto envoyé, Meg referma son téléphone portable et retourna vers la loge de Belinda. Quand elle ouvrit la porte, elle entendit la voix de Langley Tate.

— J'espère seulement, quand mon tour viendra, que j'aurai ne serait-ce que la moitié de ton talent.

26

L'assassin se connecta à Internet et ouvrit la messagerie électronique censée être celle de la mère d'Amy.
Aucun nouveau message.
Aucune réponse de brightlights999.

Aucune nouvelle de la personne qu'Amy avait contactée avant de mourir. La seule qui pouvait tout faire échouer.

27

Caroline et Meg commandèrent le même plat.

— Eh bien, nous avons au moins un point commun ! dit Caroline en refermant la carte et en la tendant au serveur du restaurant thaïlandais.

Meg esquissa un vague sourire.

— Et je sais qu'il y a d'autres sujets sur lesquels nous pouvons être d'accord.

— Comme quoi ? demanda Meg après avoir avalé une gorgée d'eau.

— Ton père. Nous l'aimons toutes les deux.

Meg prit une autre gorgée, mais ne répliqua pas.

Sentant qu'il était inutile d'insister pour le moment, Caroline préféra changer de conversation.

— Alors, comment ça se passe ? Est-ce que le stage répond à tes attentes ?

— Ouais, je crois, murmura Meg en haussant les épaules.

— As-tu l'impression d'avoir progressé ?

— C'est dur de savoir, expliqua Meg. Je suis allée à tous les cours de comédie mais je n'ai été retenue pour aucun des rôles que j'ai auditionnés.

— Je suppose que ça ne doit pas être facile pour un stagiaire de décrocher un rôle dans les pièces majeures du festival, compatit Caroline.

— Non, en effet, c'est pas de la tarte. Mais je n'ai même pas été retenue pour les pièces en un acte du *off*...

L'arrivée de leurs plats créa une heureuse diversion pour Caroline, qui ne se voyait pas servir à sa belle-fille tout un laïus d'encouragements qui aurait sonné faux.

— C'est bon, hein ? demanda Caroline après qu'elles eurent chacune avalé quelques bouchées.

Meg acquiesça en silence.

Caroline fit une nouvelle tentative.

— C'est déjà bien que tu aies été choisie pour jouer dans le cabaret, ce week-end, Meg. Ton père était très ému quand il l'a appris. Et il est tout excité à l'idée de te voir sur scène...

— Ouais, je suppose que c'est normal après tout l'argent qu'il a dépensé pour me payer des cours.

— Il est fier de toi, Meg... Et il t'aime.

— Je sais, répondit la jeune fille en repoussant son assiette.

— C'est tout ce que tu manges, s'enquit Caroline.

— Je n'ai pas faim.

— Tu ne te sens pas bien ?

— Pour être franche avec toi, non. En fait, si ça t'intéresse, je me sens assez triste. Deux des stagiaires se sont tués dans un accident de voiture le week-end dernier.

— Oui, j'ai appris la nouvelle en lisant le journal. Est-ce que tu les connaissais bien ?

— Le garçon, pas vraiment. Mais Amy, oui. Le jour de notre arrivée, elle et moi avions été assignées au ramassage des mégots de cigarette et des détritus autour du théâtre. Et nous nous sommes tout de suite bien entendues. Ensuite, on a pas mal traîné ensemble.

— Je suis sincèrement désolée, Meg, lui dit Caroline en reposant sa fourchette le long de son assiette. L'article dans le journal disait qu'ils fumaient de l'herbe.

— Et alors ? s'emporta Meg. Est-ce que ça rend les choses moins tristes ? demanda-t-elle à Caroline en la regardant droit dans les yeux. Est-ce que cela devait arriver parce qu'ils avaient fumé un joint ?

— Oh, bien sûr que non, Meg. Je n'ai jamais sous-entendu pareille chose. C'était juste une remarque...

En écoutant la réponse sortir de sa bouche, Caroline prit conscience qu'elle tournait encore autour du pot. Depuis le début de sa relation avec Nick, Caroline avait toujours essayé de ménager la susceptibilité de Meg. Au fil des mois, elle s'était efforcée de se montrer patiente. Mais elle commençait à en avoir assez de toujours se contrôler pour ne pas froisser la jeune fille.

— Ah, avant que j'oublie, voilà les produits de maquillage et la crème que tu m'avais demandés, lui dit Caroline en sortant un sachet en papier de son sac à main. Et tes sandales en cuir.

— Merci.

En tendant ses affaires à Meg, Caroline décida que le moment était venu de lui parler de ce qu'elle avait découvert.

— Tu sais, Meg, dans ton placard, je suis tombée sur quelque chose qui m'inquiète.

— Qu'est-ce que tu es allée fouiller dans ma chambre ! s'emporta Meg.

— Je n'ai pas fouillé, comme tu dis. Ce sachet de marijuana et ce paquet de feuilles à rouler traînaient par terre et je suis tombée dessus en prenant tes sandales. Ils ont dû tomber d'une étagère quand tu préparais ton sac. C'est du moins ce que je suppose. Je ne pense pas que tu les aies délibérément laissés en évidence pour qu'on les trouve...

— Bien sûr que non, grommela Meg. Mais y a pas de quoi en faire une affaire d'État.

— Ces deux adolescents qui sont morts ne pensaient sans doute pas que fumer de l'herbe pouvait porter à conséquence...

Meg garda le silence.

— Écoute, Meg. Pour le moment, j'ai décidé de ne rien dire à ton père. Mais sache que je suis vraiment inquiète. Je veux que tu me promettes de ne jamais prendre le volant après avoir fumé un joint.

— D'accord, lâcha Meg. Tant que tu ne mets pas papa au courant de cette histoire...

28

Les lumières de l'atelier de Remington étaient allumées à une heure où d'ordinaire elles étaient éteintes depuis longtemps. Le peintre observait sa toile. Il était anéanti. Ayant assisté à la dernière répétition de *Devil in the Details*, il en était arrivé à ce terrible constat qu'il n'avait pas su restituer la Valérie qu'il avait vue sur scène.

Il imbiba son pinceau de vert et en quelques coups experts donna à la robe de velours ses amples mouvements. Il s'éloigna un peu. La robe de Valérie était parfaite. C'est l'expression de son visage qui n'allait pas. Et il ne voyait pas comment il réussirait à être prêt à temps.

Remington essaya d'imaginer comment il expliquerait à Zeke et Jane Ambrose, quand ils viendraient ce matin chercher la toile, qu'elle n'était pas achevée. Il savait que, depuis plusieurs semaines, ils avaient énormément communiqué et investi en publicité pour promouvoir cette exposition, dont le dernier tableau de Remington était la pièce majeure.

Jane et Zeke s'étaient montrés particulièrement bons avec lui au cours des années passées, et Remington n'aimait pas les décevoir. Quand le feu avait détruit son atelier, ils avaient été les premiers à déplorer la perte de la série des portraits de Belinda, mais, plutôt que de s'appesantir, ils l'avaient soutenu et encouragé à poursuivre son œuvre. Ils l'appelaient sans cesse, l'invitaient à dîner et le couvraient de mille attentions. Et, quand Belinda lui avait proposé de venir s'installer à Curtains Up, le couple de galeristes l'avait aidé à emménager.

Remington n'avait ni l'intention ni l'envie de les laisser tomber, mais il lui était impossible d'exposer la toile en l'état actuel, même s'il ferait tout pour qu'elle soit prête le plus rapidement possible.

Il délaissa ses pinceaux et s'empara du scénario de *Devil in the Details*, qu'il relut pour la énième fois. Alors qu'il lisait la dernière scène, il entendit dans le lointain le faible ronflement d'un moteur. Le bruit s'amplifia et Remington se demanda, comme chaque fois, pourquoi un petit avion volait à si basse altitude en plein milieu de la nuit à des kilomètres de l'aéroport le plus proche.

Les fois précédentes, il s'était relevé pour observer le ciel mais n'avait rien pu voir. De nouveau, il sortit de l'ancienne écurie et regarda en l'air. En l'absence de toute pollution, la lune éclairait le ciel constellé d'étoiles. Quand le bruit du moteur fut à son paroxysme, Remington aperçut l'engin au moment où celui-ci larguait des caisses sombres au-dessus de la prairie, en contrebas.

JEUDI 3 AOÛT

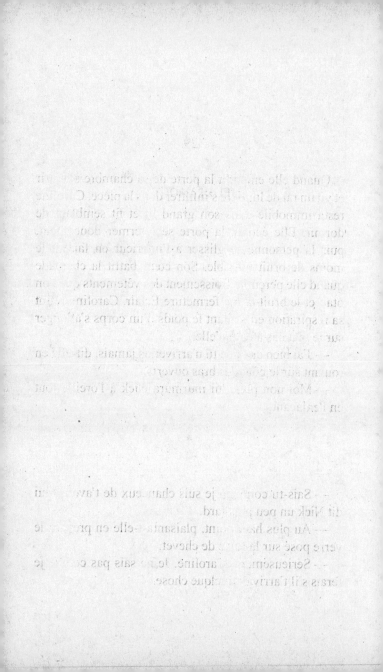

29

Quand elle entendit la porte de sa chambre s'ouvrir et vit un rai de lumière s'infiltrer dans la pièce, Caroline resta immobile dans son grand lit et fit semblant de dormir. Elle écouta la porte se refermer doucement, puis la personne se glisser à l'intérieur en faisant le moins de bruit possible. Son cœur battit la chamade quand elle perçut le froissement des vêtements que l'on ôtait et le bruit d'une fermeture Éclair. Caroline retint sa respiration en sentant le poids d'un corps s'allonger sur le matelas à côté d'elle.

— J'ai bien cru que tu n'arriverais jamais, dit-elle en roulant sur le côté, les bras ouverts.

— Moi non plus, lui murmura Nick à l'oreille tout en l'enlaçant.

*

— Sais-tu combien je suis chanceux de t'avoir ? lui dit Nick un peu plus tard.

— Au plus haut point, plaisanta-t-elle en prenant le verre posé sur la table de chevet.

— Sérieusement, Caroline. Je ne sais pas ce que je ferais s'il t'arrivait quelque chose.

— Il ne va rien m'arriver, lui répondit-elle en se lovant contre lui. Et même s'il m'arrivait quoi que ce soit, tu continuerais à aller de l'avant, Nick. Sache que c'est mon souhait le plus cher.

— Oui, mais moi, je n'en aurais aucune envie. Je n'en aurais plus la force...

Caroline sentit la voix de Nick se briser. Elle se redressa.

— Hé, qu'est-ce que ça signifie ? À quoi penses-tu ?

— Je n'en sais rien... Je suppose que c'est le fait d'être de nouveau à Warrenstown qui me met dans cet état-là. C'est le dernier voyage que Maggie et moi avons fait ensemble. Une fois de retour à New York, on lui a diagnostiqué un cancer, ensuite tout s'est enchaîné si vite... Le reste appartient à l'histoire...

Caroline lui prit les mains dans le noir.

— Oui, c'est une histoire triste mais, comme tu le dis, elle appartient désormais au passé, Nick. Il nous faut aller de l'avant. Nous avons tout l'avenir devant nous...

— Je ne sais pas, chérie, murmura-t-il. Tu es sur un voilier au milieu de l'océan. Il fait beau, la mer est bleue et, soudain, sans que tu t'y attendes, une lame de fond te fait chavirer et ton monde se retrouve sens dessus dessous... Après, quoi qu'on en dise, rien ne peut plus jamais être comme avant.

La voiture de patrouille dépêchée par le commissariat filait à vive allure en direction de la bibliothèque municipale de Warrenstown. Une femme entre deux âges attendait sur le parking, le visage couvert de larmes.

— Quand je suis arrivée pour ouvrir, la porte n'était pas fermée à clé, dit-elle en reniflant. Pendant quelques minutes, j'ai pesté après Theresa, pensant qu'elle avait oublié de fermer avant de partir, mais...

— Mais... ? demanda le policier.

La femme se couvrit les yeux et éclata en sanglots.

— Mais quoi ? insista le policier. Que s'est-il passé ensuite, madame ?

— Mais quand je suis entrée et que j'ai allumé, j'ai trouvé Theresa allongée sur le sol, juste devant le bureau d'accueil. Et, quand je me suis penchée, j'ai vu tout ce sang répandu autour d'elle. J'ai voulu prendre son pouls mais elle était glacée. J'ai alors compris qu'elle était morte..., conclut la femme en frissonnant.

— Restez ici, madame, lui intima le policier.

Ce dernier gagna la bibliothèque. Les néons éclairaient d'une lumière étrange le corps qui reposait face contre terre. Il mit un genou au sol et, avec une infinie précaution, retourna le cadavre.

Le policier aurait bien été incapable de dire si le visage de la victime s'était figé en un masque de terreur ou de surprise. Ce qui était certain en revanche, c'est qu'elle avait les yeux grands ouverts, et qu'on avait dû l'égorger avec ce coupe-papier qui traînait à côté d'elle.

— Ça doit être le room service, dit Caroline en entendant les coups frappés à la porte. J'ai fait une réservation hier...

— Excellente idée ! s'exclama Nick en se levant.

Il ramassa le pantalon qu'il avait laissé en boule sur le sol et prit quelques pièces de monnaie dans une de ses poches. Il ouvrit la porte, donna un généreux pourboire au garçon d'étage et poussa lui-même le chariot à l'intérieur de la chambre.

— Petit déjeuner au lit ? Ou préfères-tu que nous nous installions près de la fenêtre ? lui demanda-t-il.

— Au lit ! lui répondit Caroline en ramenant les oreillers dans son dos.

— Ça a l'air délicieux, dit Nick en soulevant les couvercles des assiettes.

Il y avait de quoi nourrir une famille de quatre personnes : une montagne de pancakes, une ribambelle de saucisses, du bacon à profusion, de fines tranches de melon accompagnées de fraises, ainsi que des toasts de pain de mie coupés en diagonale, deux pichets de sirop d'érable tiède et un pot de café fumant étaient posés sur la nappe d'un blanc immaculé qui recouvrait la desserte.

Tout en mangeant, Nick lui raconta comment s'était passé son vol depuis Los Angeles, puis le trajet de nuit jusqu'à Warrenstown.

— Une fois qu'on a quitté l'autoroute, lui dit-il, la route est si sinueuse et si mal éclairée que j'ai bien failli louper un virage...

— À ce propos, enchaîna Caroline. Deux stagiaires

du festival se sont tués sur cette même route dimanche dernier. Eux, ce n'est pas à cause de l'obscurité, ils avaient fumé de la marijuana.

— Pauvres parents, compatit Nick.

Caroline fut un instant tentée d'évoquer la découverte faite dans la chambre de Meg. Outre qu'elle avait promis à sa belle-fille de se taire, elle ne voulait pas gâcher leurs retrouvailles après une si longue séparation. Mais l'accident dont elle avait parlé lui en rappela un autre.

— Nick ?

— Oui.

— En effectuant des recherches pour préparer mes interviews, je suis tombée sur un vieil article de *Vanity Fair* qui relatait l'accident de voiture dont a été victime Daniel Sterling, il y a deux ans…

— Et alors ? lui demanda Nick en remplissant leurs tasses de café.

— Eh bien, sa femme a déclaré à la police qu'avant de prendre le volant il s'était disputé avec l'un des invités. Et dans l'article, j'ai vu que tu figurais au nombre de ces invités, et que la police t'avait interrogé…

— Moi et quelques autres, ma chérie.

— Pourquoi ne m'en as-tu jamais parlé, Nick ? Tu savais que je préparais un reportage sur le festival et sur Belinda Winthrop…

— Je ne sais pas, répondit-il en haussant les épaules. Peut-être parce que j'essaie d'oublier ce fichu été.

— Pourquoi donc ?

— C'était l'été avant que Maggie ne meure. Nous ne savions pas qu'elle était condamnée quand nous sommes venus pour la lecture de ma pièce. Nous avons vécu de très bons moments ici, mais je me sens toujours coupable de ne pas avoir passé suffisamment de temps avec elle…

Il marqua une pause pour avaler une autre gorgée de café.

— J'étais tellement accaparé par toutes ces histoires de théâtre qu'elle était seule la majeure partie du temps. Bien sûr, elle ne s'ennuyait pas. Elle aimait visiter les musées des environs, plus particulièrement le Clark. Je sais qu'elle s'est rendue à Strockbridge pour admirer les toiles de Norman Rockwell et qu'elle est aussi allée à Lenox visiter le manoir d'Edith Wharton. Mais j'aurais dû être là, avec elle…

— Tu ne pouvais pas savoir, lui dit Caroline en lui prenant la main.

— Je sais mais, chaque fois que je repense à cet été, je sens la tristesse m'envahir. Et c'est un sujet que j'évite d'aborder…

Caroline se pencha vers lui et l'embrassa sur la joue.

— Et concernant la fête chez Belinda ? reprit-elle. Avec qui penses-tu que Daniel Sterling se soit disputé avant de prendre le volant ?

— Chérie, si Daniel Sterling a eu une altercation avec l'un des convives, je n'ai aucune idée de qui il peut s'agir.

Nick posa le plateau du petit déjeuner à terre, se tourna vers Caroline et l'observa. Les rayons matinaux du soleil la nimbaient d'une douce lumière. Il était sous le charme de ses yeux bleus éclatants, de ses traits délicats et de sa peau claire. Quand il avait rencontré Caroline pour la première fois, elle lui avait fait penser à la représentation qu'il s'était faite des héroïnes des romans des sœurs Brontë.

— Pourquoi perdre notre temps le plus précieux à évoquer le passé ? lui murmura-t-il en se penchant sur elle pour l'embrasser. Seul le présent m'intéresse.

32

Quand il eut fini de ranger en petits tas bien nets le contenu des caisses de la dernière livraison, Gus s'assit sur le sol crasseux et observa son travail avec satisfaction. Une fois par semaine, il ne dormait pas de la nuit. Il attendait que l'avion ait effectué le largage de sa marchandise, puis transbahutait les caisses de la prairie à la grotte.

S'il avait pu faire confiance à quelqu'un, il y a longtemps que Gus l'aurait embauché pour faire ce sale boulot. Mais il ne voulait pas partager ses bénéfices et encore moins prendre le risque de se faire balancer – ce qui lui était arrivé la dernière fois, lui valant une peine de prison. Plus jamais ça.

Gus pointa la lampe torche sur sa montre. Il savait qu'il devait être rentré avant que Belinda soit levée. Il se releva, épousseta son pantalon et emprunta l'échelle pour remonter à la surface, où il cligna des yeux pour s'habituer à la lumière du jour.

À bord de la voiturette de golf, il traversa les bois, appréhendant la journée à venir. À cause de la soirée qu'elle organisait ce soir, Belinda aurait à n'en point douter une tonne de choses à lui demander. Et il fallait aussi qu'il aille à Pittsfield dans l'après-midi pour honorer son rendez-vous avec son contrôleur judiciaire. Quelle plaie !

Gus se rendit directement à la grange pour sortir les chaises pliantes que Belinda aimait voir disposées autour des tables, dans le patio. Tout serait prêt quand elle se réveillerait et au moins serait-elle satisfaite quand elle descendrait prendre son petit déjeuner. Il se demanda si elle mentionnerait ce qu'elle avait découvert dans les bois. Si jamais elle lui en parlait, il serait bien embarrassé de lui expliquer ce qu'il faisait là-bas.

Mais Gus était à peu près certain qu'avec la première de sa pièce et les préparatifs de la fête qui s'ensuivraient Belinda aurait l'esprit ailleurs. Ce qui lui laissait quelques heures supplémentaires pour trouver une excuse plausible.

33

Caroline était toujours aussi étonnée par les sautes d'humeur de Meg, dont le comportement pouvait varier du tout au tout selon qu'elle était avec son père ou seule avec sa belle-mère. L'air renfrogné de Meg disparaissait comme par enchantement dès que Nick était présent. Aussi Caroline se félicita-t-elle d'avoir proposé à son mari de les accompagner ce matin, Meg ayant accepté – de mauvaise grâce – de lui faire visiter le théâtre.

— C'est gentil, mon cœur, de prendre le temps de nous faire découvrir tout ça, dit Nick à sa fille tandis qu'ils empruntaient le long corridor menant aux coulisses.

Meg lui adressa un grand sourire. Mais, quand Caroline la remercia à son tour, la jeune femme l'ignora et Caroline surprit le regard d'intelligence qu'échangèrent Lamar et Boomer, signifiant qu'ils avaient remarqué les relations tendues entre la journaliste et sa belle-fille.

— Et voici le foyer des acteurs, dit Meg en ouvrant une porte.

La grande pièce était meublée de chaises, de plusieurs canapés et d'un lit pour enfant.

— C'est là, reprit-elle, que les comédiens viennent se reposer et que la plupart des techniciens attendent entre deux changements de décor. Je crois bien que c'est le syndicat des acteurs qui impose la présence d'un petit lit...

Un peu plus loin se trouvait la buanderie, contenant plusieurs machines à laver et un nombre égal de sèche-linge. La pièce attenante était la salle des costumes. De longues tables sur lesquelles on pouvait étaler les tissus et découper les étoffes occupaient la majeure partie de l'espace. Des rouleaux de tissus étaient posés contre les murs. Il y avait aussi des mannequins pour les essayages et les retouches, des machines à coudre et des fers à repasser. La caméra de Lamar n'oublia aucun détail.

— Et maintenant, papa, je vais te montrer l'endroit où je passe la majeure partie de mon temps, dit Meg en ignorant le reste du groupe alors qu'ils approchaient de la pièce suivante. La loge de Belinda Winthrop.

Lamar était toujours en train de filmer quand Meg ouvrit la porte. Il vit une jeune femme blonde et élancée vêtue d'une robe verte qui se tenait devant une glace. À son expression agacée, il sentit qu'ils n'étaient pas les bienvenus.

— Qui vous a permis d'entrer ici ? demanda la jeune femme d'un ton autoritaire en se retournant, prête à chasser ces importuns. Où vous croyez...

Sa voix changea d'intonation et elle se mit à rougir quand elle reconnut Meg.

— Salut, Langley, lui lança Meg.

— Oh, Meg, c'est toi, répondit-elle d'une voix gênée. J'étais en train de répéter, crut-elle bon de se justifier. Et je voulais voir quelle différence cela faisait quand j'étais en costume... Tu sais, juste au cas où j'aurais à remplacer Belinda au pied levé...

34

Zeke Ambrose sifflotait en écoutant un air à la radio tandis qu'il remontait à bord de son break l'allée menant à Curtains Up. Il était impatient de voir pour la première fois la Valérie de *Devil in the Details*. L'attente suscitée autour de la pièce se mêlait à l'habituel enthousiasme qui gagnait les propriétaires de la galerie Ambrose dès qu'une nouvelle exposition de Remington Peters était annoncée. Zeke et Jane attendaient énormément de monde au vernissage du lendemain soir.

Pour la énième fois, Zeke espéra que Remington accepterait enfin de mettre en vente les portraits de Belinda. S'il avait cédé les premiers, ils seraient aujourd'hui accrochés chez des collectionneurs, et non réduits à l'état de cendres. Zeke essaya de ne pas penser à tous ces chefs-d'œuvre disparus dans l'incendie trois ans plus tôt. Ce jour-là, Remington avait perdu ses plus belles pièces.

Zeke et Jane s'étaient inquiétés pour Remington, craignant qu'il ne sombre dans une dépression et décide de ne plus jamais retoucher un pinceau. Ils avaient fait tout leur possible pour l'aider à remonter la pente, sollicitant même l'intervention de Belinda. Quand cette dernière avait proposé à Remington de venir emménager à Curtains Up, ils avaient vu un sourire s'esquisser sur le visage du peintre, le premier depuis l'incendie. Et, une fois installé dans l'ancienne écurie, il s'était remis à peindre.

Avec celle que Zeke venait chercher ce matin, il y aurait désormais trois toiles de Remington Peters représentant Belinda Winthrop accrochées aux murs de la galerie Ambrose. Sans compter tous les paysages de Berkshires que Remington acceptait de vendre.

Zeke se gara devant l'atelier du peintre et ouvrit le hayon arrière de son break. Il en sortit la caisse en bois qui lui permettrait de transporter en toute sécurité le tableau. Il la porta jusqu'à la porte et frappa.

Pas de réponse.

Zeke frappa de nouveau, puis une troisième fois. Toujours pas de réponse. Il contourna alors la maison et mit ses deux mains contre la baie vitrée pour regarder à l'intérieur. Aucun signe de vie. Zeke aperçut la grande toile posée sur son chevalet, mais elle était tournée de telle manière qu'il n'en voyait que le châssis.

Il retourna à sa voiture et s'apprêtait à reprendre le volant quand il vit Remington qui remontait l'allée.

— Ah, te voila ! Bonjour, Remington, lui lança Zeke. J'ai cru que tu m'avais posé un lapin.

Tandis que Remington avançait vers lui, Zeke remarqua ses épaules voûtées et sa moue des mauvais jours. Et, quand les deux hommes échangèrent une poignée de main, Zeke sentit que celle de Remington était couverte d'une poussière épaisse.

— Qu'est-ce que tu étais en train de faire ? Du jardinage ? lui demanda-t-il en observant ses mains et ses vêtements sales.

— Non, juste une promenade dans les bois, lui répondit le peintre en brossant son pantalon.

— Parfait, allons donc voir le chef-d'œuvre, enchaîna le galeriste, un large sourire éclairant son visage.

Il se dirigeait déjà vers l'atelier quand Remington le retint.

— Attends, Zeke.

— Que se passe-t-il ? demanda le galeriste en se retournant.

— Je ne peux pas te donner le tableau...

— Comment ça ?

— Il n'est pas terminé. Ou plutôt si, il pourrait l'être, mais il ne me convient pas. Il faut que je le retravaille.

— Allons, tu es trop exigeant, répliqua Zeke. Je suis sûr qu'il est fantastique...

— Il ne l'est pas, crois-moi.

— Allons, Remington. Laisse-moi te donner mon avis.

— Zeke, tu sais que je respecte ton opinion. Mais, pour le moment, personne ne peut voir ce tableau. Pas même toi...

Nouvelle connexion infructueuse.

Toujours pas de réponse de brightlights999.

Avec une telle adresse, il y avait fort à parier que la personne à qui Amy avait envoyé le message juste avant de mourir était de sexe féminin. Quoi qu'il en soit, elle – ou il – pouvait déclencher un séisme en allant trouver les autorités.

Par chance, les deux adolescents avaient fumé de l'herbe, et la police avait conclu à l'accident. Il y avait peu de chances en revanche pour que la mort de la bibliothécaire soit classée de la sorte. Peu vraisemblable qu'elle se soit tranché la gorge toute seule !

Une enquête pour meurtre à l'arme blanche serait bientôt ouverte dans cette charmante ville de Warrenstown... Et si brightlights999 montrait à la police les photos de la voiture prises par Amy, le dossier sur la mort des deux adolescents pourrait bien être rouvert, pour homicide, cette fois...

Et de là à ce qu'un flic fouineur vienne frapper à la porte...

Allez, brightlights999, réponds à mon message !

J'ai besoin de savoir qui tu es...

36

Victoria fourrageait dans la cuisine. Elle cassa deux œufs dans un bol, qu'elle battit en omelette, ajouta du lait et de l'extrait de vanille, puis trempa deux tranches de pain de mie dans la mixture avant de les faire cuire à la poêle.

Tandis que les toasts prenaient des couleurs, elle lava des fraises, qu'elle coupa en rondelles, et pressa une orange. Elle eut une pensée pour Daniel. Ils avaient pour coutume, les jours de première, de se préparer un petit déjeuner copieux. Coutume qu'elle perpétuait ce matin en avalant autre chose qu'un café noir accompagné d'une cigarette. Ce soir serait enfin donné *Devil in the Details*, un moment qu'elle attendait depuis deux ans, maintenant.

Après la mort de Daniel, tout le monde avait prédit qu'elle serait incapable de voler de ses propres ailes, ce que Victoria comprenait sans peine. Quand ils s'étaient mariés, Daniel était déjà un auteur établi, qui comptait de nombreux succès. Elle n'était rien. Et, quand ils avaient commencé à travailler à quatre mains, tout le monde avait murmuré que c'était lui qui en fait écrivait les pièces qu'ils cosignaient. Victoria devait admettre que c'était la vérité. C'est seulement après la mort de Daniel qu'elle s'était réellement attelée à l'écriture. Et, aujourd'hui, elle était pressentie pour le Pulitzer.

Victoria trouva le sirop d'érable dans un placard au-dessus du réfrigérateur, en versa un peu dans une tasse et le fit chauffer au micro-ondes. Tiède, il serait bien meilleur sur ses toasts. Et, en cette magnifique journée qui s'annonçait, il lui fallait ce qu'il y avait de meilleur.

En savourant les yeux fermés sa première bouchée, elle espéra que Belinda se lèverait le plus tard possible. Qu'elle se repose, qu'elle soit en grande forme pour interpréter Valérie, pour la réussite de la pièce et pour que l'enregistrement séduise les jurés du prix...

Meg continuait sa visite guidée du théâtre. Elle montra à son père, à Caroline et aux deux techniciens la pièce située juste au-dessous de la scène, remplie de caisses, de câbles et d'éléments de décor. Elle leur fit voir le vérin hydraulique qui permettait de surélever ou d'abaisser une partie de la scène, et leur expliqua qu'on s'en servait à trois reprises dans *Devil in the Details*.

— C'est formidable, Meg ! Tu connais tous les recoins de ce théâtre, lui dit Caroline, admirative.

Meg haussa les épaules sans lui répondre. Caroline se tourna vers Nick, espérant une réaction de sa part. Mais, si ce dernier avait remarqué quoi que ce soit, il n'en laissa rien paraître. Il souriait à sa fille.

— Je suis fier de toi, ma chérie, lui dit-il en la prenant par les épaules et en la serrant tout contre lui.

— Il faut que je change les cassettes, dit Lamar en inspectant sa caméra.

— Ça ne sera pas nécessaire, lui répondit Caroline. Je pense qu'on a tout ce qu'il nous faut. Prenez une pause. On se retrouve ici après le déjeuner pour l'interview de Keith Fallows.

Caroline, Nick et Meg laissèrent les deux hommes ranger leur matériel et s'éloignèrent. Comme souvent, quand le père et la fille étaient ensemble, Caroline se sentait étrangère.

— Et si vous restiez seuls un moment ? leur proposat-elle. J'en profiterai pour travailler un peu.

Le visage de Meg s'illumina tandis que Nick eut l'air perplexe. Il ne dit cependant rien pour l'en dissuader.

Et Caroline s'en alla. En chemin, elle croisa quelqu'un qui lui demanda si elle était au courant du meurtre qui avait été commis à la bibliothèque municipale.

38

Chez Oscar, les sandwichs avaient pour noms Julia Roberts, Hilary Swank, Halle Berry ou Charlize Theron. Seuls les comédiens de premier plan avaient l'honneur de figurer au menu. Sur un immense tableau qui couvrait un mur entier de l'échoppe, chaque nom de sandwich était écrit à la craie, suivi des ingrédients qui entraient dans sa composition.

Caroline étudiait la carte en faisant la queue. Elle hésitait entre le Tom Hanks – rosbif, fromage, salade, tomates et sauce rouge – et le Angelina Jolie – oignons et poivrons frits, champignons, choux de Bruxelles et tomates. Une fois son tour arrivé, elle se dit qu'il serait quand même dommage de passer à côté de la spécialité locale, le Belinda Winthrop – dinde, fromage, salade, tomates, mayonnaise et sauce aux canneberges sur pain de seigle.

— Vous êtes en vacances ? s'enquit l'homme derrière le comptoir, tout en étalant la sauce sur le pain.

— En fait, non. Je suis là pour mon travail. Mais c'est vraiment un endroit très agréable.

— Et que faites-vous ?

— Je suis critique de films et de spectacles.

— Ouah, c'est chouette, ça ! Vous travaillez pour un journal ?

122

— Non, pour la télévision, lui répondit-elle.

Il la dévisagea tout en continuant de préparer son sandwich. Mais Caroline fut à peu près certaine que son visage ne lui disait rien.

— Et dans quelle émission peut-on vous voir ?

— « Key to America ».

— Ah, c'est donc ça ! Je ne regarde jamais la télévision le matin. Il faut que je me lève tôt pour préparer la boutique. Mais ma femme, elle, elle regarde. Je lui dirai que je vous ai vue. Ça va la bluffer ! C'est quoi votre nom ?

— Caroline Enright.

— Caroline Enright, répéta-t-il. Bonjour, Caroline. Moi c'est Oscar. Oscar Dubinsky. Je vous serrerais bien la main, mais...

— Pas de problème. Je comprends...

— Alors vous allez faire un reportage sur *Devil in the Details* ? demanda Oscar.

— Oui, c'est un peu l'idée..., répliqua distraitement Caroline, qui souhaitait à présent prendre son sandwich et s'en aller.

— Et c'est la première fois que vous venez à Warrenstown ? enchaîna Oscar.

— Oui.

— Quel dommage que vous ayez choisi ce moment précis. D'habitude, Warrenstown est une petite ville agréable, tout ce qu'il y a de plus calme. Mais entre l'accident de ces deux gosses le week-end dernier et l'assassinat de la bibliothécaire ce matin, ça risque de vite tourner à la pagaille.

— Oui, j'en ai entendu parler, c'est horrible.

— Ça, on peut le dire ! Un des policiers du commissariat est venu déjeuner ici ce midi. Il m'a dit qu'il n'avait jamais vu autant de sang. C'est la carotide qui a été sectionnée... Pauvre Theresa, conclut-il en tendant à Caroline son sandwich.

39

Ce n'était pas très élégant, ni malin, d'annuler le rendez-vous d'hier avec la journaliste de Key News, pensa Keith Fallows en arrivant au théâtre.

Il avait besoin des meilleures critiques possible, et se mettre Caroline Enright à dos n'était sans doute pas le meilleur moyen de les obtenir. Il avait donc décidé aujourd'hui de se montrer avenant.

Caroline et ses deux techniciens l'attendaient déjà sur scène.

— Vous m'aviez demandé de choisir l'endroit où se déroulerait l'interview, dit-elle en l'accueillant. Alors j'ai choisi.

Bonne idée, pensa-t-il. Ce serait visuellement plus intéressant que de les voir tous deux assis dans des fauteuils d'orchestre. Il ne marqua pas son impatience pendant qu'on lui installait un micro et que le cameraman réglait la balance des couleurs. Enfin, l'entretien débuta et il afficha un large sourire. Ensuite, il se révéla affable et détendu, répondant avec tout le charme dont il était capable aux questions de Caroline. Mais, au bout de quinze minutes, il en eut assez. Pourtant, la journaliste n'en avait pas fini.

— Et qu'attendez-vous de cette pièce ? lui demanda-t-elle.

— En ce moment précis, Caroline, je ne me projette pas plus loin que ce soir.

Elle insista.

— Bien sûr, je comprends. Mais si la première de *Devil in the Details* est le triomphe que tout le monde attend, qu'espérez-vous pour la suite ?

— Eh bien... Eh bien, dans un premier temps, j'espère que nous ferons salle comble pendant les deux semaines que dure le festival. Et surtout que les spectateurs repartiront enchantés de leur soirée. Ensuite, nous chercherons une salle à Broadway.

— Une tournée dont vous serez toujours le metteur en scène ?

— Sans doute, oui.

— Et parlez-moi maintenant de l'adaptation cinématographique de *Devil in the Details*.

— Quelle adaptation ?

— Allons, ne me dites pas que vous n'avez jamais pensé au cinéma, l'occasion pour vous de faire vos premières armes en tant que réalisateur.

— C'est une idée intéressante... Il faudrait y réfléchir.

— Ce n'est sans doute pas la première fois que vous y pensez...

Keith lui renvoya un sourire gêné. Ce n'était pas le moment de clamer sur tous les toits qu'il allait diriger le film. D'autant que le budget n'était pas encore bouclé. Et que, sans Belinda en tête d'affiche, il n'y parviendrait sans doute pas. Il fallait vraiment que Belinda triomphe ce soir. Ainsi, il serait bien plus facile de la convaincre que le rôle de Valérie pouvait lui apporter une autre récompense.

— Comme je vous l'ai déjà dit, Caroline, à ce stade, je ne me projette pas plus loin que ce soir.

40

En revenant de Pittsfield, Gus affichait un sourire satisfait. Il était si facile d'endormir un contrôleur judiciaire débordé et sous-payé... Tant qu'il était ponctuel aux rendez-vous, passait ses tests de dépistage, prouvait qu'il avait toujours son emploi et prétendait qu'il était sur le chemin du repentir, il était tranquille... jusqu'à la prochaine fois. Jamais encore le contrôleur n'était venu jusqu'à Curtains Up vérifier quoi que ce soit. Et, même si quelqu'un venait, il n'était pas près de découvrir ce que Gus y trafiquait. Son repaire était tout sauf facile à trouver.

Quand Gus arriva, le camion blanc du traiteur était garé devant l'entrée de la maison. Des commis déchargeaient des plateaux de nourriture, qu'ils déposaient en cuisine. D'autres portaient des caisses contenant les verres en direction du patio, où serait installé le bar.

Des vases transparents, remplis de pétales rouges, jaunes et roses de mufliers étaient posés sur les tables rondes, toutes pareillement recouvertes de nappes écarlates. De petites fourches de couleur rouge étaient plantées au sommet de chaque composition florale.

Gus se rendit à la cuisine et prit sur un plateau un œuf à la diable qu'il porta à sa bouche, ignorant le regard désapprobateur du traiteur. Oui, il disposait vraiment ici d'une place en or, se dit-il en regardant un énorme gâteau au chocolat[1]. Une place qu'il conserverait aussi longtemps que Belinda ne viendrait pas mettre son joli petit nez dans des affaires qui ne la regardaient pas.

41

Belinda était assise devant son miroir et s'appliquait du rouge à lèvres quand Meg entra dans la loge, portant un vase contenant deux douzaines de roses.

— Rouges, évidemment ! Il n'oublie jamais, dit Belinda en humant le parfum des fleurs.

Meg aurait bien aimé savoir qui était ce *il*, mais elle n'osa pas poser la question à Belinda. Si la comédienne avait voulu qu'elle le sache, elle le lui aurait dit.

Meg laça le corset, aida Belinda à enfiler son jupon, puis sa robe verte, et remontait la fermeture Éclair quand on frappa.

— Entrez, répondit Belinda.

Langley passa la tête dans l'embrasure de la porte.

— Je venais juste te dire *merde* !

— C'est gentil à toi, Langley, la remercia Belinda.

— Oh, tu as reçu des fleurs ! s'exclama Langley en

---

1. Dans le texte anglais : *devil's food cake*. Avec, également, les œufs à la diable et les petites fourches plantées dans les compositions florales, on voit qu'aucun détail n'a été négligé pour que la fête donnée en l'honneur de *Devil in the Details* soit une réussite – *devil* signifiant diable en anglais. *(N.d.T.)*

se dirigeant vers le bouquet. Elles sont magnifiques. Qui te les a envoyées ?

— Un ami, lui répliqua Belinda.

— Un ami qui doit être fou de toi. C'est qui ?

Meg fut gênée par l'indélicatesse de la doublure de Belinda, mais cette dernière, avec son tact habituel, ignora simplement la question.

— Meg, peux-tu me passer mon éventail, s'il te plaît ?

La jeune stagiaire s'exécuta.

— Tu es superbe, Belinda, lui dit-elle en lui tendant l'accessoire.

— Merci pour le compliment. Et merci aussi pour ton aide.

Sur ces mots, Belinda quitta la loge pour se diriger vers la scène, laissant Meg et Langley en tête à tête.

Langley se dirigea aussitôt vers la carte que Belinda avait laissé à côté des fleurs.

« Vingt ans déjà et tu deviens chaque jour plus belle. Valérie a de la chance ce soir. À toi pour l'éternité. Remington », lut-elle à haute voix.

42

Dès que le rideau fut retombé, un tonnerre d'applaudissements secoua la salle qui se leva à l'unisson.

— C'était magnifique, glissa Nick à l'oreille de Caroline tandis que les comédiens de *Devil in the Details* revenaient sur scène pour saluer le public.

La dernière à rester fut Belinda Winthrop. Elle reçut

une ovation magnifique de la part d'un public enchanté qui ne voulait manifestement pas la laisser partir. En la voyant exécuter une nouvelle révérence, Caroline prépara mentalement sa chronique, consciente qu'elle venait d'assister à une performance rare.

Brillant, inspiré, à couper le souffle... Tels étaient quelques-uns des qualificatifs qu'elle emploierait non seulement pour décrire le jeu de la comédienne, mais aussi pour parler de la pièce. Victoria Sterling méritait d'obtenir le prix Pulitzer pour cette création. L'écriture était ciselée, et l'enchaînement des scènes, jusqu'au point d'orgue où Valérie démasque son sociopathe de mari, tout simplement remarquable. Caroline ne put s'empêcher de penser que seule une personne ayant des connaissances poussées en psychiatrie pouvait traiter un tel sujet avec autant de brio.

Que disait ce vieil adage ? Parle de ce que tu connais...

*

N'ayant pas obtenu l'autorisation de filmer, Lamar et Boomer attendaient dans le hall la fin de la pièce.

— J'espère que le matos qu'ils vont nous refiler sera de bonne qualité, grogna Lamar.

— En quoi ça te regarde ? C'est pas ton problème, lui rétorqua Boomer, la bouche pleine. Ils ont pas voulu nous laisser filmer, on va pas en faire tout un plat...

— Ouais, mais je n'aime pas quand on me donne des images que je n'ai pas pu contrôler. Surtout dans ce genre de festival. Si ça se trouve, c'est un gamin qui n'a jamais touché une caméra de sa vie qu'était aux manettes ce soir.

Les portes de la salle s'ouvrirent, déversant leur flot de spectateurs.

— Ça a dû cartonner, commenta Lamar en voyant les visages épanouis.

Boomer approuva en enfournant la dernière bouchée du cookie qu'il avait acheté à la buvette.

Lamar aperçut Caroline et lui fit un geste de la main pour attirer son attention.

— Alors, c'était bien ?

— Exceptionnel, lui répondit Caroline. Mais je vous en parlerai tout à l'heure. Allons d'abord retrouver Belinda Winthrop dans sa loge.

— On se voit plus tard, dit Nick en lâchant la main de Caroline.

— Oh, non, tu viens avec nous. Tu n'as pas envie de revoir Belinda ? lui demanda-t-elle en reprenant sa main.

*

— Je commence à en avoir marre de poireauter, marmonna Boomer alors qu'ils attendaient devant la loge depuis une vingtaine de minutes.

Keith Fallows et Victoria Sterling, qui tous deux étaient venus saluer la comédienne, sortirent enfin et la porte s'ouvrit de nouveau.

— Belinda va vous recevoir, leur dit Meg en les invitant à entrer.

Belinda se leva pour les accueillir.

— Nick McGregor ! s'exclama-t-elle. Quelle surprise de te voir ici, poursuivit-elle en le serrant avec chaleur dans ses bras. Cela fait si longtemps !

— Tu as été formidable ce soir, Belinda, lui répondit-il en lui adressant son plus beau sourire. Mais je ne vais pas rester plus longtemps, je sais que tu as cette interview. Avant de vous laisser, je voulais juste te dire que je suis heureux que Meg ait pu travailler à ton côté, c'est une expérience unique pour elle.

Belinda fronça les sourcils, les regardant l'un après l'autre.

— Attends, ne me dis pas que...

— Si, Belinda. Meg est ma fille.

— Tu plaisantes ! Et dire que je ne le savais pas... J'aurais dû faire le rapprochement, dit-elle en observant Meg. McGregor, bien sûr ! Maintenant que je le sais, c'est vrai, je vois le visage de sa mère. C'était une femme d'exception, Meg. Je suis sûre qu'elle serait fière de toi.

— Merci, lui répliqua-t-elle.

Caroline remarqua que Nick semblait un peu crispé. Était-ce parce que Belinda n'avait pas fait le lien entre Meg et lui ou bien parce que la comédienne avait évoqué Maggie ?

— Nick, comme tu es à Warrenstown en ce moment, tu es mon invité. J'insiste pour que tu viennes à la soirée.

— C'est gentil de ta part, Belinda. Bon, je vous laisse cette fois. On se retrouve tout à l'heure, dit-il à Meg et Caroline en les embrassant sur la joue.

— Nick, tu as certes pris quelques rides, mais ne me dis pas que Caroline Enright est également ta fille...

Nick partit dans un éclat de rire.

— Non, Belinda, Caroline est ma seconde épouse. Nous nous sommes mariés il y quelques mois.

*

— Je tiens tout d'abord à vous remercier de m'accorder un peu de votre temps pour cette interview, lui dit Caroline en préambule.

— Tout le plaisir est pour moi. Et je suis d'autant plus contente d'avoir accepté de vous rencontrer maintenant que je sais que vous êtes mariée avec Nick. C'est un homme extraordinaire et je suis heureuse de savoir qu'il a de nouveau quelqu'un dans sa vie.

Caroline fut gênée que ces paroles soient prononcées en présence de sa belle-fille.

— Je vais porter tout ça à la buanderie, dit Meg d'une voix boudeuse en quittant précipitamment la loge.

— Ai-je dit quelque chose de mal ? s'enquit Belinda, une fois la porte refermée.

— Non, ne vous en faites pas, la rassura Caroline. Vous n'y êtes pour rien. Meg ne s'est toujours pas remise du décès de sa mère. Et elle a du mal à accepter que j'aie, en quelque sorte, pris sa place...

— Cela doit être difficile pour vous aussi, compatit Belinda. Une mère est unique. Et vous ne pouvez évidemment pas la remplacer.

*

— Imaginez votre destin lié à celui d'un être amoral, totalement dépourvu de conscience... Victoria Sterling nous a livré une vision stupéfiante d'un tel cas de figure, elle a parfaitement su restituer la terreur à l'état brut qui s'empare de quelqu'un vivant avec un sociopathe... Et je dois m'estimer chanceuse, reconnaissante et comblée d'avoir pu interpréter un rôle aussi fort.

Comme au cours des vingt premières minutes de l'entretien, Belinda Winthrop se montrait ouverte et détendue pour répondre aux questions que lui posait Caroline.

— Belinda, je vous remercie de nous avoir accordé un peu de votre temps, d'autant que je sais que vous donnez une fête ce soir, mais, avant de vous laisser rejoindre vos invités, j'aimerais vous poser une dernière question. Seriez-vous partante pour une version cinématographique de *Devil in the Details* ?

— J'espère vraiment que le film se fera. Mais je n'ai aucune envie d'interpréter Valérie à l'écran.

— Votre réponse me surprend ! s'exclama Caroline. Ce serait pourtant une suite logique...

Belinda lui sourit.

— Oui, mais disons que j'ai d'autres projets, tout aussi intéressants.

43

La fête battait déjà son plein quand la maîtresse des lieux fit son apparition. Les invités massés dans le patio éclairé de torches réservèrent à Belinda une ovation.

— Merci ! Merci à tous d'être venus à Curtains Up, leur dit-elle en jetant un regard circulaire à l'assemblée. C'est vraiment merveilleux de vous avoir tous ce soir pour cette belle fête.

— Tu es la meilleure, Belinda ! s'écria George Essex, le comédien qui interprétait le rôle de Davis.

— Bravissimo ! s'enthousiasma un autre invité, déclenchant des applaudissements.

— Merci à tous, les remercia Belinda dans un sourire éclatant. J'espère que vous allez passer une excellente soirée, le bar est ouvert, le buffet vous attend, amusez-vous...

*

Tandis que les serveurs circulaient parmi les invités, plateau à la main, Victoria s'adressa à son hôtesse et amie.

— Cette fête est vraiment formidable, lui glissat-elle. À l'image de ton triomphe ce soir.

— *Notre* triomphe, rectifia Belinda. Je n'ai fait qu'interpréter ton texte, ma chère...

Victoria tira une bouffée de cigarette avant de lui répondre.

— Que du bonheur, hein ?

— Mieux que ça encore, s'exclama Belinda.

Les deux femmes trinquèrent à leur réussite, faisant doucement tinter leurs Martini. À l'aide d'une pique, Victoria attrapa l'olive qui nageait dans son verre et la porta à sa bouche. En l'avalant, elle remarqua Gus, un peu à l'écart, une bière à la main, qui scrutait la foule. Ce dernier surprit son coup d'œil et lui adressa un signe de tête.

— Tu es toujours aussi sociable, murmura Victoria à l'oreille de Belinda après avoir avalé une gorgée. Tu invites les pauvres et les déshérités...

— Ah ! Tu fais allusion à Gus, répliqua Belinda en suivant son regard. En fait, je l'avais convié la première année, afin qu'il se sente à l'aise. Et, depuis, il s'invite à chaque soirée... Mais bon, une personne de plus ou de moins...

— Surtout quand cette personne est aussi agréable à regarder, murmura Victoria. Mais, pour en revenir à un sujet plus sérieux, enchaîna-t-elle aussitôt, je suis allée faire un tour dans les bois cet après-midi, peu après le départ de Gus. Je voulais t'en parler demain, mais je ne suis pas sûre que ce que j'y ai découvert puisse attendre.

— Qu'as-tu trouvé ?

— J'ai l'impression que Gus se livre à un trafic de drogue...

Belinda fronça les sourcils et son visage se rembrunit en entendant le récit de son amie.

— Et si ces caisses ne contiennent pas de drogue, conclut-elle, elles recèlent quelque chose qu'il n'a pas envie que l'on découvre. Sinon pourquoi se donnerait-il tout ce mal pour les dissimuler dans une grotte ?

— Ne m'en dis pas plus. « Vaste trafic de drogue dans la propriété de Belinda Winthrop », dit-elle en imaginant les gros titres des médias. « Entertainment Tonight » et « Inside Edition » vont en faire leurs choux gras.

— Sans oublier *People* et *Star*, ajouta Victoria.

— Je dois prévenir la police ! décida Belinda.

— Si tu la mets dans le coup, tu risques de t'attirer pas mal de publicité négative, Belinda.

— Que faire d'autre ?

— Pourquoi n'aurais-tu pas une discussion entre quatre yeux avec Gus ? Tu lui demandes de partir et il s'en va discrètement en remballant tout son matériel.

*

Le buffet regorgeait de mets exotiques, parfumés et épicés.

— Keith, va donc te servir à manger, lui intima Belinda.

Mais ce dernier resta assis et désigna une chaise vide à côté de la sienne.

— Assieds-toi, il faut que nous bavardions quelques minutes.

Belinda prit place autour de la table désertée par les invités qui faisaient la queue, une assiette à la main.

— Cette cravate te va à ravir, lui dit-elle en s'asseyant. Il n'y a que toi pour la porter de manière si originale.

— Belle ceinture, n'est-ce pas ? dit-il en regardant la cravate de soie rouge, offerte à chaque invité, qu'il s'était ceinte autour de la taille, la glissant dans les passants de son pantalon de toile kaki.

Keith avala une gorgée de champagne avant de reprendre.

— Tu as été formidable ce soir, lui dit-il en reposant sa flûte.

— *Devil in the Details* est un travail d'équipe, Keith. Nous pouvons tous être fiers de ce que nous avons accompli.

— Oui, admit-il. D'habitude, j'attends toujours les premières critiques avec une certaine appréhension mais, là, je sais que je n'ai aucune crainte à avoir. En fait, il n'y a qu'une chose qui me tracasse...

Il marqua une pause.

— Quoi donc ? lui demanda Belinda.

— En fait, reprit-il, il y a une chose que j'aimerais entendre, qui rendrait cette nuit vraiment exceptionnelle... J'aimerais t'entendre dire que tu acceptes de jouer dans l'adaptation cinématographique...

— S'il te plaît, pas ce soir..., soupira Belinda en fermant les yeux.

— Pourquoi ? Pourquoi n'as-tu pas envie de faire ce film ?

— Je n'en ai plus envie, c'est tout.

— C'est un problème d'argent ? Je suis sûr que je peux m'arranger pour que tu obtiennes un meilleur cachet...

— L'argent n'a rien à voir là-dedans.

— De quoi s'agit-il alors ? la pressa-t-il. Tu m'avais donné ton accord. Qu'est-ce qui t'a fait changer d'avis ?

— N'insiste pas, Keith. Pourquoi ne pas simplement en rester là : je n'ai plus envie de jouer dans ce film, point.

Le metteur en scène s'emporta, renversant sa flûte d'un revers de main.

— Bon sang, Belinda ! Tu me dois une meilleure explication que celle-là. J'ai déjà pris des risques, j'ai déjà promis à des investisseurs que tu étais partante.

— Eh bien, tu n'aurais pas dû, murmura-t-elle en se penchant pour ramasser les morceaux de verre jonchant le sol. Et je ne te dois rien...

Elle se releva, la flûte brisée à la main, et le toisa.

— Mais, puisque tu insistes, je vais être franche : le problème c'est toi...

— Qu'est-ce que ça signifie ? lui demanda Keith.

— Simplement que je n'ai aucune envie de travailler de nouveau avec toi...

— Est-ce à dire que si quelqu'un d'autre dirigeait le film tu serais prête à interpréter le rôle de Valérie ?

— Oui, Keith, tu m'as bien comprise..., répliqua-t-elle en tournant les talons.

*

En revenant du buffet, Meg fut témoin de la fin de la conversation entre Belinda et Keith. En remarquant la fureur contenue du metteur en scène, elle se dit qu'elle aurait ce soir des détails croustillants à coucher dans son journal.

44

Nick et Caroline rejoignirent Meg et s'installèrent autour d'une table.

— Belinda n'a rien perdu de son don pour organiser

les soirées..., dit Nick en remuant son cocktail à l'aide d'un mélangeur orné d'un fouet à son extrémité.

Caroline déplia le carré de soie rouge que chaque invitée s'était vu remettre à son arrivée et l'admira. Même s'il n'était pas signé des initiales d'un grand couturier, elle constata, rien qu'au toucher, qu'il s'agissait d'une pièce de prix.

— Raconte-nous la dernière fête à laquelle tu as participé ici, lui demanda Caroline en se drapant les épaules du foulard.

— Belinda jouait dans *Treasure Trove* cet été-là, commença Nick. Elle y interprétait le rôle d'une femme qui vient de gagner le gros lot à la loterie. C'est pourquoi elle avait organisé cette chasse au trésor grandeur nature. Chacun avait reçu une lampe torche et une carte de la propriété. Et en avant pour l'aventure !

— C'était quoi le trésor, papa ? s'enquit Meg.

— Un petit coffre rempli de billets de loterie, lui répondit-il. Mais c'était anecdotique. Il fallait voir avec quelle frénésie la plupart des invités se précipitaient à la recherche du trésor. Ta mère, d'ailleurs, n'était pas en reste. Tu aurais dû la voir se ruer à travers bois. Une vraie gamine. Elle voulait à tout prix être la première à mettre la main sur la cachette. Elle était si excitée qu'elle n'a pas suffisamment prêté attention aux pièges indiqués sur la carte. Et elle s'est tordu la cheville. Nous avons dû la porter jusqu'à la maison.

— Le plan était reproduit dans *Vanity Fair*, indiqua Caroline tandis qu'un serveur déguisé en diablotin, affublé de cornes et d'une queue fourchue, débarrassait leurs assiettes vides.

— Il y a effectivement de nombreux trous par ici,

reprit Nick. Certains débouchent paraît-il sur des galeries souterraines. Mais Maggie m'a toujours dit que celui où elle avait mis le pied ne figurait pas sur la carte.

45

S'éclipsant de la fête, Belinda se rendit à l'ancienne écurie. Les lumières de l'atelier étaient encore allumées, signe que Remington ne dormait pas.

Elle frappa une fois et Remington lui ouvrit aussitôt. Une expression mêlant la surprise et la joie se dessina sur le visage du peintre quand il découvrit Belinda sur le pas de sa porte.

— Je voulais te remercier pour ce magnifique bouquet, lui dit-elle. Tu t'es encore rappelé que les roses rouges étaient mes fleurs préférées.

— Comment pourrais-je l'oublier, Belinda ?

— Le geste était délicat, poursuivit-elle.

— Je t'en prie, c'est tout naturel.

— Remington, pourquoi ne viendrais-tu pas te joindre à nous ? lui proposa-t-elle.

— C'est gentil, mais je travaille.

— Accorde-toi donc une pause. Tu sais ce qu'on dit, le travail c'est la santé, à condition de ne pas en abuser...

Belinda sentit sa volonté fléchir.

— Allez, viens prendre un verre de vin et grignoter quelque chose, insista-t-elle. Le traiteur s'est surpassé cette année.

— Je n'aime pas me retrouver au milieu de la foule, Belinda. Mais j'ai toujours eu du mal à te refuser quoi que ce soit.

— Alors ne commence pas ce soir. Tu as toujours assisté à mes soirées, et une fête sans toi ce n'est pas pareil...

— Bon, mais il va falloir que je fasse un brin de toilette et que je me change, dit-il en regardant sa chemise constellée de taches de peinture.

— Je t'attends, lui répondit-elle. Puis-je entrer et en profiter pour jeter un coup d'œil à ta dernière création ?

— Bien sûr, entre, l'invita Remington. En revanche, hors de question que je te laisse voir le portrait. Il n'est pas encore terminé. Et tu sais que personne ne peut voir un de mes tableaux avant qu'il ne soit achevé.

— C'est d'accord, promit-elle. Mais je t'attends quand même ici, histoire que tu ne changes pas d'avis.

*

Assise sur le sofa, Belinda observait le chevalet recouvert d'un drap qui trônait au milieu de la pièce. Elle fut tentée d'aller le soulever mais n'en fit rien. Si jamais Remington la surprenait, il en serait contrarié. Bien qu'elle lui ait brisé le cœur, Belinda faisait tout depuis pour le ménager. Elle n'allait pas aujourd'hui déroger à cette règle tacite, aussi grande fût sa curiosité.

— Ça se passe comment, là-haut ? demanda-t-elle à haute voix.

— J'en ai pour une minute, j'arrive.

Belinda se leva et arpenta l'atelier, pensant aux invités qu'elle allait retrouver. Un exemplaire du scénario de *Devil in the Details*, qui traînait sur une table basse, attira son regard. Elle le prit, le feuilleta et nota avec un intérêt croissant les passages que Remington avait soulignés.

— Remington, lui lança-t-elle, il faut vraiment que j'y aille. Je compte sur toi, tu nous rejoins.

— Promis, lui répondit-il.

— Bon, alors à tout de suite, dit-elle en emportant avec elle le script.

46

Gus battait la mesure avec son pied tout en suivant des yeux une jeune femme blonde, incapable de se rappeler qui elle était. Elle lui disait vaguement quelque chose mais il n'arrivait pas à mettre un nom sur son visage.

— Alors, tu t'amuses bien, Langley ? demanda Belinda à son invitée.

Langley ! Oui, c'était bien elle, même si, il y a deux ans, elle était brune. Gus la préférait en blonde. Elle était bien plus sexy ainsi.

Dès que Belinda se fut éloignée vers un autre convive, Gus s'approcha par-derrière de Langley.

— Tu es encore plus jolie que la dernière fois, lui murmura-t-il à l'oreille.

Un sourire aux lèvres, Langley se retourna. Mais son visage se décomposa quand elle vit qui lui faisait face.

— J'avais espéré que tu ne me reconnaîtrais pas, lui assena-t-elle. Mieux, j'avais en fait espéré que tu ne travaillerais plus ici.

— Hé, le prends pas comme ça. On a passé du bon temps tous les deux, non ?

— Ne sois pas ridicule ! lui lança-t-elle d'un ton hautain.

Et déjà elle s'éloignait, mais Gus la retint par le bras.

— Attends une minute, lui dit-il.

— Lâche-moi !

— Hé, détends-toi. Sois cool ! Allons fumer un petit joint, en souvenir du bon vieux temps.

— Tu te fourres le doigt dans l'œil, lui répondit-elle. Je ne ferai pas deux fois la même erreur. Je ne me drogue plus. Et c'est bien la seule chose dont je puisse te remercier. La manière dont tu as profité de moi alors que j'étais dans les vapes est innommable. Je me suis juré que cela ne m'arriverait plus !

— J'ai pourtant pas eu à te forcer, baby. Tu te souviens du bon moment qu'on a passé dans les bois, tous les deux ?

— Tu sais quoi ? T'es vraiment un porc ! éructa Langley. Il y a deux ans, j'étais encore une gamine. J'étais impressionnée par toutes ces stars. Je pensais qu'un joint m'aiderait à me relaxer, à me sentir plus à l'aise. Je sais que c'est faux. J'ai grandi. Alors, maintenant, va-t'en, siffla-t-elle, les dents serrées. Et lâche-moi, tu me fais mal !

— Cela suffit, Gus !

Le régisseur sursauta, laissa retomber le bras de Langley et se retourna.

— Suis-moi dans mon bureau, lui ordonna Belinda, qui l'observait d'un regard noir. J'ai à te parler.

Déjà, Belinda faisait demi-tour et traversait le patio, Gus sur ses talons.

— Allons, Belinda, tu ne vas pas en faire tout un plat, commença Gus une fois qu'ils furent entrés dans la pièce. Je ne lui voulais aucun mal...

— Prends un siège, lui enjoignit-elle en laissant la porte entrouverte.

Belinda fit le tour de son bureau et s'assit derrière.

— On ne peut plus continuer ainsi, Gus, lui dit-elle en le regardant bien en face. Tu ne fais plus partie de mon personnel.

Elle ouvrit un des tiroirs de son bureau et en sortit son carnet de chèques.

— Je t'accorde deux semaines d'indemnités, mais je veux que tu sois parti demain.

— C'est une blague, Belinda ? lui demanda-t-il, incrédule.

— Pas le moins du monde.

— Tout ça parce que je... je plaisantais avec Langley ?

— Je n'ai pas envie de m'étendre sur les raisons qui me poussent à te renvoyer. Tiens, voici ton chèque.

— Tu n'as pas le droit de me faire ça, Belinda, dit-il en se relevant, les joues rougies, les poings appuyés sur le bureau.

— Non seulement je l'ai, mais je le prends, Gus, lui répondit-elle d'un ton sans appel. Et merci de ne pas réapparaître à la fête. À ta place, d'ailleurs, je ne traînerais pas trop, je rentrerais directement faire mes bagages...

144

47

Un homme vêtu d'une chemise en jean, d'un pantalon kaki chiffonné et d'une paire de chaussures bateau usées se tenait seul à l'écart du patio, observant les invités s'amuser.

— Qui est-ce ? demanda Caroline en éprouvant un peu de pitié pour lui.

— C'est Remington Peters, le peintre, lui précisa Nick en regardant dans sa direction.

C'était donc lui, l'homme qui aimait Belinda au point de lui sacrifier sa vie, tentant de capturer son essence dans ses toiles.

— Il a l'air étrange, observa Caroline.

— Oui, c'est un drôle d'oiseau, acquiesça Nick. Sa passion pour Belinda frise l'obsession.

— Ne devrions-nous pas nous joindre à lui ? demanda Caroline. Il a l'air si seul.

— Si tu veux, lui répondit Nick. Mais je ne suis pas certain qu'il recherche la compagnie. S'il est là ce soir, c'est uniquement parce qu'il y a Belinda. Sinon, nous ne l'aurions pas vu.

*

Nick fit les présentations. Remington serra la main de Caroline sans lui retourner son sourire.

— C'est un plaisir de vous rencontrer, lui dit-elle. D'autant que j'ai eu la chance d'admirer votre travail hier, à la galerie Ambrose.

— Merci, grogna-t-il.

— J'ai discuté un moment avec la propriétaire de la galerie, poursuivit Caroline. Elle semblait tout excitée à la perspective du vernissage.

Remington hocha la tête mais ne fit aucun commentaire.

— Après avoir assisté à la prestation de Belinda ce soir, insista Caroline, j'ai hâte de voir le portrait que vous avez fait d'elle en Valérie.

— Il va falloir attendre un peu, répondit-il, laconique.

— Je croyais pourtant que l'exposition ouvrait demain !

— Oui, mais la toile n'est pas achevée, assena Remington en regardant fixement Caroline, comme pour la décourager de continuer la conversation.

48

Pas de panique. Fais comme si tout allait bien.

Gus se tenait dans la cuisine débordant d'activité, incapable de décider de l'attitude qu'il devait adopter. Belinda venait de le virer comme un malpropre mais il ne savait pas au juste pourquoi. Ça ne pouvait quand même pas être à cause de son comportement vis-à-vis de Langley. Se pourrait-il alors qu'elle ait découvert son activité illicite ? Gus avait le mauvais pressentiment qu'elle avait en effet compris ce qu'il trafiquait sur la propriété.

Si jamais Belinda allait trouver les flics, il retournerait directement en prison. Et, cette fois-ci, il ne serait pas près d'en sortir...

Mais cela n'arriverait que si elle les prévenait...

Gus sentit son estomac se nouer. Il fallait qu'il se détende, qu'il recouvre son calme. Il avait déjà traversé de sales périodes par le passé et c'est seulement quand il avait paniqué que cela s'était mal terminé.

Pour se donner du courage, il tapota la poche arrière de son jean et se dirigea vers les toilettes du rez-de-chaussée, où, après s'être enfermé, il roula un joint, qu'il alluma. On était jeudi soir, ce qui lui laissait une semaine avant son prochain contrôle, pas assez cependant pour effacer de ses urines toute trace de cannabis. Il lui faudrait avaler cette saloperie de sirop qui lui donnait chaque fois envie de vomir. Au moins, ses tests se révéleraient négatifs. La perspective était peu engageante, mais il était prêt à en passer par là.

Gus ignora la personne qui frappa à la porte et la poignée qui s'abaissa. Assis sur la cuvette des toilettes, il inhala une longue bouffée, sentant peu à peu, comme il s'y attendait, le calme revenir.

Bien que la maison fût climatisée, Gus ouvrit la fenêtre. Puis il prit sous le lavabo une bombe désodorisante dont il aspergea la pièce. Malgré ces précautions, il fut à peu près certain que la jeune femme brune au teint pâle qui attendait que la place se libère avait deviné ce qu'il faisait à l'intérieur. Il le lut dans ses yeux bleus.

Secouée, Belinda resta assise à son bureau pour retrouver son calme. Renvoyer un employé était toujours éprouvant. Et Gus était imprévisible. Elle n'était donc pas persuadée qu'il quitterait la propriété sans faire d'histoires.

Belinda parcourut de nouveau quelques pages du scénario de *Devil in the Details* qu'elle avait pris chez Remington et le mit dans une grande enveloppe avant de retourner voir ses invités.

*

Belinda se dirigea vers le groupe composé de Nick, Meg et Caroline.

— Alors, vous vous amusez bien ? leur demanda-t-elle.

— Autant que la dernière fois ! s'exclama Nick.

Caroline eut l'impression fugace que Belinda fut troublée par la réponse de son époux. Mais, si tel fut le cas, rien n'en transparut. Au contraire, elle laissa perler un rire.

— Eh bien, disons que je le prends comme un compliment, dit-elle avant de se tourner vers Meg. Est-ce que je peux te confier ce scénario que Remington m'a donné et te prier de me l'apporter demain ? J'ai peur de l'oublier.

— Oui, bien sûr, lui répondit Meg en prenant l'enveloppe.

VENDREDI 4 AOÛT

50

Les derniers invités se dispersaient tandis que les employés du traiteur s'activaient pour tout ranger. Belinda en profita pour souffler un peu et faire le point. Elle s'assit seule dans le patio et repensa aux dernières heures, riches en émotions, qu'elle venait de vivre.

Elle avait d'abord connu un triomphe sur scène en réalisant sans doute l'une de ses meilleures interprétations. Elle avait ensuite annoncé à son metteur en scène qu'elle ne retravaillerait jamais plus avec lui et appris que ce dernier avait utilisé son nom à son insu pour lever des fonds afin de financer son film. Soucieuse de ne pas être éclaboussée par les agissements de son régisseur, elle l'avait congédié, sans savoir qui le remplacerait. Puis elle avait découvert les notes manuscrites de Remington sur le scénario de *Devil in the Details*, un problème qu'il lui faudrait également traiter sans tarder.

La soirée avait été un véritable marathon et Belinda se sentait exténuée. Elle y verrait sans doute plus clair après une bonne nuit de sommeil. Mais, avant cela, il fallait qu'elle ait une explication avec quelqu'un.

Caroline se déshabilla pendant que la baignoire se remplissait. Elle sortit une nuisette en dentelle de sa valise et l'apporta dans la salle de bains. Puis elle se plongea avec délice dans l'eau chaude où elle commença à se relaxer.

Elle était consciente qu'elle venait de vivre une soirée hors du commun. Il y avait d'abord eu cette première éclatante de *Devil in the Details*, l'interview que lui avait accordée Belinda Winthrop dans sa loge, puis, pour finir, cette fête éblouissante donnée dans la propriété de la comédienne. Elle s'était laissé étourdir par cette féerie. Pourtant, son enthousiasme était quelque peu refroidi par la mort de la bibliothécaire et des deux adolescents. Bien qu'elle ne les ait pas connus, leur fin brutale la mettait mal à l'aise. Elle aurait pu se trouver à la place de cette femme, assassinée sur son lieu de travail. Meg aurait pu être à bord de la voiture...

Caroline sortit ses mains de l'eau et examina la peau fripée de ses doigts. Elle se rendit alors compte qu'elle était dans la baignoire depuis un long moment déjà.

— Nick ? appela-t-elle à haute voix.

Aucune réponse ne lui parvint de la chambre. Il avait décidé de raccompagner Meg à pied jusqu'au campus et n'était toujours pas rentré. Pourquoi mettait-il autant de temps ?

— Comment l'as-tu appris ?

— Cela ne te regarde pas, répondit Belinda.

— Et maintenant que tu es courant, que vas-tu faire ?

— Je ne sais pas, je n'ai encore rien décidé... Mais n'espère pas t'en sortir indemne.

— Je n'ai pourtant pas eu de problèmes jusqu'à présent...

— Et des remords ? demanda Belinda. Pas le moindre sentiment de culpabilité ?

— Pour être honnête, non. La seule chose qui m'embête est que tu aies tout découvert...

Belinda se retourna et décrocha le téléphone.

— À ta place, je n'en ferais rien, Belinda. Repose ce téléphone !

Ignorant l'avertissement, Belinda commença à composer un numéro quand elle sentit soudain une étoffe de soie autour de son cou. La pression augmenta. Tout devint noir. Elle perdit connaissance et s'écroula. En tombant, sa tête heurta l'angle de son bureau.

*

L'assassin traîna le corps de Belinda jusqu'à la voiturette de golf. À la seule lumière de la lune, il gagna les bois. Une fois à couvert, il alluma une lampe torche et se dirigea vers l'une des entrées menant aux galeries souterraines.

Comme il l'avait fait pour Amy, pour Tommy et pour

la vieille bibliothécaire revêche, l'assassin vérifia le pouls de sa victime. Il ne battait plus. Il sortit alors le corps de la voiturette et s'apprêtait à le précipiter dans le trou quand il remarqua que Belinda avait perdu une chaussure.

53

Caroline se retourna dans son lit, ouvrit les yeux et découvrit Nick à son côté. C'était bien la peine d'avoir mis ce déshabillé ! pensa-t-elle. Alors qu'elle l'attendait, elle s'était endormie et ne l'avait pas entendu rentrer.

Sans bruit, elle se leva et se rendit dans la salle de bains pour se brosser les dents. Elle se lava le visage, s'appliqua une crème hydratante mais ne se maquilla pas, mettant juste un peu de baume sur ses lèvres. Caroline enfila ensuite un jean et un simple tee-shirt, prit son sac à main et son ordinateur portable, et s'éclipsa de la chambre sans réveiller son mari.

Le bar au rez-de-chaussée de l'hôtel était déjà ouvert et elle n'avait que l'embarras du choix. Elle choisit une table dans un coin et alluma son ordinateur.

— Que désirez-vous ? s'enquit la serveuse.

— Juste un café pour le moment, merci, lui répondit Caroline.

Elle regarda la page blanche de son écran. Par où commencer sa chronique ? Elle réfléchit un instant et ses doigts commencèrent à virevolter sur le clavier.

Soupçons, trahison et mort étaient hier soir les invités d'honneur du festival de théâtre de Warrenstown, où la nouvelle pièce de Victoria Sterling, *Devil in the Details*, s'est jouée pour la première fois devant un public conquis. À n'en point douter, *Devil in the Details*, à la fois mordant et terriblement noir, est l'un des meilleurs drames psychologiques de ces dernières années.

Belinda Winthrop a donné un aperçu de l'étendue de son immense talent en interprétant le personnage de Valérie, mariée à un homme amoral, qui prend peu à peu conscience que cet époux qu'elle aime est un sociopathe. Au fur et à mesure qu'elle découvre ses mensonges, sa traîtrise et sa cupidité, la tension monte jusqu'à atteindre un paroxysme quasi insoutenable.

La réussite de cette pièce tient à n'en point douter dans le portrait saisissant d'une femme confrontée à la découverte progressive d'une vérité atroce. Au début, Valérie pense qu'elle fait fausse route. Ensuite, elle se demande si ce n'est pas elle qui devient folle, pour enfin, presque tétanisée, parvenir à affronter la réalité en face : l'homme qui dort à son côté chaque nuit est un monstre froid qui empoisonne tout son entourage.

Keith Fallows, le metteur en scène, a sans doute livré son travail le plus accompli à ce jour, et il serait surprenant que l'on ne retrouve pas prochainement *Devil in the Details* sur les planches de Broadway. De même, comme beaucoup le murmurent, Victoria Sterling, l'auteur, pourrait très bien se voir attribuer le prix Pulitzer pour cette pièce. Les spectateurs, enfin, n'ont plus qu'à espérer une adaptation cinématographique de *Devil in the Details*, avec Belinda Winthrop dans le rôle principal. Chacun aurait ainsi la chance de voir cette histoire si ensorcelante.

Caroline avala une gorgée de café et relut son papier avant de l'envoyer à Key News. Bien que Belinda lui ait affirmé au cours de l'interview qu'elle ne jouerait pas dans le film, si ce dernier voyait le jour, elle décida de ne pas modifier la fin de sa chronique. Après tout, Belinda pouvait très bien changer d'avis sous la pression du public. Elle était l'une des rares actrices de sa génération aussi à l'aise sur les planches que devant une caméra. Et le rôle de Valérie était taillé pour elle.

54

Peu importe son talent, sa jeunesse ou sa beauté. Belinda n'avait pas le droit de tout détruire.

Que Belinda soit enterrée dans sa propriété était un amusant pied de nez au destin. Tout le monde savait avec quel soin elle entretenait Curtains Up. Et main-

tenant, son cher domaine serait sa dernière demeure.
Bien sûr, il n'y aurait ni pierre tombale ni couronne
mortuaire... Tout simplement parce que personne
ne découvrirait jamais son cadavre. La grotte dans
laquelle Belinda reposait à présent n'était indiquée
sur aucune carte. Et, même si l'on trouvait sa chaus-
sure, il y avait peu de chances pour qu'on découvre la
comédienne. La propriété est si vaste, et les bois sont
si touffus...

Maintenant que le problème Belinda était réglé, ne
restait plus qu'à s'occuper de ce brightlights999, qui
n'avait toujours pas donné de nouvelles.

55

Le gazouillis matinal des oiseaux réveilla Victoria.
Elle ouvrit les yeux et, pendant quelques instants, se
demanda où elle était. Quand elle retrouva ses esprits,
un large sourire illumina son visage.

La soirée de la veille avait dépassé tout ce qu'elle
avait imaginé, même dans ses rêves les plus fous.
Voir *Devil in the Details* prendre vie sur scène l'avait
comblée au-delà de ses espérances. D'abord l'excitation
de voir son nom sur l'affiche, puis les applaudissements
nourris de la salle et, enfin, les félicitations qu'on lui
avait adressées tout au long de la soirée.

Belinda avait vraiment servi son texte à la perfection. Aucun auteur dramatique n'aurait pu avoir plus
de chance. En assistant à la pièce, Victoria n'avait pu
s'empêcher de penser que le Pulitzer était réellement à

portée de main. Tout cela était si merveilleux et excitant qu'elle aurait aimé partager son enthousiasme avec quelqu'un. C'est dans ces moments-là qu'elle trouvait particulièrement difficile de vivre seule. Daniel n'avait sans doute pas été un mari idéal, mais il savait l'écouter. Et cette qualité lui manquait.

Victoria se leva et sortit un paquet de cigarettes de son sac. Elle alla vers la fenêtre et l'ouvrit. En soufflant la fumée, elle eut hâte d'avoir un enregistrement de la pièce entre les mains. Il fallait qu'elle revoie *Devil in the Details* pour se convaincre que tout s'était aussi bien déroulé que dans son souvenir. Elle voulait être certaine qu'elle pouvait l'envoyer sans crainte aux jurés du prix.

Victoria termina sa cigarette, enfila un peignoir et prit la direction de la cuisine, à la recherche d'un café. En passant devant la chambre de Belinda, elle regarda par la porte grande ouverte. La pièce était déserte et le lit n'était pas défait. Il était évident que personne n'avait dormi là la nuit dernière.

56

Quand Caroline revint dans la chambre, le lit était vide. Elle entendit un bruit d'eau en provenance de la salle de bains. Elle posa son ordinateur portable sur le guéridon, à côté de celui de Nick.

— Envie d'un peu de compagnie ? demanda-t-elle en écartant le rideau de la douche.

Nick se pencha vers elle et lui déposa un baiser humide sur la bouche.

— Rien ne me ferait plus plaisir, chérie. Mais, hélas, Meg vient d'appeler. Elle pense avoir perdu le bracelet que sa mère lui avait offert. La dernière fois qu'elle l'a vu à son poignet, c'était hier soir, chez Belinda. Et je lui ai promis que j'allais y retourner pour le chercher...

Caroline ne put s'empêcher d'afficher une moue de déception.

— Tu sais combien ce bracelet est important à ses yeux.

— Oui, je sais, Nick. C'est juste que...

— Que quoi, chérie ? s'enquit-il en sortant de la douche.

— C'est juste qu'on passe déjà si peu de temps ensemble, murmura-t-elle.

— Eh bien, viens avec moi, lui proposa-t-il en se séchant énergiquement.

*

La propriété semblait endormie.

— On dirait que personne n'est encore levé, dit Nick en coupant le moteur.

— Crois-tu qu'il faille frapper ? demanda Caroline.

— Inutile de réveiller tout le monde, répondit-il. Et puis je ne pense pas que Belinda nous en voudra d'aller jeter un coup d'œil.

Ils sortirent de voiture et contournèrent la maison en direction du patio. Au bout de quelques minutes,

Caroline aperçut une lueur dorée miroiter entre deux lattes du caillebotis.

— Je l'ai trouvé ! annonça-t-elle en ramassant le bracelet.

— Formidable ! s'exclama Nick. Meg va être si contente.

— Elle ferait bien de faire réparer le fermoir, dit Caroline en l'examinant.

Alors qu'ils regagnaient leur voiture, ils virent Victoria qui se tenait dans l'embrasure d'une porte-fenêtre, le visage sombre.

— Hé, Victoria ! Que se passe-t-il ? lança Nick. Tu devrais être radieuse, aujourd'hui...

— Belinda est introuvable, répondit-elle.

— Elle est peut-être allée faire un tour, ou bien sortie acheter les journaux, suggéra Nick.

— Sa voiture n'a pas bougé, Nick. Et elle n'a pas dormi dans son lit.

*

Caroline observa l'agitation à Curtains Up avec un malaise grandissant. La fouille de la maison se révéla vaine.

— Ça ne lui ressemble pas, dit Victoria. La connaissant, elle m'aurait laissé un mot, pour que je ne m'inquiète pas.

Tous trois avaient dépassé la grange quand Gus en sortit.

— Gus, as-tu vu Belinda ce matin ? lui demanda Victoria.

— Non, mais je suppose qu'elle dort encore, surtout un matin comme celui-ci.

— En fait non, précisa Victoria. Pour tout dire, son lit n'est même pas défait.

— Eh bien, c'est qu'elle aura passé la nuit dans celui d'un autre, répondit Gus, un sourire se dessinant sur ses lèvres.

Tous trois ignorèrent sa remarque graveleuse et décidèrent d'aller interroger Remington.

— Pendant ce temps, Gus, veux-tu faire le tour de la propriété ? Belinda est peut-être juste en train d'effectuer sa promenade matinale, lui dit Victoria.

*

Remington, un pinceau à la main, vint leur ouvrir. Quand ils lui eurent expliqué la raison de leur venue, il se montra embarrassé.

— Non, je n'ai pas vu Belinda, leur déclara-t-il. Pourquoi voudriez-vous qu'elle soit là ?

— On la cherche partout, répliqua Nick.

— Peut-être est-elle déjà partie au théâtre ? suggéra le peintre.

— Sa voiture est encore sur le parking, objecta Victoria.

— Eh bien, c'est que quelqu'un sera passé la prendre, lança Remington.

*

Caroline s'isola un moment et prit son téléphone portable pour appeler Key News.

— Caroline Enright à l'appareil, passez-moi Linus Nazareth, s'il vous plaît.

En attendant que Linus décroche, Caroline se demanda si elle n'allait pas un peu vite en besogne. Rien ne prouvait que Belinda ait disparu. Et, si elle réapparaissait dans quelques heures, Caroline passerait pour une idiote auprès de son producteur exécutif. Mais Caroline préférait encore cela plutôt que de subir ses foudres pour avoir laissé filer un scoop. Si l'on apprenait qu'il était effectivement arrivé quelque chose à Belinda, Key News devait être le premier média à en parler.

— Nazareth, répondit-il d'une voix bourrue.

— Bonjour, Linus, c'est Caroline.

— Ouais, c'est à quel sujet ?

— Belinda Winthrop a peut-être disparu, lui dit-elle.

— Qu'est-ce que tu entends par *a peut-être disparu* ? questionna-t-il. Elle a disparu *ou* elle n'a pas disparu ?

Caroline lui fit un résumé complet de la situation.

— Oui, enfin, avec ces actrices, on n'est jamais à l'abri des surprises..., grommela Linus. Si ça se trouve, c'est un coup monté pour attirer l'attention sur elle, rien qu'un bon coup de pub.

— Je ne pense pas qu'elle en ait besoin, Linus. Belinda est déjà au sommet.

Son interlocuteur se tut.

— Linus ? reprit Caroline, comme il gardait toujours le silence.

— Ouais, j'étais en train de réfléchir. Écoute, garde un œil sur cette affaire. S'il est avéré que Belinda Winthrop a réellement disparu, j'envoie les renforts...

57

Linus raccrocha. Il prit son ballon de football et le lança en l'air à plusieurs reprises avant de décrocher de nouveau son combiné.

— C'est Linus, viens me voir.

*

Annabelle étouffa un grognement, comme chaque fois qu'elle était convoquée dans le bureau du producteur exécutif de « Key to America ». Toutes les rumeurs qu'elle avait entendues à son sujet étaient fondées. Ce type était facteur de stress.

Si Linus l'appelait, c'est qu'il avait quelque chose à lui demander, et Annabelle sentit aussitôt son estomac se nouer. Elle avait promis aux jumeaux qu'elle essaierait de partir tôt pour les emmener nager cet après-midi. Une promesse qu'elle pensait être en mesure de tenir. On était vendredi, elle n'était pas d'astreinte ce week-end et aucune tâche urgente ne la retenait à Key News. Quelle déception serait la leur si elle ne les accompagnait pas à la piscine !

— Bonjour, dit-elle timidement en franchissant le seuil du bureau de Linus.

Ce dernier se dispensa des politesses d'usage pour aller droit au but.

— Caroline Enright vient de m'appeler. Selon elle, il serait arrivé quelque chose à Belinda Winthrop.

— Quoi ? Elle est morte ? s'enquit Annabelle.

— Sait-on jamais, répondit Nazareth, laconique,

tout en jouant avec son ballon. Pour le moment, il semblerait qu'elle ait disparu. D'après Caroline, elle est introuvable.

— Depuis quand ?

— Elle donnait une fête chez elle, hier soir. Et personne ne l'a vue ce matin.

— Il est encore un peu tôt pour prétendre qu'il lui est arrivé quelque chose ou, pire, qu'elle a disparu ! s'exclama Annabelle.

— C'est aussi ce que je pense, acquiesça Linus. Mais j'aimerais quand même que tu passes quelques coups de fil. On ne sait jamais...

58

— Ce type ne m'inspire vraiment aucune confiance, dit Caroline à Nick tandis qu'ils quittaient la propriété.

— Qui ? lui demanda Nick. Le peintre ou le régisseur ?

— Remington est simplement excentrique. C'est Gus que je ne trouve pas franc.

— Pourquoi ?

— Difficile à dire, je ne le sens pas, précisa Caroline. Peut-être aussi parce que je l'ai surpris hier soir en train de fumer un joint dans les toilettes.

— Et donc tu crois qu'il a quelque chose à voir avec la disparition de Belinda ?

— Non, ce n'est pas ce que j'ai dit, c'est juste qu'il me fait une mauvaise impression...

— Tu sais, chérie, ce n'est pas parce que quelqu'un

fume de temps en temps que ça fait de lui un cri-
minel...

— En fait si, riposta Caroline. Dois-je te rappeler
que c'est contraire à la loi ?

— D'accord, tu as raison, admit Nick. C'est interdit.
Mais tu connais sans doute pas mal de personnes qui,
à un moment ou à un autre de leur vie, ont touché à la
marijuana...

— Oui, un bon nombre..., reconnut-elle.

— Tu vois, c'est ce que je suis en train d'essayer de te
faire comprendre, Caroline. Fumer n'est pas le pire des
délits. Et ça ne prouve en rien que Gus soit responsable
de ce qui est arrivé à Belinda... *Si jamais* il lui est arrivé
quoi que ce soit, ce dont nous ne sommes pas sûrs.

Nick engagea la voiture sur la route et prit la direction du campus.

— Allons rendre son bracelet à Meg, dit-il. Elle
va être tellement soulagée de savoir que nous l'avons
retrouvé.

— Non, vas-y seul, il faut que je fasse le point avec
l'équipe, lui répondit-elle tout en se demandant si Nick
aurait eu le même discours, désinvolte et laxiste, s'il
avait su que sa fille cachait de la marijuana dans le placard de sa chambre.

59

De retour dans sa chambre après ses exercices matinaux, Meg jeta son tapis de gym dans un coin puis se
dévêtit. Elle enfila ensuite son peignoir et fila vers la

salle de bains commune. Sous la douche, elle pensa à son bracelet, espérant que son père allait le lui rapporter.

De nouveau chez elle, Meg mit un tee-shirt propre et un short avant de s'installer à son bureau, devant son ordinateur portable. Cela faisait deux jours qu'elle n'avait pas consulté sa boîte mails. Celle-ci contenait un bon nombre de messages que Meg effaça ou auxquels elle répondit jusqu'à ce qu'elle tombe sur l'un d'eux, ayant pour objet : « Aux amis d'Amy. » Pensant qu'il contenait des détails relatifs à l'organisation de la cérémonie de samedi, elle l'ouvrit.

Chers amies et amis d'Amy,

Mon mari et moi avons reçu de nombreux témoignages de proches qui souhaitent nous venir en aide en ces temps douloureux. Ces messages de soutien sont pour nous un réconfort qui nous va droit au cœur.

Il est important pour nous de savoir ce que faisait Amy juste avant qu'elle ne nous soit enlevée.

Si vous possédez des informations susceptibles de nous apporter des éléments de réponse, nous vous serions reconnaissants de prendre contact avec nous par mail. Il nous est encore difficile d'en parler de vive voix au téléphone. J'espère que vous comprendrez nos raisons.

La maman d'Amy

Meg regarda la date à laquelle le mail lui avait été envoyé. Mercredi. Trois jours après l'accident qui avait coûté la vie à Tommy et à Amy.

Elle sentit alors la colère l'envahir. À quoi rimait cette mauvaise plaisanterie ?

Tout comme elle, Amy avait perdu sa mère…

60

Victoria alluma une nouvelle cigarette, se servit une autre tasse de café et s'assit à la table de la cuisine, s'efforçant de faire le point. Il était sans doute un peu tôt pour alerter la police, aussi décida-t-elle d'abord de prévenir Keith pour le tenir au courant de la situation.

— Qu'entends-tu par *elle a disparu* ? lui demanda aussitôt le metteur en scène, d'une voix qui frôlait les aigus.

— Rien de plus que ce que je viens de te dire, Keith. Belinda est introuvable.

— Elle est peut-être simplement allée faire un tour quelque part…

— Son lit n'est même pas défait, rétorqua Victoria.

Un silence se fit entendre à l'autre bout de la ligne, avant que Keith ne reprenne la parole.

— Bon sang ! Quelle idée de vouloir attirer l'attention…

— Belinda ne cherche pas à attirer l'attention de qui que ce soit, le coupa Victoria. Elle n'a absolument pas besoin de ce genre de publicité. Non, je suis sûre qu'il lui est arrivé quelque chose. Tu ferais bien d'aller trouver Langley Tate. Qu'elle se tienne prête à remplacer Belinda ce soir. Au cas où… Moi, je préviens la police.

61

Remington observait le portrait de Belinda posé sur le chevalet. L'expression du visage de la comédienne était si éloignée de ce qu'il aurait voulu rendre qu'il fut un instant tenté de jeter la toile pour en commencer une nouvelle. Au lieu de quoi, il prit sa palette et son pinceau, qu'il trempa dans un rose de sa composition. Une subtile nuance qui restituait à la perfection la couleur de peau de Belinda.

Il effectua quelques retouches mais s'arrêta rapidement. Il ne réussissait pas à se concentrer. Il était obnubilé par Belinda. Il essaya un instant d'imaginer un monde sans elle, mais en fut incapable. Depuis qu'il l'avait rencontrée, elle avait accaparé la quasi-totalité de ses pensées. Non, imaginer un monde sans elle était une sombre perspective qu'il ne voulait même pas envisager.

Après avoir reposé palette et pinceau, Remington se dirigea vers la fenêtre. Il observa un moment la voiture de Belinda sur le parking, signe qu'elle se trouvait en sécurité dans la propriété.

Sauf que ce n'était pas le cas…

Il sortit ensuite son porte-clés de la poche de son pantalon et ouvrit la porte en chêne massif qui menait à la cave, une pièce fraîche et sèche, l'endroit idéal pour entreposer ses trésors. Il saisit la lampe torche posée sur une petite étagère en haut de l'escalier et descendit les marches. Parvenu en bas, il prit la boîte d'allumettes qu'il conservait à cet endroit et alluma lentement les dix-sept bougies placées dans un réceptacle en verre de couleur rubis qu'il déposa au pied des dix-sept toiles qui couvraient les murs en terre de la cave.

Remington entreprit alors le tour de sa chapelle votive, se recueillant devant chaque tableau. Il s'arrêta tout d'abord devant le portrait de Belinda en Katharina, dans *La Mégère apprivoisée* de William Shakespeare, le premier rôle qu'elle avait interprété au festival d'été de Warrenstown. Le suivant la représentait en Cecily Cardew, dans *L'Importance d'être constant* d'Oscar Wilde. Il marqua ensuite une plus longue pause devant la toile où Belinda figurait Abigail Williams, dans *Les Sorcières de Salem* d'Arthur Miller. Remington aimait particulièrement cette Belinda, qui portait une tenue puritaine.

Remington marqua une station devant chaque tableau, l'ensemble restituant la carrière de la comédienne à Warrenstown. De nouveau *Les Sorcières de Salem*… Cinq ans auparavant, Belinda avait accepté de jouer un autre rôle dans la pièce d'Arthur Miller – elle était cette fois Elizabeth Proctor, l'épouse bafouée. L'année d'après, juste avant l'incendie, Remington avait immortalisé Belinda en Aliénor d'Aquitaine, dans *Le Lion en hiver*. Le dernier tableau de sa collection particulière, le plus abouti.

Ayant achevé son pèlerinage souterrain, Remington s'agenouilla devant le chef-d'œuvre de sa vie et se recueillit.

62

— Sergent, j'ai quelqu'un de Key News, à New York, qui appelle au sujet de Belinda Winthrop.

— Eh ben ! Ils perdent pas de temps ceux-là… À croire que les nouvelles voyagent à la vitesse de l'éclair, commenta Mo Weaver, de la police de Warrenstown. Passe-le-moi.

Avant de décrocher, il se demanda comment Key News pouvait déjà être au courant. Il venait à peine de s'entretenir avec Victoria Sterling.

— Sergent Weaver, j'écoute.

— Bonjour, sergent. Annabelle Murphy à l'appareil, je suis productrice à Key News.

— En quoi puis-je vous être utile ?

— Nous nous sommes laissé dire que Belinda Winthrop avait disparu. Que pouvez-vous me dire à ce sujet ?

— Nous sommes en train de nous renseigner.

— Elle a donc bel et bien disparu ? l'interrompit aussitôt Annabelle.

— Ce n'est pas ce que j'ai dit…

— Mais vous avez des raisons de croire qu'elle aurait pu disparaître ? insista Annabelle.

— Je n'ai pas non plus dit cela, lui répondit le sergent Weaver. Vous êtes consciente, madame Murphy, qu'une personne telle que Belinda Winthrop suscite un énorme intérêt de la part du public. Comme en témoigne du reste votre appel. Mais je n'ai rien à déclarer pour le moment.

*

Annabelle alla trouver Linus Nazareth pour lui faire part de sa conversation avec l'officier de police.

— Le sergent Weaver n'a pas du tout eu l'air surpris de mon appel, lui dit Annabelle.

— Donc elle a réellement disparu ? s'enquit Linus, dont le visage s'éclaira.

— Il n'a rien voulu confirmer, mais j'ai la ferme conviction…

Linus l'encouragea à poursuivre.

— … qu'il s'est passé quelque chose.

En prononçant ces derniers mots, Annabelle sut qu'elle n'emmènerait pas les jumeaux à la piscine cet après-midi.

63

La chasse au scoop n'était pas la spécialité de Caroline, qui, ne sachant comment procéder, se posait de nombreuses questions. Elle était cependant certaine d'une chose : elle avait mieux à faire que d'aller traîner sur le campus, à la recherche d'apprentis comédiens à interviewer, ce à quoi elle avait initialement prévu d'occuper sa matinée. Elle devait essayer de trouver ce qui était réellement arrivé à Belinda Winthrop.

Sachant que Nick serait content de passer le reste de la matinée seul avec Meg, Caroline avait donné rendez-vous à Lamar et Boomer. Elle leur raconta sa visite matinale dans la propriété de la comédienne, ainsi que sa conversation avec Linus Nazareth.

— On a deux options, résuma Lamar. Soit on va au commissariat, soit on se rend chez Belinda Winthrop.

— Qu'est-ce que vous en pensez ? interrogea Caroline.

— C'est toi le chef, lui répondit Lamar. À toi de décider...

— Bon, allons chez Belinda. C'est là-bas qu'on fera les plans les plus intéressants, trancha Caroline, qui n'était pas certaine d'avoir pris la bonne décision jusqu'à ce qu'elle croise le regard approbateur de Lamar.

*

Une voiture de police stationnait devant l'entrée de la maison quand l'équipe de Key News arriva. Lamar coupa le moteur et sortit prestement du véhicule pour prendre son matériel dans le coffre. Lui et Boomer étaient déjà en train de filmer quand un homme en uniforme se dirigea vers eux.

Caroline alla à sa rencontre et se présenta.

— Vous ne devez pas rester ici, leur intima le policier.

— Que se passe-t-il ? lui demanda Caroline.

— Je vous ai demandé de partir, et tout de suite !

*

À l'intérieur de la maison, Victoria Sterling, après avoir de nouveau expliqué aux policiers que Belinda Winthrop était introuvable, répondait à leurs questions.

— Belinda effectue tous les jours une promenade matinale. Mais j'ai vérifié dans son placard et ses chaussures de marche sont à leur place.

172

— Vous êtes l'invitée de Mlle Winthrop, c'est bien ça ? lui demanda le sergent Weaver.

— C'est exact, sergent.

— Et qui d'autre vit ici ?

— Un régisseur et Remington Peters.

— Le peintre ?

— Oui, c'est bien lui, répondit Victoria en écrasant son mégot dans un cendrier.

— Et comment s'appelle le régisseur du domaine ? s'informa Weaver.

— Gus Oberon.

∗

Le sergent Weaver et son adjoint rejoignirent le petit appartement au-dessus du garage qu'occupait Gus. Personne. Ils décidèrent d'aller trouver le peintre. Remington Peters leur ouvrit aussitôt la porte. Il avait les cheveux en bataille et l'air bougon.

— Pouvons-nous entrer ? lui demanda le sergent.

— Euh, oui, bien sûr, répliqua Remington en reculant de quelques pas pour les laisser passer.

Les policiers balayèrent l'appartement des yeux.

— Sur quoi travaillez-vous ? s'enquit Weaver en fixant le chevalet recouvert d'un drap.

— Un portrait, lui répondit Remington.

— De Belinda Winthrop, n'est-ce pas ? J'ai entendu parler de cette exposition à la galerie Ambrose, poursuivit le policier en s'approchant du chevalet. Je peux jeter un coup d'œil ? demanda-t-il en tendant la main pour soulever le drap.

— Non ! s'exclama Remington en s'interposant vivement entre le sergent Weaver et la toile. Je ne laisse personne regarder mon travail avant qu'il ne soit achevé.

— Pas de problème, je comprends, assura le sergent en reculant d'un pas. Dites-moi, monsieur Peters, quand avez-vous vu Mlle Winthrop pour la dernière fois ?

— Eh bien, c'était la nuit dernière.

— Où ?

— À la fête.

— Et comment vous a-t-elle paru ?

— Qu'entendez-vous par là ?

— Vous a-t-elle semblé préoccupée par quelque chose ? précisa le policier.

Remington prit le temps de la réflexion. Belinda avait été une hôtesse parfaite, enjouée et attentionnée, donnant l'impression que tout allait pour le mieux dans le meilleur des mondes. Si tel n'avait pas été le cas, elle avait vraiment bien caché son jeu.

— Non, sergent, finit-il par répondre. Elle avait l'air de n'avoir aucun souci particulier. Elle était au contraire très joyeuse. Il faut dire que tout le monde la félicitait, chacun lui disant qu'elle venait d'accomplir sa plus grande prestation.

*

Alors qu'il s'apprêtait à quitter le bois, Gus aperçut la voiture de police. Instinctivement, il s'accroupit et resta à couvert. Peu de temps après, deux policiers en uniforme sortirent de chez Remington et se dirigèrent vers le garage.

174

Ils le cherchaient. Gus en eut la certitude.

Il fit demi-tour et s'enfonça de nouveau dans les bois. Si les flics venaient fouiner dans les parages, il fallait qu'il camoufle avec soin l'entrée de la grotte.

64

— Toi qui étais à la fête hier soir, Caroline, tu n'as rien remarqué d'anormal ? lui demanda Lamar tandis qu'ils repartaient vers le centre-ville.

— Non, rien de particulier. L'atmosphère était vraiment bon enfant. Tout le monde semblait heureux et fêtait joyeusement le succès de la pièce.

— Alcool à gogo ? questionna Boomer.

— Oui, bien sûr.

— Aucun esclandre ? s'enquit Lamar.

— Non, ou alors cela m'aura échappé.

— Est-ce que Belinda était bourrée ? poursuivit Boomer.

— Quand j'ai parlé avec elle, elle avait un verre de Martini à la main, répondit Caroline. Mais elle ne donnait pas du tout l'impression d'être ivre.

— Mais elle l'était peut-être..., reprit Boomer. J'ai connu des filles qui faisaient vraiment n'importe quoi pour se faire remarquer après deux ou trois verres dans le nez.

— Ça ne colle pas, Boom, le coupa Lamar. Belinda Winthrop venait de jouer à la perfection. Je ne l'imagine pas du tout péter un plomb.

— Il faut se méfier de l'eau qui dort, mon pote ! C'est

les plus sages en apparence qui sont capables des pires folies, crois-moi.

— Je suis d'accord avec Lamar, intervint Caroline. Belinda est au sommet de son art. Elle n'a pas besoin de se comporter en starlette capricieuse. Si elle a disparu, c'est qu'il lui est réellement arrivé quelque chose.

65

Enfin une réponse de brightlights999 !

Si ce genre de blague morbide t'amuse, c'est que tu es vraiment dérangé. La prochaine fois, effectue un minimum de recherches avant d'imaginer un canular au goût douteux. Pour ta gouverne, espèce de débile profond, sache qu'Amy avait perdu sa mère. T'es fier de toi ?

J'espère sincèrement que l'auteur de ce mail n'est pas un autre stagiaire du festival, car cette idée me rend malade !

Le message n'était pas signé.

D'accord, une erreur avait été commise en faisant croire que la mère d'Amy avait envoyé ce mail. Mais comment savoir qu'elle avait perdu sa maman ? Au départ l'idée semblait bonne. Certes, l'assassin n'avait pas découvert l'identité de la personne à qui Amy avait envoyé les photos avant de mourir. Mais il savait à pré-

sent qu'il s'agissait de l'un – ou l'une – des stagiaires évoluant sur le festival de théâtre d'été. Un début de piste...

66

Langley agitait son flacon de vernis à ongles rouge foncé, prête à s'en appliquer sur les orteils, quand le téléphone sonna. C'était Keith.

— Prépare-toi à remplacer Belinda, lui dit-il.

— Pourquoi ? Que s'est-il passé ?

— Belinda est introuvable. Elle va sans doute réapparaître d'un instant à l'autre. Mais on ne sait jamais. Alors, sois sur le pied de guerre.

Langley fut soulagée que cette conversation ait lieu par téléphone. Ainsi Keith ne pouvait voir l'immense sourire qui illuminait son visage. Elle fit ensuite appel à tous ses talents d'actrice pour adopter le ton larmoyant qui convenait à la situation.

— Oh, mon Dieu ! C'est horrible. S'il est arrivé quoi que ce soit à Belinda, je...

Keith la coupa et finit pour elle sa phrase.

— Tu ne sais pas ce que tu ferais... C'est bien cela ?

La doublure de Belinda saisit le sarcasme du metteur en scène mais décida de l'ignorer.

— Est-ce que je peux me rendre utile ?

— À moins que tu ne saches où trouver Belinda, non ! Tiens-toi seulement prête à jouer Valérie ce soir. L'idéal serait qu'on se retrouve au théâtre en début d'après-midi pour caler quelques détails. Une heure, ça te va ?

— C'est parfait, j'y serai. Compte sur moi.

Elle raccrocha et reprit sa séance de maquillage là où elle l'avait interrompue.

67

La voiture de Key News s'arrêta sur le parking du commissariat de Warrenstown.

Caroline se serait sentie bien plus confiante pour interroger les forces de police locales si elle avait eu une expérience de journaliste d'investigation. Mais elle était critique de théâtre et de cinéma. Deux métiers radicalement différents. Et, comme Linus comptait sur elle pour lever le voile sur la disparition de Belinda, elle ne pouvait se permettre le moindre faux pas. La chose la plus sensée était de s'en remettre à l'expertise de Lamar et Boomer, qui, eux, avaient l'habitude de situations de ce genre.

— Je crois que je vais avoir besoin de votre aide, leur avoua-t-elle en ravalant sa fierté.

Les deux hommes se regardèrent et Caroline surprit le regard amusé de Boomer.

— Je t'accompagne, déclara Lamar en ouvrant sa portière.

— Tu sais, lui dit-il tandis qu'ils se dirigeaient vers l'entrée du commissariat, les flics ne vont sans doute pas nous dire grand-chose. Tant qu'une affaire n'est pas résolue, c'est motus et bouche cousue.

— Il faut quand même qu'on essaie. Linus veut des informations.

— Que puis-je faire pour vous ? s'enquit le jeune homme en uniforme qui les accueillit.

— Nous sommes de Key News, expliqua Caroline. Et nous venons au sujet de Belinda Winthrop.

Le policier les regarda mais ne fit aucun commentaire.

— Est-il exact, comme le laissent penser nos informations, que Belinda Winthrop a disparu ? enchaîna Lamar.

— Je suis désolé, lui répondit le policier. Je n'ai rien à vous dire.

— Nous savons qu'il se trame quelque chose, poursuivit le cameraman. Nous sortons à peine de la propriété de Belinda Winthrop, où nous avons croisé vos collègues.

— Et que vous ont-ils dit ?

— Rien, intervint Caroline. Ils nous ont seulement demandé de quitter les lieux…

Au moment même où les mots franchissaient ses lèvres, Caroline comprit qu'elle venait de commettre une erreur. Du coin de l'œil, elle surprit le regard réprobateur de Lamar. Sans doute la prenait-il pour un amateur. Quoi qu'il en soit, le policier s'engouffra dans cette brèche.

— Eh bien, déclara-t-il, s'ils ne vous ont rien dit là-bas, pourquoi accepterais-je de vous parler ? Si mon chef refuse de communiquer des informations à la presse, je ne vais certainement pas agir autrement.

Le jeune policier saisit quelques feuilles qui traînaient sur son bureau et commença à les classer, comme pour leur signifier que l'entretien était clos.

— Du reste, vous auriez pu vous éviter le déplacement, reprit-il en voyant que les deux journalistes ne bougeaient pas. À croire que la main gauche ignore ce que fait la droite !

— Qu'entendez-vous par là ? l'interrogea Caroline.

— Quelqu'un de chez vous a déjà appelé un peu plus tôt. Et, évidemment, on ne lui a rien dit non plus !

Caroline sentit ses joues s'empourprer un peu plus. Cela signifiait que Linus n'avait aucune confiance en ses capacités à mener cette affaire à son terme… Aussi avait-il mis quelqu'un d'autre sur le coup. Caroline n'en fut pas surprise, mais tout de même vexée. La seule consolation était qu'au moins Linus avait pris son information au sérieux…

— Puis-je vous demander de nous tenir au courant de l'avancée de l'enquête ? dit Lamar en ouvrant son portefeuille pour en extraire une carte de visite. De nous prévenir si jamais il y a du nouveau ou si vous organisez une conférence de presse ? Mon numéro de portable se trouve en bas, conclut-il en tendant sa carte au policier.

— Je ne peux rien vous promettre, lui répondit ce dernier en l'empochant. Vous savez, ajouta-t-il, le cas est bien plus fréquent qu'on ne le pense. Nombreuses sont les personnes qui sortent acheter un paquet de cigarettes et qui ne reviennent jamais…

*

Caroline et Lamar faisaient demi-tour et s'apprêtaient à quitter les lieux quand la radio du commissariat crachota ce message : « On balaie encore un peu le secteur, histoire de s'assurer que Belinda Winthrop n'est pas quelque part inconsciente dans sa propriété. De votre côté, appelez le North Adams Hospital et la clinique de Pittsfield pour savoir si elle a été admise aux urgences. »

68

Qu'arriverait-il si les policiers revenaient chez lui et décidaient de fouiller son atelier ? Bien évidemment, ils lui demanderaient ce qui se cachait derrière la porte en bois. Il serait alors obligé de la leur ouvrir et ils descendraient à la cave. Remington frissonna à cette pensée.

Ils découvriraient les toiles et, avec elles, son mensonge. Ils sauraient alors qu'elles n'avaient pas été détruites dans l'incendie et qu'il avait indûment empoché l'argent de l'assurance. Jamais ils ne comprendraient ses motivations profondes. Ils ne pourraient admettre qu'il avait lui-même allumé le feu pour faire croire au public que les toiles avaient disparu, et non pour toucher la prime. Comment expliquer qu'il ne supportait plus que tous ces badauds s'extasient devant les portraits représentant celle qu'il chérissait ?

Lui qui ne lisait plus les journaux ni ne regardait la télévision, de peur de voir apparaître Belinda, haïssait cette surexposition qui permettait à chacun de s'immiscer dans la vie de la comédienne. Tout le monde avait l'impression de la connaître et se l'appropriait. Cela lui était devenu insupportable. Et c'est ainsi que, trois ans plus tôt, l'idée avait germé. Deux nuits de suite, il avait discrètement emporté les tableaux à bord de son break pour les entreposer dans une pièce de stockage qu'il avait louée à Albany. Quand le déménagement fut terminé, il avait mis le feu à son atelier.

Il n'avait pas imaginé que Belinda se montrerait si bouleversée par la disparition supposée des tableaux. Et, quand il lui avait annoncé que plus jamais il ne ferait de portrait d'elle, elle n'avait pas non plus compris ses motivations profondes. Elle n'avait pas imaginé qu'il n'eût ni l'envie de la partager avec quiconque ni le désir de participer à sa surmédiatisation. Elle avait simplement cru que la perte des tableaux avait été un traumatisme tel qu'il était à présent incapable de toucher un pinceau.

Belinda avait alors enfourché un nouveau cheval de bataille. Elle allait l'aider à reprendre pied. Il possédait un tel talent, lui avait-elle dit, qu'il commettrait une grave erreur en renonçant à son art. Son souhait le plus cher était qu'il exécute un nouveau portrait d'elle. Elle ferait tout ce qui était en son pouvoir pour lui redonner goût à la peinture. C'est pour cela, qu'elle lui avait proposé de venir s'installer à Curtains Up.

Remington avait aussitôt accepté, sans hésiter, tant la perspective de côtoyer Belinda chaque fois qu'elle serait à Warrenstown l'enchantait. Et, comme il ne pouvait rien lui refuser, il lui avait également promis de s'atteler à un nouveau tableau.

Après le départ de Belinda pour New York, à la fin de la saison estivale, il avait récupéré les toiles et les avait agencées dans la cave de son nouvel atelier.

À présent, elles n'y étaient plus en sécurité.

Caroline et Lamar sortirent des locaux de la police et s'engouffrèrent dans la voiture.

— Alors ? leur demanda Boomer.

Caroline redouta un instant le pire, s'attendant à ce que Lamar ne l'accable devant son compère. Mais, contre toute attente, il ne mentionna pas sa piètre performance.

— Les flics sont en train de fouiller sa propriété, lui répondit Lamar. Parallèlement, ils font des recherches dans les hôpitaux du coin.

La voiture démarrait quand le portable de Caroline se mit à sonner.

— Alors, que se passe-t-il ? questionna Linus d'une voix bourrue.

— Eh bien, il semble que Belinda Winthrop ait réellement disparu, mais je n'en sais pas plus, s'excusa Caroline après lui avoir raconté ce qu'elle avait appris. Les policiers non plus, d'ailleurs. Ils sont à la recherche de Belinda. Mais je pense qu'ils sont dépassés par les événements. Deux adolescents morts dans un accident de voiture, une femme assassinée, et maintenant cette disparition... Ce n'est vraiment pas une semaine ordinaire pour eux.

— Bon. J'envoie sur place Annabelle Murphy. Elle va t'épauler.

— Ah ?

— Ouais, elle arrive cet après-midi.

Forcément déçue, Caroline dut cependant admettre que Linus Nazareth avait raison de lui adjoindre quelqu'un de plus expérimenté. Elle écouta ensuite le producteur exécutif lui faire part de son plan.

— Il faut parer à toute éventualité et, si jamais il s'avère que Belinda Winthrop est décédée, il faut qu'on soit les premiers à l'annoncer. Constance Young se tient prête. Si jamais on a besoin d'elle, elle viendra vous prêter main-forte.

70

— Oh, merci papa ! s'exclama Meg en voyant le bracelet que Nick lui tendait. Je ne sais pas comment j'aurais réagi si je l'avais perdu pour de bon.

— Je t'en prie, ma chérie, lui répondit-il. Mais tu ferais bien de faire réparer le fermoir.

— Où était-il ? lui demanda Meg en le passant à son poignet.

— À l'endroit où nous étions hier. Il avait glissé entre deux lattes du patio. En fait, c'est Caroline qui l'a retrouvé...

— Ah...

Meg se rembrunit aussitôt.

— Allons, Meg, lui dit Nick. Pourquoi te montres-tu toujours aussi agressive envers Caroline ?

Meg soupira.

— Écoute, papa, on en a déjà parlé à plusieurs reprises. Tu es heureux avec elle, parfait ! Moi, je ne l'apprécie pas, c'est tout. Je n'y peux rien, c'est comme ça.

— Lui as-tu seulement laissé sa chance ? Dès le premier jour, tu t'es braquée contre elle.

Meg ne répliqua pas et changea de sujet après avoir jeté un coup d'œil à son réveil.

— Je suis désolée, papa, mais il va falloir que j'y aille. J'ai mille choses à faire au théâtre. Il faut d'abord que je recouse la manche d'une des robes de Belinda et ensuite que je repasse tous ses costumes pour qu'elle soit magnifique ce soir...

— En espérant qu'elle pourra les porter...

— Qu'est-ce que tu sous-entends ?

Nick lui fit part de sa visite matinale à Curtains Up et de la conversation qu'il avait eue avec Victoria.

— Oh, non ! Ce n'est pas possible ! s'écria Meg. Pas elle. Elle est si gentille avec moi. Elle me rappelle maman. Je ne veux pas qu'il lui arrive quoi que ce soit.

— Allons, ne soyons pas pessimistes, ma chérie. Belinda ne va pas tarder à réapparaître.

Meg se mit à frissonner.

— Sans vouloir t'offenser, papa, tu disais que les chances de rémission de maman étaient réelles. Et on sait comment ça s'est terminé...

71

Quelle opportunité saisirait sans la moindre hési-tation n'importe quel stagiaire du festival d'été de Warrenstown ? Dîner avec un metteur en scène de renom ? Répéter avec un comédien célèbre ? Jouer un petit rôle dans un film à venir ? Rencontrer un agent théâtral ?

Chacune de ces ruses fonctionnerait à merveille.

L'assassin punaisa sa petite annonce sur le tableau réservé aux stagiaires.

```
    Agent new-yorkais de passage à Warren-
stown ce week-end organise des entre-
tiens individuels. Si vous êtes inté-
ressé, inscrivez ci-dessous vos nom,
adresse sur le campus, numéro de télé-
phone et adresse électronique.
```

Voilà qui devrait attirer brightlights999...

— Allons au théâtre voir si l'on parle déjà de la disparition de Belinda et recueillir quelques commentaires, suggéra Caroline.

— C'est pas une mauvaise idée, approuva Lamar.

— J'ai faim, lança Boomer. On devrait peut-être d'abord s'arrêter quelque part.

— N'est-il pas encore un peu tôt ? lui demanda Caroline.

— C'est facile pour toi de dire ça, rétorqua Boomer. On n'a vraiment pas la même morphologie. Regarde-toi, regarde-moi. Moi, j'ai besoin de me nourrir de manière régulière...

— Tu verras, le déjeuner n'en sera que meilleur tout à l'heure, lui dit-elle, malicieuse.

— Comme tu voudras. Mais si jamais on reste

coincés tout l'après-midi dans ce fichu théâtre, je risque de ne pas être de bonne compagnie...

*

Caroline fut déçue, en arrivant sur place, de trouver le hall désert.

— Je ne sais pas vraiment à quoi je m'attendais, soupira-t-elle. Mais j'espérais que tout le monde serait en train de commenter la nouvelle...

— Peut-être que la rumeur de sa disparition ne s'est pas encore répandue..., émit Lamar.

— Je vous avais bien dit qu'on aurait mieux fait d'aller manger ! s'exclama Boomer. Venez, allons-y !

— Attends un peu, quelqu'un vient, lui dit Lamar en regardant vers les guichets de location. Qui est-ce ?

— Langley Tate, précisa Caroline. La doublure de Belinda Winthrop.

Caroline se dirigea vers elle.

— Je suppose que vous êtes au courant ? lui demanda aussitôt la jeune actrice d'une voix tremblante.

— Oui, même si je ne sais pas grand-chose, lui répondit Caroline. Juste que Belinda était introuvable ce matin à Curtains Up. Avez-vous d'autres informations ?

— Non, pas vraiment. Keith Fallows m'a juste appelée afin que je me tienne prête pour la représentation de ce soir.

Caroline baissa les yeux sur la petite enveloppe que tenait la jeune femme, qui surprit son regard.

— Oh, ce sont juste des places pour la pièce, précisa-t-elle d'un ton gêné. J'ai appelé mes parents dans le New Jersey et ils sont déjà en route.

— Oui, c'est tout à fait naturel qu'ils veuillent venir vous applaudir, répliqua Caroline, qui pensa en son for intérieur que le malheur des uns faisait le bonheur des autres.

— Il faut que je file, s'excusa Langley. J'ai rendez-vous avec Keith pour mettre au point certains détails.

— Juste une dernière question, Langley. Accepteriez-vous de m'accorder une interview un peu plus tard ?

— Au sujet de Belinda ?

— Pas seulement, j'aimerais aussi savoir ce que cela fait de marcher sur ses traces.

Langley hésita un court instant avant de répondre.

— Vous savez, personne ne peut marcher sur les traces de Belinda. Bon, je vous laisse mon numéro de portable, appelez-moi quand vous voudrez...

73

La démarche pouvait paraître égoïste en ce moment si particulier, mais Victoria tenait à s'assurer que l'enregistrement de la veille était de qualité. La prestation de Belinda avait été telle qu'elle impressionnerait favorablement les jurés du prix Pulitzer. Aucune autre actrice ne pourrait jamais interpréter le rôle de Valérie avec autant de force. Et ce n'est sûrement pas Langley Tate qui parviendrait à elle seule à porter *Devil in the Details* comme l'avait fait Belinda.

Victoria fourragea quelques minutes dans la salle

audiovisuelle déserte avant de trouver ce qu'elle cherchait. Sur une étagère, elle aperçut enfin l'enregistrement de la pièce, *a priori* le seul qui avait été effectué. Elle aurait certainement dû le laisser là et attendre que quelqu'un lui en fasse une copie. Mais cet original représentait tellement pour elle qu'elle ne pouvait se permettre de le laisser traîner. Aussi mit-elle la bande dans son sac. Et puis, après tout, il s'agissait de sa pièce. Il serait toujours temps de restituer la cassette au théâtre pour effectuer d'autres duplicatas.

*

En descendant l'escalier menant au hall d'entrée, Victoria vit Caroline Enright et les deux techniciens de Key News. Victoria n'avait aucune envie d'avoir une nouvelle discussion avec la journaliste. Elle voulait juste rentrer à Curtains Up, être tenue au courant des recherches de la police concernant la disparition de Belinda et, surtout, visionner l'enregistrement de la pièce le plus rapidement possible.

Elle s'apprêtait donc à rebrousser chemin pour emprunter une autre sortie quand Caroline l'aperçut et l'interpella. La scénariste n'eut d'autre choix que de continuer à descendre les marches.

— Avez-vous des nouvelles de Belinda ? lui demanda aussitôt la journaliste.

— Non, lui répondit Victoria en secouant la tête. Rien depuis que j'ai quitté Curtains Up, il y a une demi-heure environ. La police m'a réclamé les clés de tous les bâtiments de la propriété, et j'espère que j'ai bien fait en les lui donnant...

— Et que disaient les autorités ?

— Qu'elles n'avaient aucun indice qu'un crime ait pu être commis, déclara Victoria. Mais, ce que je peux vous dire, c'est que la police déploie tout un dispositif qu'elle ne mettrait pas en place si vous ou moi étions recherchées...

— Et qu'allez-vous faire à présent ? s'enquit Caroline.

— Malheureusement, je pense qu'il n'y a pas d'autre solution que d'attendre.

— Mais le FBI ne pourrait-il pas être alerté ? suggéra Caroline.

— La police dit qu'elle l'a déjà prévenu, lui précisa Victoria. Reste à savoir si les fédéraux vont se mobiliser... Et puis, il est encore trop tôt pour savoir s'il s'agit d'un accident, d'un enlèvement ou d'une simple fugue. Après tout, Belinda va peut-être réapparaître d'un instant à l'autre, avec une explication plausible à nous fournir...

74

C'était le noir complet.

Ses yeux avaient beau être grands ouverts, elle ne distinguait rien. Aucune forme, pas le moindre relief. Elle était allongée sur le dos, sentant la terre ferme et compacte sous son corps. Un caillou pointu lui meurtrissait l'épaule. En essayant de rouler sur le côté, elle laissa échapper un cri et les larmes lui montèrent aux yeux tant la douleur était intolérable.

Se pourrait-il qu'elle ait les côtes brisées ?

Belinda tenta de se concentrer et de réfléchir à ce qui lui était arrivé, mais elle eut l'impression que son crâne allait exploser. Elle était incapable d'aligner deux pensées cohérentes. Elle était cependant consciente d'une chose. Peu importait la raison de sa présence ici. Il fallait qu'elle trouve le moyen de quitter cet endroit, quel qu'il fût. De quitter ces angoissantes ténèbres.

75

— Bon, ben maintenant qu'on l'a, cette prise, on peut peut-être aller manger, non ? lança Boomer.

Plusieurs reporters de Key News avaient prévenu Caroline : la réussite d'un reportage dépendait souvent du bon moral de l'équipe. Si les techniciens avaient le ventre plein, par exemple, ils étaient généralement bien plus enclins à rendre service au journaliste qu'ils accompagnaient.

— OK, consentit Caroline. Allons manger, puisque c'est l'heure... Mais on va chez Oscar. Ce sera rapide et ce n'est pas loin.

*

Dix minutes plus tard, ils consultaient l'immense ardoise qui recouvrait un mur de la sandwicherie.

Lamar et Boomer firent leur choix puis s'éclipsèrent aux toilettes, laissant Caroline seule avec Oscar, qui préparait leur commande. Ce dernier avait visiblement envie d'entamer la conversation avec la journaliste.

— Je suppose que vous êtes au courant des dernières nouvelles, lui glissa-t-il.

— Vous faites sans doute allusion à Belinda Winthrop ?

— Oui, dit-il en baissant la voix. Je ne sais vraiment pas ce qui se passe dans cette ville en ce moment. Et dire que ma femme et moi avions décidé de venir ici pour échapper à la criminalité qui frappe les grandes cités. Elle se demande si nous n'avons pas commis une erreur.

Caroline regardait Oscar étaler de la moutarde sur une tranche de pain de seigle.

— Je suppose que la police doit être sur les dents, hasarda-t-elle.

— Oh, vous ne croyez pas si bien dire ! Pas plus tard que tout à l'heure, un des jeunes du commissariat est venu chercher des sandwichs pour ses collègues. Il paraît que le chef a rappelé tout le monde, même ceux qui étaient en vacances. Ils sont dans tous leurs états, surtout après le meurtre de la vieille bibliothécaire. Entre vous et moi, c'était une peste. Et je lui aurais bien donné une bonne paire de gifles. Une fois, elle a même refusé de me prêter un livre, je ne sais plus trop pourquoi... Mais bon, elle ne méritait pas de mourir... Surtout pas de cette manière, conclut Oscar en coupant le sandwich en triangles.

Caroline approuva de la tête et Oscar continua son monologue.

— Et dire qu'il y a deux ans, avec la mort de ce célèbre auteur, ils croyaient avoir tout vu ! Croyez-moi, avec ce qui s'est passé la semaine dernière, l'assassinat de la bibliothécaire, l'accident des deux jeunes stagiaires, et maintenant l'affaire Belinda Winthrop, autant vous dire qu'ils regrettent cette époque tranquille...

— Oui, j'ai lu plusieurs articles sur la mort de Daniel Sterling, enchaîna Caroline. C'est bien lui, n'est-ce pas, ce scénariste qui s'est tué de manière accidentelle ?

— Effectivement, lui répondit Oscar en coupant un cornichon en rondelles. Daniel Sterling... Le sergent a toujours trouvé bizarre son accident de voiture, mais il n'a jamais rien pu prouver.

— Il sortait de la fête donnée par Belinda Winthrop quand sa voiture a quitté la chaussée, c'est bien ça ?

— Oui, c'est exact. Mais croyez bien que, d'après mes amis du commissariat, sa sortie de route ne devait rien au hasard. Ils sont persuadés que c'est une de ces personnes du show business qui a maquillé son meurtre en accident de la route. Mais, comme je vous le disais, rien n'a pu être prouvé...

— L'un d'eux avait-il un motif pour éliminer Daniel Sterling ? lui demanda Caroline en sortant son porte-monnaie pour régler l'addition.

Oscar lui tendit le plateau contenant leurs sandwichs.

— Vous savez comment ils sont, reprit-il. Et j'ai pu en observer plus d'un ici... En apparence, ils appartiennent tous à la même famille. Ils s'embrassent, ils se congratulent... Mais, si vous voulez vraiment mon sentiment, ils se jalousent. Et plus d'un serait prêt à tuer son meilleur ami pour prendre sa place...

— Non, Langley ! hurla Keith. Tu n'as décidément rien compris !

Langley s'arrêta au milieu de la scène et se mordit la lèvre inférieure.

— Tu es supposée prendre conscience que l'homme avec qui tu vis depuis des années n'est pas celui que tu imaginais, mais au contraire un monstre froid, capable de tout, de balayer quiconque se mettrait en travers de son chemin... Tu comprends, Langley ? Tu crois pouvoir être en mesure de restituer cette émotion ?

— Je vais essayer, Keith.

— Je ne te demande pas d'essayer, bordel de merde, mais d'y parvenir ! Allez, on reprend depuis le début de la scène.

Après les trois premières répliques, Keith interrompit de nouveau la répétition.

— Non, non, non et non, Langley ! Tu n'as toujours rien compris. Inspire-toi de ce que faisait Belinda.

— Mais je ne suis pas Belinda, se défendit-elle en ravalant ses larmes.

— Comme si je ne m'en étais pas aperçu ! railla le metteur en scène.

— Keith, s'il te plaît. Personne ne pourra jamais remplacer Belinda. Mais je peux être Valérie. J'ai travaillé le rôle, je connais le personnage. Laisse-moi seulement ma chance…

Une fois leurs sandwichs avalés, Caroline et les deux techniciens quittèrent le restaurant et restèrent un instant sur le pas de la porte à regarder les alentours. Caroline aperçut alors la galerie Ambrose, dans la rue principale, et se rappela que le vernissage de l'exposition de Remington Peters avait lieu aujourd'hui.

— Pourquoi n'irions-nous pas leur demander l'autorisation de filmer le nouveau portrait de Belinda ? suggéra-t-elle.

— Bonne idée, approuva Lamar. Quel que soit le dénouement de l'affaire, ça fera toujours de bonnes prises pour un prochain reportage.

Caroline entra dans la galerie pendant que Lamar et Boomer restaient dehors pour en filmer la façade. Elle remarqua aussitôt que l'espace réservé à la nouvelle toile de Remington Peters était vide.

— Ne dites rien ! s'exclama Jane Ambrose en se précipitant vers elle, comme si elle avait lu dans ses pensées. C'est une catastrophe !

Caroline ne répliqua pas, attendant que la galeriste poursuive.

— Vous savez bien évidemment que Belinda est introuvable ?

Caroline se contenta d'opiner.

— Et maintenant, c'est Remington qui s'est mis en tête de ne pas exposer sa dernière création. Ni l'invitée d'honneur ni le tableau ne seront là... C'est un désastre. Vous allez sans doute me trouver égoïste de ne penser qu'à la galerie, mais des collectionneurs de toute la région doivent venir. C'est un événement qu'ils attendent depuis des mois. Comme nous, d'ailleurs, autant sur le plan artistique que financier...

— Je suis vraiment navrée pour vous, lui répondit Caroline en examinant les murs de la galerie. Mais il vous reste quand même tous ces paysages de Remington Peters. Et puis, j'avais cru comprendre que la pièce maîtresse ne serait pas à vendre...

— C'est vrai, mais pour nos clients chaque nouveau portrait de Belinda est un événement. Ils vont être tellement déçus que ça ne va pas les inciter à acheter quoi que ce soit d'autre...

— Savez-vous pourquoi Remington refuse de montrer sa dernière création ?

— Non, murmura Jane Ambrose en secouant la tête. C'est incompréhensible. Hier, Zeke est allé chez lui pour prendre la toile, et il lui a dit qu'elle n'était pas prête. Quelque chose dans l'expression de Belinda ne lui convenait pas. Mais, bon sang, personne ne connaît mieux le visage de Belinda que Remington ! Non, vraiment, je ne comprends pas...

— Accepteriez-vous que mon équipe vienne prendre quelques prises de vue des autres toiles, en particulier ces deux portraits ?

Jane regarda les deux toiles de la galerie représentant Belinda, la première en Titania, dans *Le Songe d'une nuit d'été*, la seconde en Madison Whitehall, l'héroïne de *Treasure Trove*, qui encadraient l'espace laissé libre pour accrocher la Valérie de *Devil in the Details*.

— Oui, pas de problème. Et n'hésitez surtout pas à repasser. Zeke est parti à Curtains Up pour essayer de convaincre Remington de revenir sur sa décision. Peut-être aurons-nous une bonne surprise...

Dix-sept portraits. Dix-sept toiles à emballer avec soin et à remonter de la cave. Dix-sept tableaux qu'il entreposerait de nouveau dans cette pièce de stockage d'Albany, à l'abri du regard indiscret de la police, ou de n'importe qui d'autre.

Remington avait perdu toute notion du temps pendant qu'il s'affairait à empaqueter ses toiles. Il fallait qu'il se dépêche. Qu'il finisse son travail avant la tombée de la nuit. Ensuite, à la faveur de l'obscurité, il les transporterait jusqu'à Albany à bord de son break. Deux voyages, et il en aurait terminé. Avec un peu de chance, il serait même rentré avant l'aube. Un peu de chance ne faisait jamais de mal à personne…

Katharina dans *La Mégère apprivoisée*, Cecily Cardew dans *L'Importance d'être constant*, Abigail Williams dans *Les Sorcières de Salem*, et tous les autres personnages interprétés à Warrenstown par Belinda… Avant de refermer chaque paquet, Remington adressait un hommage discret à Belinda et embrassait son beau visage.

— Repose-toi bien, ma chérie. On se reverra bientôt.

*

Zeke Ambrose dépassa les grilles de Curtains Up, puis remonta l'allée, prêt à convaincre Remington d'exposer sa dernière création. Le galeriste était bien déterminé à ne pas repartir de la propriété les mains vides.

Il s'arrêta pour échanger deux mots avec le policier qui gardait l'entrée de la maison.

— Salut, Mo.

— Zeke, lui répondit le sergent Weaver. Comment va, aujourd'hui ?

— On fait aller. Du nouveau au sujet de Belinda ?

— Alors, comme ça, t'es au courant ?

— Tu sais, les nouvelles vont vite dans une ville aussi petite que la nôtre... Alors, quoi de neuf ? reprit Zeke.

— Rien, hélas, pour le moment.

— Espérons qu'il s'agit seulement d'un malentendu et qu'elle réapparaîtra bien vite, poursuivit le galeriste. J'ai eu la chance d'assister à la représentation hier soir. Elle était vraiment fantastique. Je n'ose même pas imaginer que quelque chose d'horrible lui soit arrivé.

— Tu étais à la réception qu'elle a donnée après la pièce ? lui demanda le policier.

— Oui, Jane et moi étions présents. Cela fait des années que nous sommes ses invités.

— Et tu as remarqué quelque chose d'étrange, ou d'inhabituel ?

— Non. Vraiment, je ne vois pas. Mais si je repense à quoi que ce soit, je te fais signe. En fait, je suis venu voir Remington Peters.

— Un drôle d'oiseau, celui-là ! s'exclama le policier.

— Remington est un artiste, Mo. Il est normal qu'il te paraisse un peu étrange.

Le policier laissa Zeke continuer son chemin dans la propriété et le galeriste se gara devant l'entrée de l'atelier. Il frappa à la porte, attendit quelques instants et frappa de nouveau. Toujours pas de réponse. Il fit le tour de l'atelier et plaqua ses mains contre la baie vitrée pour regarder à l'intérieur. Cette fois, aucun drap ne recouvrait la toile posée sur le chevalet.

Belinda, dans sa robe verte, trônait telle une reine au milieu de la pièce : la tête droite, l'expression hautaine et le regard provocant.

Zeke changea de position pour trouver un meilleur angle d'observation. Il aperçut le pistolet que tenait à la main Belinda au moment même où Remington, l'œil mauvais, vint se placer entre lui et le tableau. Le peintre le fusilla du regard.

*

Zeke fit deux pas en arrière et se précipita vers la porte d'entrée, tout en essayant de trouver une explication convaincante à sa présence derrière la vitre.

— Je suis désolé si je t'ai fait peur, attaqua-t-il d'emblée. Mais tu ne répondais pas. J'ai donc fait le tour pour voir si tu étais là, au cas où tu ne m'aurais pas entendu frapper… Je ne voulais surtout pas me montrer indiscret.

— Tu as vu le portrait ? lui demanda Remington d'un ton menaçant.

À l'expression de l'artiste, Zeke jugea préférable de nier. S'il restait une petite chance pour que Remington revienne sur sa décision et accepte d'exposer la toile, mieux valait ne pas le contrarier ou le mettre en colère.

— Je n'ai rien pu voir, mentit le galeriste. Il y avait trop de reflets.

Remington le jaugea un long moment avant de reprendre la parole.

— Bien. Tu sais que je n'aime pas que qui que ce soit voie mes toiles avant qu'elles soient achevées.

— Effectivement, observa Zeke, soulagé de la réaction du peintre. Et ça avance comme tu veux ?

— Non. Je suis loin d'avoir terminé et, avec tout ce qui se passe en ce moment, je n'ai vraiment pas l'esprit à travailler.

À son intonation, le galeriste jugea préférable de ne pas se montrer insistant. Pourtant, il hésitait à s'en aller. La toile qu'il avait entraperçue l'avait troublé.

79

En quittant la galerie Ambrose, Caroline tomba nez à nez avec Meg et Nick.

— On sort juste du restaurant thaïlandais, lui dit Nick. Je ne t'ai pas prévenue parce que je pensais que tu n'aurais pas le temps de te libérer.

— Inutile de te justifier, Nick. Je comprends que vous ayez eu envie de passer un moment tous les deux, répliqua Caroline, bien qu'au fond d'elle-même elle se sentît meurtrie.

— Il va falloir que j'y aille, papa, lança Meg. J'ai plein de choses à faire au théâtre, en plus de la répétition pour le cabaret.

— Bien sûr, ma chérie, lui répondit Nick en l'embrassant sur le front. Je suppose que je ne te revois pas avant ton spectacle de ce soir. Je te dis merde, alors.

— Merci, papa. À plus, Caroline.

En regardant sa belle-fille s'éloigner rapidement, Caroline constata qu'une fois de plus elle fuyait sa présence. Elle essaya de se mettre à la place de l'adolescente. Comment aurait-elle réagi si quelqu'un avait pris la place de sa mère ? Égoïstement, elle fut reconnaissante à son père de ne s'être jamais remarié. Mais il faut dire aussi que le pauvre homme n'en avait guère eu le temps. Il était mort peu après son épouse.

Caroline sentit le regard de Nick posé sur elle.

— Ne laisse pas la situation te miner, dit-il comme s'il avait lu en elle. Meg finira bien par s'habituer à la situation.

Caroline tenta d'esquisser un sourire.

— Je le souhaite..., dit-elle.

Tout en espérant au fond d'elle-même que ce n'était pas le remariage de son père qui poussait sa belle-fille à fumer de l'herbe.

*

Une fois dans sa chambre, Meg se changea et enfila la tenue que devaient revêtir les stagiaires du festival. Elle se coiffa et ramena ses cheveux en arrière, qu'elle maintint à l'aide d'un élastique. Enfin prête, elle était sur le point de rejoindre le théâtre quand elle repensa à l'enveloppe que Belinda lui avait confiée la veille au soir. Cette dernière ayant disparu, que devait-elle en faire ? Sans réfléchir, elle ouvrit l'attache métallique qui maintenait l'enveloppe fermée et en sortit un exemplaire du manuscrit de *Devil in the Details*. Visiblement, le scénario avait été lu à plusieurs reprises. La couverture était maculée de peinture verte. Meg décida de le garder avec elle jusqu'à ce qu'elle puisse le remettre en mains propres à Belinda.

*

Une fois arrivée au théâtre, Meg s'arrêta pour consulter le tableau destiné aux stagiaires. La première affichette qu'elle consulta annonçait la venue d'un conférencier réputé, et Meg mémorisa la date pour y assister. Une autre annonçait la diffusion d'un film dans lequel un ancien stagiaire du festival faisait une apparition ; le comédien serait ensuite présent pour répondre aux questions de l'assemblée.

Mais ce fut la suivante qui retint son attention :

```
Agent new-yorkais de passage à Warren-
stown ce week-end organise des entre-
tiens individuels. Si vous êtes inté-
ressé, inscrivez ci-dessous vos nom,
adresse sur le campus, numéro de télé-
phone et adresse électronique.
```

Meg nota consciencieusement toutes les informations qui étaient demandées.

80

— Et maintenant, as-tu quelque chose de prévu ? s'informa Nick.

— Je ne pense qu'il y ait grand-chose d'autre à faire, sinon attendre, mais laisse-moi voir avec l'équipe...

Caroline fit le point avec Lamar et Boomer. Ils décidèrent d'aller chacun de leur côté mais de laisser leurs téléphones portables allumés en cas d'urgence. Les deux techniciens proposèrent même de se rendre au commissariat pour voir s'il y avait du nouveau.

— Vous êtes vraiment sûrs que vous ne voulez pas que je vous accompagne ? leur demanda Caroline, surprise de leur offre.

— Je crois qu'on devrait pouvoir s'en sortir comme des chefs, la railla Lamar. Vous, les tourtereaux, prenez donc un peu de bon temps.

*

— J'ai mauvaise conscience à les abandonner, confia Caroline à Nick une fois que les deux techniciens se furent éloignés.

— Ne t'en fais pas, lui répondit-il en lui prenant la main. S'il arrive quoi que ce soit, ils sauront où te trouver.

— Oui, tu as raison, admit-elle. Alors, que faisons-nous ?

— Quelle question ! Tu dormais, hier soir, quand je suis rentré après avoir raccompagné Meg. Et ce matin, quand je me suis réveillé, tu étais déjà partie...

— Ne me dis pas que tu veux que nous rentrions à l'hôtel ?

— Et pourquoi pas...

*

Pendant que Nick l'embrassait dans le cou, Caroline se demandait si Lamar et Boomer avaient appris quelque chose de nouveau concernant Belinda. Quand il enroula ses bras autour d'elle, elle essaya de chasser Linus Nazareth de ses pensées.

Une demi-heure plus tard, elle se demandait à quoi pouvait ressembler la vie d'un journaliste d'investigation, perpétuellement sur la brèche.

Allongée sur le dos, Caroline observait le plafond.

— Tu as l'air préoccupée, chérie.

— Je le suis sans doute, Nick.

Caroline lui fit alors part de la conversation qu'elle avait eue avant son départ avec le producteur exécutif de « Key to America ».

— J'ai bien peur que ce que je fasse ne lui convienne jamais.

— Ne sois pas inquiète, ce type est connu pour être un véritable despote.

— Peut-être, mais en attendant c'est lui qui dirige l'émission. Il est tout-puissant, dit-elle en posant une main dans la sienne. Et puis, tu sais, je me suis aperçue que je n'avais aucune envie de retourner travailler pour la presse écrite. J'aime vraiment la télévision. Quitter Key News serait un échec.

Nick prit sa main, qu'il porta à ses lèvres.

— J'ai une confiance totale en toi, chérie. Il faudrait que Nazareth soit fou pour te laisser partir. Et, malgré tous ses défauts, ce type est loin d'être fou.

Caroline enfouit son visage dans le cou de son mari et ses pensées revinrent aux événements de Warrenstown.

— Je peux te demander quelque chose, Nick ?

— Je t'écoute.

— Je parlais tout à l'heure au propriétaire de la sandwicherie...

— Oscar ?

— Tu le connais ? s'exclama Caroline.

— Quiconque a passé un peu de temps à Warrenstown le connaît. Et lui connaît tout le monde, c'est une véritable pipelette... Quels commérages colportait-il aujourd'hui ?

— Eh bien, il était déjà au courant de la disparition de Belinda. Et il disait qu'avec l'accident des deux adolescents et l'assassinat de la bibliothécaire la ville n'avait connu pareil émoi depuis la mort de Daniel Sterling.

Nick se redressa et s'adossa contre la tête de lit.

— Et quelle est ta question ?

— Penses-tu que Daniel Sterling ait pu être assassiné ?

— Je n'en sais rien, Caroline.

— Oscar, lui, pense qu'il l'a été.

— Eh bien, si Oscar le pense, c'est donc que Daniel a bel et bien été assassiné...

Caroline martela la poitrine de son mari en souriant.

— Arrête, veux-tu, je ne plaisante pas, Nick. Oscar

prétend que la police locale est convaincue que Daniel Sterling a été tué mais qu'elle n'a rien pu prouver.

— Et alors ?

— Alors, toi qui assistais à la réception, il y a deux ans, que penses-tu de tout ça ?

— Je pense qu'on perd un temps fou à remuer le passé, dit-il en roulant sur elle avant de poser ses lèvres sur les siennes.

81

De retour à Curtains Up, Victoria inséra la cassette vidéo dans le lecteur et s'installa confortablement pour visionner l'enregistrement de *Devil in the Details*. Plus les scènes défilaient, plus elle était transportée par l'interprétation magistrale de Belinda. Cette dernière avait non seulement restitué le texte à la perfection mais elle avait aussi incarné son personnage avec une telle maestria que le résultat en était époustouflant. Cette épouse amoureuse qui découvrait peu à peu que son mari était le mal personnifié laissait le spectateur transi.

Rassurée que l'enregistrement fût fidèle à la prouesse de la veille, Victoria éjecta la cassette du lecteur. Elle s'apprêtait à monter dans sa chambre pour la mettre à l'abri quand elle se retrouva nez à nez avec le régisseur de Belinda.

— Oh, mon Dieu, tu m'as fait peur ! s'exclama-t-elle en portant une main à sa poitrine.

— Désolé, mon intention n'était pas de te surprendre.

Pas mal, dit-il ensuite en désignant l'écran d'un geste du menton.

— Depuis combien de temps es-tu là ? lui demanda-t-elle.

— Un bon moment déjà.

— Elle est fantastique, n'est-ce pas ?

— Elle a quelque chose, oui.

Gus regarda Victoria dans les yeux, puis sans transition lui demanda :

— T'a-t-elle dit qu'elle m'avait viré ?

— Non, lui répondit Victoria en essayant de garder son sang-froid.

Belinda avait-elle expliqué à Gus qu'elle le congédiait car elle le soupçonnait de se livrer à un trafic sur sa propriété ? Et que c'est elle, Victoria, qui lui avait mis la puce à l'oreille ? Non, Victoria n'imaginait pas son amie la mettre dans pareil embarras.

— Elle m'a dit qu'elle voulait que je parte sur-le-champ, poursuivit Gus. Mais, vu les circonstances, je me demandais s'il ne serait pas préférable que je reste encore un peu, du moins jusqu'à ce que Belinda réapparaisse. Je pourrais continuer à m'occuper de la propriété d'ici là.

Victoria observa à la dérobée les bras musclés de Gus qui dépassaient des manches de son tee-shirt. Elle se doutait bien qu'il se livrait à des activités peu orthodoxes, mais estima qu'il ne représentait pas une menace pour elle. Et puis sa force pouvait même se révéler un atout, si elle abattait ses cartes au bon moment...

— D'accord, Gus, lui dit-elle. Je pense que c'est a priori une bonne idée que tu restes là jusqu'au retour de Belinda.

82

Meg déposa son sac dans la loge et fila à la buanderie récupérer les sous-vêtements qu'elle y avait
déposés la veille au soir. Elle décrocha ensuite les costumes de scène de Belinda et les porta au repassage.
Quand ceux-ci furent prêts, elle les rapporta dans la
loge pour les ranger dans l'ordre où ils seraient portés
sur scène. En entrant, Meg vit Langley Tate, assise à la
table de maquillage, la tête entre les mains. En l'entendant arriver, la jeune comédienne leva la tête et Meg
constata, en voyant son reflet dans le miroir, qu'elle
avait pleuré.

— Ce n'est pas du tout comme ça que j'imaginais les
choses, sanglota-t-elle.

Ne sachant pas au juste à quoi elle faisait allusion,
Meg préféra garder le silence. Tandis qu'elle suspen-
dait les robes, elle écouta Langley qui continuait de
geindre.

— Tu aurais dû voir la manière dont Keith m'a traitée
cet après-midi..., commença-t-elle avant d'imiter la voix
haut perchée du metteur en scène. Tu ne fais pas ça
comme Belinda... Tu ne fais pas ci comme Belinda... Tu
es bien trop jeune pour jouer une femme mariée depuis
quatorze ans... Et quand j'ai dit à Keith, poursuivit-elle
en reprenant sa voix normale, que le maquillage m'aiderait à paraître plus vieille, il m'a répondu que ce n'est
pas le maquillage qui me rendrait meilleure actrice et
que je n'arrivais pas à la cheville de Belinda. Drôle de
façon de me mettre en confiance !

— Il est peut-être seulement inquiet, suggéra Meg.

— Mais moi aussi j'ai peur, lui avoua Langley. Et

le rôle du metteur en scène n'est-il pas de rassurer ses comédiens, au lieu de les enfoncer en leur faisant sentir qu'ils ne sont pas à la hauteur ? Comment vais-je pouvoir affronter le public ce soir ?

— Il doit quand même penser que tu n'es pas dénuée de tout talent, objecta Meg. Sinon il ne t'aurait pas choisie pour être la doublure de Belinda.

— Tu sais, Meg, lui répondit Langley, je crois que Keith n'avait jamais imaginé qu'il aurait à faire appel à moi. Belinda est connue pour ne jamais manquer une représentation. Elle est la Ethel Merman[1] du XXIᵉ siècle. Je suis certaine que Keith n'avait pas pensé un seul instant que je puisse avoir à jouer Valérie, conclut-elle d'une voix où la rancœur avait cédé la place à la colère.

Langley se leva, se dirigea vers la penderie et décrocha la robe en velours verte.

— Voyons si les retouches ont été faites et si la robe me va. Et Keith Fallows n'a qu'à aller se faire foutre, conclut-elle d'un ton déterminé. Il va voir de quoi je suis capable.

83

Caroline sursauta en entendant la sonnerie de son téléphone portable. Elle pensa aussitôt qu'il devait s'agir de Lamar et de Boomer, qui avaient obtenu des nouvelles de la police. Mais il n'en était rien.

1. Ethel Merman (1908-1984), chanteuse et actrice surnommée par les critiques « La Grande Dame de Broadway » *(N.d.T.)*

— Bonjour, Caroline. C'est Annabelle Murphy à l'appareil. Je suis arrivée.

— Où es-tu ?

— À l'auberge de Warrenstown, je viens juste de déposer mes bagages dans ma chambre.

— C'est là que je loge aussi.

— Formidable ! Veux-tu que nous nous retrouvions pour faire le point ? lui demanda Annabelle.

— Bien sûr, répondit Caroline en jetant un coup d'œil à son mari assoupi. Que dirais-tu du bar de l'hôtel ?

— Parfait, j'y serai dans cinq minutes.

*

— Voilà tout ce que je sais, résuma Annabelle en mettant une sucrette dans son thé glacé. La police n'a pour le moment aucun indice. Belinda Winthrop n'est pas officiellement considérée comme une personne disparue mais de nouvelles recherches seront entreprises demain matin sur sa propriété, si on est toujours sans nouvelles d'elle.

— Comment as-tu appris cela ? la questionna Caroline.

— Le propriétaire de la sandwicherie est bavard. Je me suis arrêtée chez lui pour grignoter quelque chose avant d'arriver à l'auberge. Ensuite, j'ai appelé le commissariat qui m'a confirmé l'information.

— Quand nous nous y sommes rendus, ils n'ont rien voulu nous dire, soupira Caroline en secouant la tête.

— Ne t'en fais pas, c'est normal. Au début, pour moi aussi c'était pareil. Il faut apprendre à interpréter les silences de la police. Les enquêteurs ne sont pas loquaces et, quand ils parlent, il faut savoir décrypter ce qu'ils disent. Lire entre les lignes. Quand tu es allée les voir, ils ne voulaient lâcher aucune information. Quand je me suis présentée au commissariat, la situation avait évolué. Ils recherchaient des volontaires pour arpenter la propriété de Belinda. C'est donc qu'ils reconnaissent à demi-mot qu'elle a bel et bien disparu...

— Et que faisons-nous maintenant ? interrogea Caroline.

— Et si nous retrouvions Belinda Winthrop avant tout le monde ? suggéra Annabelle avec un sourire malicieux. Je pense que l'on devrait aller faire un tour chez elle et fouiner un peu.

— Oui, mais quand nous sommes partis ce matin la police bouclait le périmètre. Je ne suis pas certaine qu'il soit encore possible d'entrer.

— C'était il y a une éternité, objecta Annabelle. Allons voir.

Caroline l'approuva.

— Est-ce que je préviens Lamar et Boomer ?

— Non, lui répondit Annabelle, en remettant en place sa longue chevelure brune. Moins nous serons nombreux, plus nous serons discrets. Et puis j'ai une caméra, au cas où...

*

— Je pensais que tu viendrais accompagnée d'une équipe de techniciens, dit Caroline tandis qu'elles roulaient en direction de Curtains Up.

— Tu plaisantes ? Tu croyais vraiment que Linus allait déployer de tels moyens alors qu'il y a déjà du monde sur place et que je peux très bien me débrouiller seule avec une petite caméra numérique ?

Annabelle arrêta la climatisation et ouvrit sa vitre.

— Ça ne te dérange pas, j'espère ? L'air est si pur ici que ce serait dommage de ne pas en profiter.

Caroline était admirative de la décontraction affichée par Annabelle, qui semblait si sûre d'elle-même. Sans doute l'expérience acquise au cours de ses nombreuses années passées sur le terrain. Quels que soient les événements, elle semblait capable d'y faire face et de réagir de manière appropriée. Caroline prit conscience qu'il était inutile qu'elle continue de culpabiliser. Elle n'était pas journaliste d'investigation, à l'inverse d'Annabelle, qui serait certainement tout aussi désemparée s'il lui fallait rédiger une critique de film ou de pièce. Caroline décida de mettre leur collaboration à profit pour observer les méthodes de sa consœur.

— Est-ce que tu as quand même pris du bon temps ? lui demanda Annabelle.

— Mon mari est ici, répondit Caroline. Alors, oui...

— Vous êtes jeunes mariés, si je ne me trompe ?

— Effectivement, cela fait trois mois.

— Ah, je me souviens de cette époque bénie...

Caroline se sentit rougir, aussi changea-t-elle de sujet de conversation.

— Mercredi et hier ont été deux journées bien remplies. J'ai réalisé de bonnes interviews du metteur en scène, de l'auteur de la pièce et de Belinda Winthrop, bien sûr...

— Hé, c'est formidable ! s'exclama Annabelle. Tu

es sans doute la dernière journaliste à avoir rencontré Belinda.

*

La voiture de location d'Annabelle stoppa devant l'entrée de Curtains Up. Les deux femmes tendirent le cou pour observer les alentours. Aucune voiture de patrouille ne stationnait dans la propriété.

— Je suis prête. Et toi ?

Sans même attendre la réponse de Caroline, Annabelle engagea le véhicule dans l'allée.

— Quel domaine ! s'enthousiasma-t-elle en observant les prairies. As-tu une idée de sa superficie ?

— J'ai entendu hier soir quelqu'un parler de soixante-quinze hectares, précisa Caroline.

— Hier soir ?

— Ah oui, tu n'es pas au courant... Belinda donnait une réception pour fêter la première de *Devil in the Details*.

— Et tu étais invitée ?

— Eh oui. J'ai eu cette chance...

— Alors tu es aussi une des dernières personnes à avoir vu Belinda !

— Sans doute, dit Caroline.

Tandis qu'Annabelle se garait, Caroline pensa aux similitudes qui existaient entre la fête de la veille et celle organisée deux ans plus tôt. L'une s'était terminée par un tragique accident, peut-être un meurtre, l'autre par une disparition. Caroline fit part de ses réflexions à Annabelle.

— Et tu crois qu'il existe un lien entre ces deux affaires ? lui demanda-t-elle aussitôt, tout excitée. Ce serait formidable si nous arrivions à le prouver. Je crois que Linus adorerait...

*

Personne ne répondit quand elles frappèrent à la porte.

— Allons voir là-bas s'il y a quelqu'un, suggéra Annabelle en désignant l'ancienne écurie.

— C'est là qu'habite Remington Peters, le peintre, l'informa Caroline.

— Suis-je censée le connaître ? Ce nom ne me dit rien.

Caroline lui parla des portraits de Belinda et du vernissage, pour le moment compromis, qui devait se tenir à la galerie Ambrose.

— J'aimerais bien jeter un coup d'œil à cette toile, pas toi ? lui demanda Annabelle qui faisait déjà le tour du bâtiment.

— On n'a pas le droit de s'introduire chez lui, chuchota Caroline.

— Dis-toi que l'on participe aux recherches pour retrouver Belinda, lui répondit Annabelle en pressant son visage contre la baie vitrée pour regarder à l'intérieur de l'atelier. Le chevalet est vide, commenta-t-elle, et l'on dirait que des tableaux sont emballés près de la porte.

— Remington aurait-il changé d'avis ? s'interrogea

Caroline. J'irai me renseigner à la galerie, il a peut-être finalement accepté que le portrait soit exposé.

— Bonne idée, l'encouragea Annabelle. Mais, en attendant, essayons de découvrir quelque chose.

*

Depuis la fenêtre du premier étage, Victoria observait les deux jeunes femmes qui revenaient de l'atelier. Elle reconnut Caroline Enright, mais pas la brune qui l'accompagnait.

— Que sont-elles venues faire ? murmura-t-elle à voix basse.

Victoria resserra les pans de son peignoir et s'éloigna de la fenêtre pour ne pas être vue. Tandis que les deux femmes se dirigeaient vers le garage, elle regagna son lit.

— Debout, dit-elle à l'homme allongé de tout son long sous le drap. Tu as de la visite.

84

Deux véhicules étaient stationnés dans le garage, un pick-up noir et une voiturette de golf. Un escalier menait à l'étage.

— Tu crois que quelqu'un habite ici ? demanda Annabelle.

— Sans doute le régisseur de la propriété, lui répondit Caroline. Soyons prudentes.

— D'accord, attends-moi ici.

Tandis qu'Annabelle gravissait les marches, Caroline examina la voiturette de golf. Les clés étaient sur le tableau de bord. En se penchant à l'intérieur, elle vit un bout de tissu rouge coincé entre le siège du conducteur et la banquette arrière. Caroline s'en saisit et reconnut une des cravates de soie offertes par Belinda à ses invités.

— Hé, qu'est-ce que vous êtes en train de faire ? Vous vous croyez où ?

Caroline sursauta. Elle se retourna et aperçut un homme à l'entrée du garage. Torse nu, vêtu simplement d'un jean, il avait les cheveux en bataille. Elle le reconnut aussitôt. C'était Gus. L'homme qui avait quitté les toilettes la veille au soir en laissant derrière lui des effluves de marijuana.

Annabelle, qui l'avait également entendu, fit demi-tour, descendit les marches et se dirigea vers lui.

— Bonjour, lui dit-elle. Je suis Annabelle Murphy, et voici Caroline Enright. Nous travaillons toutes les deux pour Key News.

Gus la dévisagea d'un air renfrogné. Puis il se tourna vers Caroline.

— Vous êtes déjà passée ce matin, lui dit-il. Avec votre mari. C'est un ami de Belinda, je crois.

— C'est exact, répliqua Caroline.

— Je reconnais volontiers que Belinda apprécie toujours la visite de ses amis, mais je sais aussi qu'elle n'aime pas trop la présence des journalistes. Surtout quand ceux-ci viennent fouiner ou la harceler jusque chez elle.

— Nous venions juste aux nouvelles, s'empressa de lui répondre Annabelle.

— Je n'en ai aucune à vous communiquer.

— Avez-vous une idée de l'endroit où Belinda pourrait se trouver ? tenta Caroline.

— Pas la moindre. Et maintenant, je vais vous prier de quitter la propriété.

Caroline et Annabelle se regardèrent, conscientes qu'il était temps pour elles de partir. Elles s'apprêtaient à s'en aller quand Gus fit un pas dans leur direction.

— Ça, je le garde, dit-il en prenant la cravate rouge que Caroline tenait toujours à la main.

85

Meg finit de préparer les affaires de Langley dans la loge et se dépêcha de rejoindre la chapelle désaffectée pour répéter son rôle.

En prenant place parmi deux autres chanteurs et le pianiste qui l'accompagnerait le lendemain soir, Meg se sentit incroyablement tendue, comme si la pression accumulée au cours des derniers jours était trop forte pour elle. D'abord la mort d'Amy, puis la disparition de Belinda, la détresse de Langley et, enfin, la déception de son père qui aurait tant voulu qu'elle s'entende bien avec Caroline. Elle se sentait oppressée, cernée de toutes parts.

Meg était également nerveuse à l'idée de se produire sur scène. Non seulement son père serait là mais seraient également présents des acteurs, des directeurs de casting, des producteurs, sans parler des autres stagiaires. La salle serait comble et tous ces gens la regarderaient, la jugeraient...

Sa mère lui manquait et elle avait perdu la seule amie qu'elle avait eue à Warrenstown – la première nouvelle amie depuis longtemps. Après la mort de sa mère, Meg s'était repliée sur elle-même. Elle s'était détachée de ses anciens amis. Ils ne vivaient plus sur la même planète. Les distractions des jeunes de son âge lui paraissaient vaines. Traîner dans les bars ou les fêtes ne l'intéressait plus. Pas plus que le shopping ou les sorties au cinéma. Elle voulait rester seule, elle voulait qu'ils la laissent tranquille, dans son coin. Ce qu'ils avaient fini par faire...

Lorsque Caroline avait emménagé chez eux après avoir épousé son père, la solitude qu'éprouvait Meg était encore montée d'un cran. Pendant les vacances scolaires, elle évitait autant que possible tout contact avec sa nouvelle belle-mère, passant un maximum de temps en dehors de l'appartement ou restant terrée dans sa chambre. Au cours des repas pris en commun dans la salle à manger, voir Caroline assise à la place qu'occupait auparavant sa mère la rendait malade.

Meg voulait que sa souffrance disparaisse. Sachant que les deux chanteurs devaient passer avant elle, Meg décida d'aller se détendre dehors. Après l'atmosphère confinée de la chapelle, elle apprécia cette bouffée d'air pur. Elle fit le tour de l'édifice, à la recherche d'un coin tranquille, à l'abri des regards indiscrets...

Quand elle revint à l'intérieur, un quart d'heure plus tard, le pianiste l'attendait. Elle sortit une partition de son sac et la lui tendit.

— Ah, « Second Hand Rose » ! dit-il. Un bon choix.

Meg avait choisi cette chanson non seulement parce qu'elle se sentait à l'aise pour l'interpréter mais aussi parce qu'elle lui permettait d'improviser. Tout en chantant, elle pouvait jouer et montrer ses talents de comédienne. Elle monta sur scène et attendit que la musique démarre. Mais Meg manqua son lancement et le pianiste rejoua les premières notes.

Meg commença à chanter, mais sa voix était mal placée et ses mouvements empruntés. Elle s'arrêta et regarda le pianiste, l'air perdu.

— Cool, Meg, lui dit-il. Essaie de te relaxer, de prendre du plaisir...

La musique reprit et Meg entonna le premier couplet. Puis elle s'arrêta, incapable de se souvenir des paroles suivantes.

— Qu'est-ce qui t'arrive, Meg ? lui demanda le pianiste. T'es stone ou quoi ?

86

Elle avait l'impression que son crâne était sur le point d'exploser. Chaque inspiration la faisait atrocement souffrir et elle craignait de s'être brisé la colonne vertébrale. Si elle bougeait, ne risquait-elle pas de rester paralysée ? Belinda aurait voulu se mettre en position fœtale pour se sentir mieux, mais elle resta allongée sur le dos, les yeux fixant le noir.

Elle oscillait entre veille et somnolence. Quand elle était consciente, elle était incapable de dire quelle heure il était, ni depuis combien de temps elle se trouvait là. Quand elle glissait dans le sommeil, elle accueillait avec soulagement ces moments qui lui permettaient d'échapper à la peur et à la souffrance. Dès qu'elle était lucide revenaient les mêmes questions. Quelqu'un allait-il découvrir où elle se trouvait ? Que faire pour essayer de s'en sortir ? Puis elle sombrait de nouveau dans l'inconscience...

Quand elle reprit contact avec la réalité, elle entendit un faible grondement. Elle pensa d'abord qu'il s'agissait du gargouillement de son estomac qui criait famine. Mais elle prit conscience qu'elle n'était pas à l'origine de ce bruit.

Elle n'était pas seule...

87

— Et maintenant, que faisons-nous ? demanda Caroline tandis qu'elles regagnaient Warrenstown.

— Eh bien, on va appeler la rédaction pour l'informer de la situation, lui répondit Annabelle. Mais, vu que rien n'a changé, je serais étonnée qu'on nous réclame un reportage.

— Belinda Winthrop a pourtant disparu ! objecta Caroline.

— Certes, mais on ne sait toujours pas si elle a été enlevée ou si elle a simplement décidé de prendre un peu de bon temps. Pour le moment, ça ne mérite pas une couverture nationale. Après tout, elle ne serait pas la première actrice à disparaître quelques jours pour profiter d'une plage de tranquillité.

— Et manquer une représentation ? La deuxième d'une pièce alors que tout le monde s'accorde à dire qu'elle tient là le plus grand rôle de sa carrière ? Non, ça ne tient pas la route...

— Écoute, Caroline, ce n'est pas moi qui fixe les règles. Je sais ce qui peut faire la une de l'actualité. Et, pour le moment, on n'a pas assez de biscuits, comme on dit. Au mieux, Eliza Blake évoquera dans « Evening Headlines » ce qui pour le moment reste une anecdote. Quelques scènes qu'elle commentera brièvement en fin de journal...

Annabelle s'arrêta là et ne livra pas à Caroline le fond de sa pensée. Quoi qu'il arrive, la rédaction de « Evening Headlines » ne laisserait jamais une critique théâtrale présenter le sujet, pensant qu'elle n'aurait pas l'envergure pour couvrir une telle affaire.

*

Comme Annabelle l'avait imaginé, personne à la rédaction de Key News ne fut intéressé par un reportage de Caroline Enright sur la disparition de Belinda Winthrop. Eliza Blake se contenterait d'annoncer la nouvelle en commentant en voix *off* quelques images de Curtains Up et du festival de Warrenstown. En revanche, l'interview qu'avait accordée Belinda à Caroline serait sans doute diffusée.

— Ils veulent que l'on couvre les recherches sur

la propriété de Belinda, demain matin, lui rapporta Annabelle.

— Et d'ici là ?

— Quartier libre. Passe du bon temps avec ton mari. De mon côté, je m'arrange pour que New York reçoive les images. Comme nous ne disposons pas ici d'un camion satellite, je vais demander à Lamar de m'accompagner jusqu'au bureau d'Albany, d'où je les enverrai. Et puis j'irai sans doute faire un tour au commissariat.

88

Avec précaution, Remington finissait d'emballer la dernière de ses toiles. Alors qu'il recouvrait le visage de Belinda d'un papier de soie avant d'entourer le tableau de papier bulle, il se demanda quand il pourrait le contempler la prochaine fois. Il savait qu'il s'écoulerait peut-être un bon moment avant qu'il puisse de nouveau profiter de ses trésors.

Il souffla les bougies qui avaient éclairé son travail et quitta la cave. Il remonta l'escalier et déposa le tableau à côté des autres, près de la porte d'entrée. Maintenant, il n'avait plus qu'à attendre la nuit pour aller les stocker dans cet entrepôt d'Albany. Et, si tout se passait bien, il serait de retour avant l'aube, sa mission accomplie.

Remington regarda sa montre. Il lui restait du temps avant de passer à l'action, qu'il voulait utiliser de manière productive. Ce qu'il avait accompli aujourd'hui était nécessaire. Pourtant, il avait l'impression d'avoir perdu son temps en emballant tous ses tableaux pour les mettre à l'abri. Mais il n'avait pas eu le choix. Ces portraits n'étaient pas censés exister. Personne ne devait les voir. Surtout pas la compagnie d'assurances qui l'avait indemnisé après leur prétendue destruction dans l'incendie. Même s'il avait reversé la somme perçue à des œuvres caritatives, il serait accusé de fraude si on les découvrait. Seul serait retenu son mensonge.

Remington se dirigea vers les toilettes et en retira le portrait inachevé de Belinda.

— Je suis navré d'avoir été contraint de te laisser là, murmura-t-il, mais je n'avais pas le choix. Tout le monde veut te voir, mais tu n'es pas encore montrable...

89

— J'ai réservé une table chez Pierre, le meilleur restaurant de Warrenstown, lui dit Nick.

— Quelle bonne idée ! s'exclama Caroline. Mais verrais-tu un inconvénient à ce que nous nous arrêtions avant à la galerie Ambrose ? Je suis curieuse de voir comment se déroule le vernissage.

— Pas de problème, lui répondit Nick avant de descendre au bar de l'hôtel, laissant à Caroline le loisir de se préparer.

Une fois seule, elle enfila l'élégant chemisier de soie noir qu'elle avait acheté dans une boutique de Main Street et des sandales assorties. Puis elle se coiffa de la manière qui plaisait tant à Nick.

Caroline avait envie que leur dernière soirée commune soit une réussite. Nick devait partir le lendemain et elle ne savait pas quand elle pourrait le rejoindre. Elle voulait que tous deux passent une soirée inoubliable et se quittent au matin avec l'envie de se revoir au plus vite.

— Tu es superbe, lui dit-il quand elle le retrouva au bar.

Il se pencha vers elle, l'embrassa dans le cou et lui demanda ce qu'elle voulait boire. Quand le verre de vin blanc de Caroline lui fut servi, Nick leva le sien.

— À toi, ma chérie.

— À nous, Nick.

Ils trinquèrent.

— Hum, il est bon, savoura Caroline.

Puis elle raconta à Nick sa longue journée, dont la visite à Curtains Up en compagnie d'Annabelle.

— Le régisseur de Belinda me donne vraiment la chair de poule, lui dit Caroline. Il a quelque chose d'effrayant.

— Oui, tu m'en as déjà parlé ce matin.

Caroline avala une autre gorgée de vin avant de poursuivre.

— Laisse-moi te poser une question.

— Je t'écoute.

— Gus était-il présent, il y a deux ans, à la fête de Belinda ?

— Oui, je me rappelle qu'on me l'avait présenté. Belinda venait juste de l'embaucher, si je me souviens bien. Mais, attends, tu es en train d'insinuer qu'il aurait aussi quelque chose à voir dans la mort de Daniel Sterling ?

— On ne sait pas encore si Belinda est morte, lui répondit Caroline en le regardant dans les yeux.

— Ce n'est pas ce que j'insinuais. Je te demandais juste si, d'après toi, Gus pouvait être impliqué dans la mort de Daniel et la disparition de Belinda...

*

La galerie Ambrose était remplie d'une foule curieuse venue admirer le dernier chef-d'œuvre de Remington Peters. Pendant que Nick et Caroline se faufilaient à l'intérieur, elle surprit quelques conversations.

— Quelle déception, on a fait tout ce déplacement pour voir le nouveau portrait de Belinda, et il n'est pas là.

— Et, en plus, les Ambrose ne nous ont même pas prévenus. Ils ne nous avaient pourtant pas habitués à ça !

— Moi aussi, je m'attendais à mieux de leur part.

— Au fait, vous savez que Belinda Winthrop a disparu ?

— Oui, quand je suis allée retirer mes places au théâtre, on m'a signalé que c'est sa doublure qui jouerait ce soir.

Caroline se tenait face au mur nu qui aurait dû accueillir le tableau quand Jane Ambrose vint la trouver. Caroline lui adressa un sourire triste.

— Je suis navrée que Remington n'ait pas daigné venir, lui dit-elle.

— Tout le monde l'est, affirma Jane en balayant la salle du regard.

— Votre mari n'a donc pas réussi à le convaincre ?

— Hélas non, mais c'est peut-être un mal pour un bien, dit-elle en baissant la voix et en se penchant vers Caroline. Zeke a aperçu le portrait... Il l'a trouvé irréel et dérangeant. Belinda a un regard halluciné, comme si elle était mentalement dérangée.

— Ce qui ne ressemble absolument pas à la Valérie que nous avons vue sur scène hier soir.

— Je suis tout à fait d'accord avec vous, lui répondit Jane. C'est pourquoi Zeke et moi nous demandons si Remington n'est pas en train de décliner.

90

Caché derrière le rideau, Keith Fallows observait de la scène la salle qui se remplissait. Toutes les places ayant été vendues, elle serait comble ce soir. De même que pour la plupart des autres représentations de la pièce.

Tous ces gens ont acheté leur billet parce qu'ils imaginaient voir Belinda, songea Keith en les regardant prendre place. Le pire était qu'une des personnes susceptibles d'investir dans le film qui serait adapté de *Devil in the Details* avait fait le déplacement depuis Los Angeles pour se rendre compte par lui-même du potentiel de la pièce. Et ce n'est pas Belinda qu'il verrait sur scène mais Langley Tate, sa pâle doublure.

Tout partait à vau-l'eau. Des mois d'efforts, de travail et de persuasion pour enfin devenir réalisateur réduits à néant. Tout ça à cause de Belinda Winthrop qui lui faisait faux bond en refusant de jouer dans le film. Tout était de sa faute. Comment osait-elle le lâcher au dernier moment !

Keith s'éloigna du rideau. Tout n'était peut-être pas perdu. Qui sait si Langley ne se montrerait pas éblouissante ce soir ? Ce qui lui permettrait de faire passer l'idée qu'une autre que Belinda pouvait très bien tenir le rôle de Valérie. On avait après tout vu des choses bien plus étranges se produire...

Mais son regain d'optimisme fut bien vite balayé quand il se rappela la dernière répétition. Langley avait été désastreuse. À sa décharge, qui avait vu jouer Belinda ne pouvait que la trouver médiocre. Et lui, Keith, aurait dû essayer de la mettre en confiance plutôt que de l'accabler de reproches. Il aurait dû mieux contrôler son tempérament excessif, tout comme il aurait dû refréner ses accès de colère envers Belinda. S'il ne s'était pas autant emporté, il n'en serait peut-être pas là aujourd'hui. Keith savait que son caractère était son point faible, même s'il était convaincu qu'on ne pouvait embrasser une carrière artistique sans être entier et passionné. Que tous les médiocres obéissent aux stupides conventions sociales ! Lui suivait son propre chemin.

91

— Tu ne vas pas au théâtre, ce soir ? lui demanda Gus.

— Peut-être plus tard, répondit Victoria en lui préparant un autre verre. Je ne suis pas obligée d'assister à chaque représentation. D'autant moins, maintenant, que ce dont j'avais besoin est dans la boîte, conclut-elle en faisant allusion à l'enregistrement.

— Je pensais que tu serais curieuse de voir comment se débrouille la remplaçante de Belinda, poursuivit Gus en se remémorant le corps parfait de Langley.

Gus aurait bien aimé la voir sur scène. Mais plus que tout, il aurait voulu que Victoria débarrasse le plancher pour filer dans les bois et mettre les cartons entreposés dans la grotte en lieu sûr.

Gus observa les rides du visage de Victoria. Il se fit la réflexion qu'il n'était jamais encore sorti avec une femme de cet âge, même s'il reconnaissait qu'elle se débrouillait plutôt pas mal au lit. Pourtant, elle était loin de ressembler à la femme de ses rêves. Mais elle était l'amie de Belinda, et mieux valait être dans les petits papiers de Victoria s'il voulait garder son poste à Curtains Up. Alors pourquoi ne pas joindre l'utile à l'agréable ?

— Je préfère rester avec toi, lui dit-elle en se penchant vers lui avant de l'embrasser.

Inutile de lui faire un dessin. Gus sut aussitôt ce que Victoria attendait. Alors autant la contenter sans attendre, ce qui lui laisserait ensuite le champ libre pour vaquer à ses occupations.

92

L'annonce fut faite par micro.

« Bonne soirée à tous et bienvenue au festival de théâtre de Warrenstown. Ce soir, le rôle de Valérie sera interprété par Langley Tate... »

Un long murmure de déception monta de la salle.

« Il y aura un entracte de quinze minutes. Merci de bien vouloir éteindre vos téléphones portables et de ne pas prendre de photos pendant la pièce. Nous vous souhaitons une excellente soirée et vous remercions de soutenir le spectacle vivant. »

Quand le rideau se leva, des applaudissements polis mais peu nourris accueillirent Langley.

93

La bougie posée au milieu de la table nimbait le visage de Caroline d'une douce lumière.

— Tu es superbe, ma chérie, lui dit Nick.

— Merci, lui répondit-elle. C'est gentil.

— Ne me remercie pas ! N'importe qui en te regardant aurait les mêmes pensées que moi, Caroline. Tu resplendis, aussi bien extérieurement qu'intérieurement.

— N'importe qui, sauf ta fille !

— Caroline, arrête s'il te plaît. Tu es ma femme, je t'aime, et c'est tout ce qui compte. Meg va finir par s'habituer à notre mariage. Et puis, tout bien considéré, j'ai l'impression qu'elle ne réagit pas si mal que ça. Tu ne crois pas ?

Caroline prit son temps avant de lui répondre. Elle n'avait toujours pas informé Nick qu'elle avait découvert un sachet de marijuana dans le placard de la chambre de Meg. Si Caroline avait été sa mère, elle aurait évidemment abordé le sujet avec Nick. Là, elle hésitait. D'un côté, elle voulait d'abord savoir pourquoi Meg éprouvait ce besoin. Ne serait-ce pas à cause d'elle ? De l'autre, elle craignait que Meg considère sa confession comme une trahison, et que leur relation ne se détériore encore.

— Je crois que la situation de Meg est compliquée, finit-elle par lui dire. Elle traverse des moments difficiles. Perdre une mère, surtout à cet âge, est une épreuve terrible, et je ne suis pas sûre que l'on arrive jamais à s'en remettre complètement.

Nick se pencha vers elle et lui prit la main.

— Je sais que c'est dur pour Meg. Mais il faut qu'elle aille de l'avant. Maggie est morte. Et rien ne pourra la faire revenir.

— Oui, tu as raison. Mais je pense aussi que la perte de son amie, tu sais, cette stagiaire qui s'est tuée dans un accident, ne l'a pas aidée. Au contraire, je dirais même que cela a dû raviver ses douleurs.

Nick lâcha la main de sa femme et se radossa à sa chaise.

— Meg n'aurait jamais dû faire l'expérience du deuil aussi tôt, Caroline. J'en suis conscient. C'est triste, mais elle s'en remettra.

94

Quand la nuit fut enfin tombée, Remington ouvrit la porte de son atelier et observa les alentours. La maison de Belinda était éclairée, mais il n'y avait aucun signe de vie.

Remington entreprit alors de loger les tableaux dans le coffre de son break. Une fois les neuf premiers à l'intérieur, il ne restait plus de place. Il avait donc vu juste, deux voyages suffiraient pour mettre ses dix-sept trésors à l'abri des regards indiscrets.

L'idée de manquer de temps l'obnubilait à ce point qu'il oublia de fermer à clé la porte de son atelier avant de prendre la route d'Albany pour la première fois...

95

À l'entracte, quand le rideau se baissa, des applaudissements enthousiastes saluèrent la prestation des acteurs. Hors de souffle, Langley gagna les coulisses.

— Tu as été formidable, Langley. Formidable ! s'enflamma Keith en la prenant dans ses bras.

La jeune femme accepta les compliments du metteur en scène, mais, n'oubliant pas ses critiques de l'après-midi, elle resta froide et distante. Puis elle se rendit dans la loge, où Meg l'attendait.

— C'était super, Langley, lui dit-elle aussitôt. J'ai tout suivi sur l'écran de contrôle, tu as été géniale.

— Merci, c'est gentil. Mais aide-moi vite à changer de robe. J'ai envie de profiter de ces instants pour répéter quelques passages.

— Tu veux que je te donne la réplique ? s'empressa de lui proposer Meg.

— Oh, oui, avec plaisir !

Meg aida Langley à enfiler la robe de velours verte,

puis prit des épingles dans la poche de son tablier pour remettre en place quelques mèches de la comédienne qui s'étaient échappées de sa coiffure.

— Parfait, on a cinq minutes devant nous avant que la pièce reprenne, lui dit Langley. Allons directement à la scène finale. Commençons par : « J'ai récemment compris qui tu étais. Je lis en toi comme dans un livre ouvert… »

— D'accord, répondit Meg en sortant de son sac le scénario que lui avait confié Belinda. « J'ai récemment compris qui tu étais. Je lis en toi comme dans un livre ouvert. Et ce que j'y lis m'effraie. Tu es le diable personnifié. Je t'en conjure… », commença-t-elle après s'être éclairci la voix.

— Non, Meg, l'interrompit Langley. Tu mélanges tout. Tu es en train de lire mon texte, enfin les répliques de Valérie, alors que tu es censée être Davis.

— Excuse-moi, bafouilla-t-elle. On reprend.

Il fallait vraiment qu'elle arrête de fumer, pensat-elle en son for intérieur. L'herbe lui faisait perdre toute lucidité.

96

Meg s'était arrangée pour que son père et Caroline soient bien placés. Arrivés en avance, ils se dirigèrent vers la petite table ronde de bistrot qui leur avait été réservée.

— C'est bien, on est juste en face, constata Caroline.

— Je te rapporte quelque chose à boire ? lui demanda Nick.

— Juste un soda, j'ai déjà assez bu de vin pour ce soir.

Caroline regarda son mari chalouper entre les nombreuses tables jusqu'au bar situé dans un coin de la salle, puis elle prit un des chocolats disposés dans une coupelle avant de s'installer tranquillement pour observer le lieu.

Tous les bancs de la chapelle désaffectée avaient été enlevés et une scène avait été montée à l'endroit où devait autrefois se dresser l'autel. La régie lumière avait été installée dans l'ancienne chaire qui surplombait la salle. L'atmosphère ainsi créée était conviviale, faisant oublier la chaleur extérieure et l'odeur diffuse de bière et de vin.

— Madame est servie ! dit Nick en posant sur leur table son verre de bière et le soda de Caroline tandis qu'un couple prenait place à la table voisine.

— John Massey ? Quelle surprise ! s'exclama Nick.

L'homme se releva aussitôt et lui serra la main.

— Ça alors, Nick ! Heureux de te revoir. Laisse-moi te présenter Megan, ma femme.

— Et voici la mienne, Caroline. Alors, comme ça, es un fervent amateur du festival de Warrenstown ?

— On est déjà venus plusieurs fois. Ça fait du bien de s'échapper de Los Angeles… Et toi ?

— Je viens assez régulièrement. En plus, cette année, ma fille est stagiaire. On va même l'entendre ce soir. Elle a choisi d'interpréter « Second Hand Rose ».

— Alors elle aussi a été atteinte par le virus du showbiz… Que Dieu lui vienne en aide !

Les deux couples s'esclaffèrent.

— Nous venons juste d'assister à la représentation de *Devil in the Details*, enchaîna Megan.

— Vraiment ? Nous y étions hier, lui répondit Caroline. Qu'en avez-vous pensé ?

— Je crois que vous avez eu de la chance, rétorqua John. La jeune actrice s'en est plutôt bien sortie. Belle prestation, même. Mais comment voulez-vous rivaliser avec Belinda Winthrop ? Quelle histoire, au fait ! Savez-vous où Belinda se trouvait ce soir ?

Nick lui expliqua que personne n'avait de nouvelles d'elle depuis le début de la matinée.

— Mince alors ! Pourvu qu'il ne lui soit rien arrivé. Figure-toi que je suis sur le point d'investir dans le film qui sera adapté de la pièce. Un film que Keith Fallows réaliserait lui-même.

— Oui, effectivement, j'en ai entendu parler, acquiesça Nick. Et qui as-tu prévu pour le rôle-titre ?

— Quelle question ! Belinda Winthrop, bien sûr ! C'est d'ailleurs la seule condition pour que je mette de l'argent dans ce projet. Et, crois-moi, je ne suis pas le seul à être de cet avis. Sans Belinda, le film ne se fera pas.

*

Les applaudissements du public furent discrets, sans enthousiasme aucun, et bien moins chaleureux que pour la plupart des interprètes précédents. Caroline eut un pincement au cœur en voyant Meg quitter la scène. Elle jeta un coup d'œil à Nick, qui semblait atterré.

— Je ne sais vraiment pas quoi dire, murmura-t-il.

Caroline se mordit la lèvre inférieure, ne sachant que lui répondre. Meg n'avait tout simplement pas été à la hauteur. La comparaison avec les autres était tout sauf flatteuse pour elle. Et pourtant, de talent, Meg n'en manquait pas.

— C'était un soir sans. Tous les artistes connaissent ce genre de moments, se contenta-t-elle de lui répondre.

*

Caroline et Nick attendaient Meg à la sortie de la chapelle tandis que le public quittait la salle en commentant le spectacle. John et Megan Massey s'arrêtèrent pour les saluer et leur adresser un compliment poli sur la prestation de Meg.

— C'est gentil de ta part, John, lui répondit Nick sans sourciller.

Après un silence gêné, le couple s'éloigna.

Les spectateurs avaient déserté la chapelle quand Meg fit enfin son apparition.

— Alors, qu'avez-vous pensé ? leur demanda-t-elle.

— Que tu es capable de bien mieux ! lui lança Nick. Pour être tout à fait honnête avec toi, j'ai été extrêmement déçu...

— Nick ! s'interposa Caroline en posant sa main sur le bras de son mari pour le couper dans sa diatribe.

— Non, Caroline, laisse-moi poursuivre. Meg n'a pas été bonne, et il faut qu'elle puisse entendre cette vérité ! Si elle a vraiment envie de réussir dans ce milieu, elle va devoir montrer autre chose que ce que l'on a vu ce soir. Regarde les stagiaires, ils étaient tous bourrés de talent, ils débordaient d'énergie... Et toi, Meg, on avait l'impression que tu dormais. Qu'est-ce qui se passe ? Tu as des problèmes ?

Meg regarda son père puis Caroline. Quand leurs yeux se croisèrent, Caroline sut qu'elles étaient toutes deux conscientes que le moment d'aborder le sujet épineux en présence de Nick était venu. Pourtant, Caroline décida de ne pas évoquer le sachet d'herbe qu'elle avait trouvé dans le placard de sa belle-fille.

— Même les plus grandes stars ont eu des loupés mémorables, qu'elles voudraient oublier. Tire une leçon de cette soirée et souviens-toi des erreurs que tu as commises pour ne pas les renouveler, lui dit Caroline en la regardant fixement. Tu vois ce à quoi je fais allusion ?

— Oui, j'ai capté le message, lui répondit Meg. Je vais m'en souvenir. Promis.

97

Une fois cette partie du campus déserte, l'assassin alla consulter le tableau réservé aux stagiaires. Comme il s'y attendait, la plupart des apprentis comédiens avaient inscrit leurs coordonnées sous l'annonce qu'il avait laissée. Qui ne voudrait pas rencontrer un célèbre agent new-yorkais ?

En parcourant la liste, il repéra rapidement ce qu'il cherchait : brightlights999.

Il disposait à présent d'un nom – Meg –, d'un numéro de téléphone et d'une adresse...

*

Dissimulé derrière des buissons, l'assassin observait les stagiaires qui regagnaient par grappes leurs quartiers. Certains d'entre eux, peu pressés d'aller se coucher, restaient sur la pelouse, devant le bâtiment en brique rouge, à discuter ou à fumer une cigarette.
Bientôt, l'endroit fut désert.
L'assassin avait remarqué que chaque stagiaire utilisait une clé pour entrer dans la résidence. Bien sûr, il aurait pu tenter de se faufiler derrière l'un d'eux. Mais comment être certain que la porte de la chambre de Meg serait ouverte ? Et quelle serait sa réaction s'il déboulait pour s'emparer de son ordinateur ?
L'assassin quitta sa cachette et se dirigea vers le bâtiment.

*

Meg était assise à son bureau, devant son ordinateur, consciente qu'il lui faudrait retravailler le journal de son stage avant de le rendre à l'université. Si son professeur le lisait en l'état actuel, elle n'obtiendrait pas une bonne note. Mais, pour le moment, écrire lui faisait l'effet d'une catharsis.
Les mots de son père après sa prestation désastreuse l'avaient secouée. Elle était également confuse de s'être

emmêlé les pinceaux en aidant Langley à répéter. Mais, étrangement, c'est l'attitude de Caroline qui la mettait le plus mal à l'aise. Alors que Meg n'avait fait aucun effort pour créer une relation amicale avec sa belle-mère, cette dernière n'avait pas révélé à son père ce qu'elle avait découvert, instaurant entre elles un semblant de complicité.

Au début, Meg fumait de manière occasionnelle et récréative. Mais, très vite, sa consommation était devenue bien plus importante. Elle allumait un joint quand elle se sentait triste après le décès de sa mère, quand elle était en colère après son père pour son remariage, quand elle était anxieuse pour son avenir ou stressée par la compétition... En fait, dès qu'une émotion un peu forte la submergeait, elle éprouvait le besoin de se défoncer. Et cette habitude l'effrayait à présent – une peur qui lui donna aussitôt envie de fumer un joint pour se détendre...

Elle livra toutes ces réflexions à son journal, y compris son souhait d'arrêter la marijuana. Voir les mots écrits noir sur blanc rendirent en quelque sorte sa décision plus réelle. Comme si elle venait de passer un pacte avec elle-même.

Meg éteignit ensuite son ordinateur portable et alla se coucher.

*

Ça y est ! Il avait trouvé ce qu'il cherchait. La petite boîte métallique située à côte de la porte qui lui permettrait d'entrer dans le bâtiment.

L'assassin abaissa la manette, puis alla se cacher quand la sirène d'incendie déchira le silence.

*

Une sonnerie à réveiller les morts tira Meg de son sommeil. Elle fut un instant tentée d'ignorer l'alarme, mais se leva. Quand elle ouvrit la porte de sa chambre, des stagiaires aux yeux hagards couraient dans le couloir.

— Dépêche-toi, Meg ! lui intima son voisin en la prenant par le bras pour l'entraîner vers la sortie.

*

Il n'y avait pas de temps à perdre. Bientôt, la police et les pompiers seraient sur place. Quand la plupart des stagiaires eurent évacué la résidence, l'assassin se glissa à l'intérieur.

SAMEDI 5 AOÛT

98

Gus engagea la voiturette de golf à travers les bois, sa lampe de poche éclairant le chemin. Il aurait voulu commencer plus tôt son opération mais Victoria l'en avait empêché. Elle l'avait retenu. Elle lui avait dit qu'il était le premier homme avec qui elle avait une relation depuis la mort de son mari, deux ans auparavant. Gus ne savait pas trop s'il devait la croire, mais force était de constater qu'elle se montrait insatiable.

Arrivé près de l'entrée du souterrain, il se gara et descendit de voiture. Il mit la lampe torche dans la poche arrière de son jean et commença sa descente. Une fois atteint le dernier barreau, il éclaira l'intérieur de la grotte. Il prit un premier carton, qu'il posa sur son épaule, et emprunta l'échelle en sens inversé.

De nouveau à la surface, il posa le carton dans la voiturette et recommença l'opération jusqu'à ce que la grotte fût vide. Si jamais la police venait fouiner ici, elle ne trouverait rien qui puisse l'incriminer.

Il effectua le chemin de retour à vitesse réduite, de peur de perdre en route un carton. S'il ne s'était pas arrêté chez Remington après avoir quitté Victoria, il aurait eu devant lui une très longue nuit. Mais cette dernière avait insisté pour qu'il aille porter au peintre des restes de la fête de Belinda. Sans bien comprendre l'intérêt d'y aller à cette heure, il s'était exécuté, et bien lui en avait pris !

Remington n'était pas là, mais il avait oublié de fermer sa porte à clé. Et c'est en entrant dans l'atelier du peintre que Gus avait eu un éclair de génie. Pourquoi ne pas entreposer sa marchandise ici ? Il était alors descendu à la cave. Et c'est en l'inspectant qu'il s'était persuadé que cette idée était bien meilleure que celle qu'il avait eue initialement. Plutôt que d'entreposer ses cartons chez un ami à Pittsfield, pourquoi ne pas les laisser là ? D'autant qu'il n'avait qu'une confiance limitée en l'*ami* en question...

De plus, si jamais les flics se mettaient à fouiller la propriété pour retrouver Belinda, pourquoi iraient-ils ouvrir des cartons que Remington Peters, un artiste de renom, stockait dans sa cave ? Et, au pire, s'ils les ouvraient, qui serait inquiété ? Le peintre, pas lui...

En arrivant près de l'atelier, Gus constata avec plaisir que les lumières de l'ancienne écurie étaient toujours éteintes et que le break de Remington n'était pas là. Il déchargea le premier carton et le descendit aussitôt à la cave, où régnait une douce atmosphère. Aucune humidité, l'endroit parfait ! Rien ne traînait, excepté quelques bougies placées en cercle sur le sol.

Gus déposa le premier carton dans un recoin qu'il avait repéré tout à l'heure. Il arriverait sans problème à tous les caser là sans que quiconque s'aperçoive à première vue de leur présence.

Une fois le dernier voyage effectué, il referma la porte du loft. Au même moment, il aperçut les phares d'une voiture remontant l'allée de la propriété. Il se dépêcha de grimper dans la voiturette de golf, appuya sur l'accélérateur et alla la remettre à sa place dans le garage.

*

Remington introduisit sa clé dans la serrure mais ne réussit pas à la faire tourner. La porte n'était pas verrouillée ! Son cœur se mit à battre la chamade. Il entra dans son atelier et alluma.

Quelqu'un est entré ici ! se dit-il aussitôt. Il crut même percevoir une odeur de transpiration.

Pourtant, tout était comme avant son départ. Rien n'avait bougé. Les toiles étaient toujours posées près de la porte et aucune ne manquait. Il descendit à la cave, où il jeta un bref regard. Rien d'anormal non plus.

Ne serais-je pas en train de devenir parano ? se demanda-t-il. Mais il ne se laissa pas le temps d'approfondir la question. Un rapide coup d'œil à sa montre lui apprit qu'il n'avait pas de temps à perdre. Il chargea les derniers tableaux dans le coffre de son break, prit le soin, cette fois, de bien fermer sa porte à clé, et repartit en direction d'Albany.

99

Belinda entendit le son plaintif au moment même où elle sentit quelque chose lui frôler la cuisse. Elle tendit la main jusqu'à sentir sous ses doigts une pelote de fourrure.

De quel animal pouvait-elle partager la tanière ? En continuant son inspection de la main, elle constata qu'il y avait en fait deux boules de poils. Deux chatons. À bien y réfléchir, elle se dit qu'il devait plutôt s'agir de bébés lynx que leur mère avait laissés sur leur lit d'herbe, de feuilles et de mousse.

Ils avaient l'air affamés mais paraissaient heureusement inoffensifs. Leur mère, elle, était forcément adulte. Et bien que les lynx ne soient pas connus pour s'en prendre aux humains, comment réagirait cette dernière si elle jugeait ses petits menacés ?

100

Dans la pénombre, Caroline attrapa son téléphone portable posé sur la table de chevet.

— Allô, dit-elle à voix basse pour ne pas réveiller Nick.

— Navrée de te tirer du lit, beauté, mais les recherches de la police pour retrouver Belinda commencent bien ce matin.

Caroline jeta un coup d'œil à son réveil. 7 h 15.

— Annabelle ? demanda-t-elle.

— Qui d'autre serait assez folle pour mettre son alarme toutes les deux heures et appeler le commissariat au milieu de la nuit afin de se tenir au courant ?

— Quel que soit ton salaire, je pense que Key News ne te paie pas à ta juste valeur, plaisanta Caroline en s'enfermant dans la salle de bains.

— À qui le dis-tu !

— À quelle heure commencent les recherches ?

— 9 heures. Mais il faut qu'on soit sur place le plus tôt possible. J'ai déjà prévenu Lamar et Boomer, qui nous retrouvent ici. Départ de l'hôtel à 8 heures.

— Je serai dans le hall dans quarante-cinq minutes, lui répondit Caroline avant de raccrocher.

Caroline ôta sa chemise de nuit et fit couler l'eau de la douche. En se glissant sous le jet, elle prit conscience qu'elle serait à Curtains Up quand Nick quitterait Warrenstown. Elle s'étonna de ne pas être plus affectée que cela par ce constat. Elle était au contraire impatiente de passer à l'action. Pour elle, qui avait couvert autant de festivals, assisté à de nombreuses premières, interviewé une pléiade de stars et, à son modeste niveau, influencé le choix de millions de spectateurs, la donne avait changé. Elle se retrouvait propulsée dans la vraie vie – à des années-lumière du monde de strass et de paillettes où elle avait l'habitude d'évoluer. Et cela l'excitait.

*

— Nick, Nick, murmura Caroline, assise à la tête du lit, en lui secouant doucement l'épaule.

Ce dernier ouvrit enfin les yeux et Caroline eut l'impression qu'il mit un certain temps à la reconnaître.

— Quelle heure est-il ?

— 7 h 55.

— Où vas-tu si tôt ? lui demanda-t-il en se frottant les paupières.

247

— À Curtains Up. Les opérations de police pour rechercher Belinda vont bientôt débuter.

— Et tu as besoin d'y assister ?

— Oui, Annabelle et l'équipe y vont. Moi aussi.

— Mais enfin, Caroline, tu es critique, pas journaliste d'investigation ! s'emporta-t-il.

Caroline, choquée par l'accès de colère de son mari, eut un mouvement de recul.

— Nick ! Qu'est-ce qui t'arrive ?

— Je suis désolé, chérie, mais j'espérais passer un dernier moment en ta compagnie, lui dit-il en l'attirant vers lui.

Caroline lui rendit son baiser, mais l'ardeur habituelle n'y était pas.

— Je dois y aller, lui dit-elle en se levant. Les autres m'attendent. Mais tu sais, Nick, ce que je ferais à ta place ? J'irais voir Meg avant de partir. Il ne faudrait pas que vous vous quittiez sur cette conversation d'hier soir. Les mots très durs que tu as eus sur sa prestation pourraient creuser un fossé entre vous...

101

Remington n'avait pas beaucoup dormi, mais il tenait à profiter de la lumière matinale. Il ne voulait pas perdre davantage de temps, d'autant qu'il participerait tout à l'heure à la battue pour retrouver Belinda. Il enfila un jean froissé, une chemise couverte de taches de peinture et une paire de vieux mocassins. Il descendit au rez-de-chaussée et ouvrit la porte des toilettes, d'où il sortit la toile, qu'il posa ensuite sur son chevalet.

En l'observant une nouvelle fois, il eut une grimace d'incompréhension. Comment avait-il pu à ce point s'égarer ? Belinda avait sublimé le rôle de Valérie. Il fallait qu'il répare son injustice. Il était d'autant plus déterminé à rattraper son erreur que Belinda n'était plus là.

Espérant que l'inspiration serait au rendez-vous, il alla vers sa table basse pour prendre le scénario de la pièce, qu'il avait annoté. Mais il ne le trouva pas. Seul traînait celui que lui avaient remis les organisateurs du festival.

Quelqu'un était donc bien entré chez lui pendant son absence !

102

Mettre la main sur l'ordinateur portable de Meg avait été une très belle prise, mais pas forcément pour les raisons escomptées. L'assassin avait d'abord été soulagé de constater que les photos envoyées par Amy le jour de l'accident auraient été inexploitables par la police si jamais elle les avait reçues. Juste une tache bleue et floue... Mais Meg ne les avait même pas transférées aux autorités.

Non, le meilleur arrivait !

En consultant les mails envoyés ou reçus par la jeune fille, dont une flopée sans aucun intérêt, l'assassin tomba sur celui-ci :

Afin d'obtenir le crédit qui validera votre stage – en l'occurrence celui que vous avez décidé d'effectuer au festival de théâtre de Warrenstown –, vous devrez tenir un journal quotidien relatant votre expérience. En pièce jointe figurent les détails qui vous aideront à le rédiger.

L'assassin cliqua sur l'icône du journal de Meg et prit connaissance des notes qu'avait prises la jeune fille depuis son arrivée.

103

Boomer et Lamar étaient assis à l'avant tandis qu'Annabelle et Caroline avaient pris place à l'arrière de la voiture qui les menait à Curtains Up.

— J'ai effectué quelques recherches sur Gus Oberon, dit Annabelle. Il a passé trois ans en prison.

— Pas possible ! s'exclama Caroline. J'ai toujours pensé que ce type était louche. Et qu'a-t-il fait pour mériter cette peine ?

— Possession de marijuana. Avec forte suspicion qu'il soit également trafiquant, même si cette charge n'a finalement pas pu être retenue contre lui, commenta Annabelle. Mais, si nous détenons cette information, il y a fort à parier que la police l'a aussi...

— Eh bien en voilà un qui n'a pas retenu la leçon ! ponctua Caroline. L'odeur qui émanait des toilettes de

Belinda prouve qu'il consomme toujours. La question est de savoir s'il a quelque chose à voir avec sa disparition.

*

Howard Stanley, le chef de la police locale, faisait face à une foule composée de représentants de la loi et de civils qui avaient décidé de se joindre aux recherches. Caroline estima qu'environ soixante-quinze personnes se trouvaient sur le parking de la propriété de Belinda. Elle reconnut Remington Peters, Victoria Sterling, Keith Fallows et Langley Tate, qui tous avaient l'air fatigué.

— Merci d'être venus ce matin et de vous être portés volontaires pour nous aider à retrouver Mlle Winthrop, commença le lieutenant Stanley. Pour être franc, nous ne sommes pas sûrs que Mlle Winthrop se trouve ici. En fait, nous ne savons même pas s'il s'agit d'un crime, d'un accident ou d'autre chose. Mais, comme nous n'avons aucune nouvelle d'elle depuis bientôt deux jours, nous ne devons négliger aucune piste.

Il marqua une pause et agita une feuille de papier.

— Nous avons préparé des plans de la propriété et des sifflets, qui sont à votre disposition sur cette table. Merci de venir les chercher.

Comme tout le monde, Annabelle et Caroline firent la queue. Quand chacun fut servi, le policier poursuivit son speech.

— Le domaine fait soixante-quinze hectares. Comme vous pouvez le constater en regardant la carte, nous l'avons découpé en plusieurs secteurs. Vous allez donc vous répartir en groupes de quatre, et chaque groupe se verra affecter un secteur afin de quadriller la totalité de la propriété. La démarche à adopter, maintenant : dès que vous pénétrez dans une zone boisée, vous donnez un coup de sifflet. Vous restez sur place pendant une minute, à l'écoute d'une éventuelle réponse, puis vous reprenez votre progression pendant une minute. Et vous répétez la manœuvre. Tout est clair ?

Comme personne ne se manifesta, le lieutenant continua.

— Une dernière chose, précisa-t-il, les bois sont truffés de trous menant aux grottes souterraines. La plupart sont indiqués sur la carte qui vous a été remise, d'autres non. Alors, méfiance. Des questions ?

— Est-ce qu'on risque de rencontrer des animaux dangereux ?

— Aucune inquiétude, c'est eux qui auront peur de vous !

— Il paraît pourtant qu'il y a des lynx dans les parages, enchaîna un autre volontaire.

— C'est vrai. Mais, en général, les lynx sortent tôt le matin, puis quelques heures avant et après le coucher de soleil, jusqu'à minuit environ. Il y a donc peu de chances que vous en croisiez. De plus, ces bêtes sont assez craintives, sauf si elles se sentent menacées. Le cas échéant, je compte sur vous pour ne pas commettre d'imprudence…

Les groupes s'apprêtaient à rejoindre leur point de départ quand Caroline aperçut Meg, qui remontait l'allée.

— Papa m'a parlé de la battue et je lui ai demandé de me déposer là, vu que c'est sur la route de l'aéroport.

Bonne nouvelle, pensa Caroline. Nick était passé voir sa fille avant son départ, comme elle le lui avait suggéré.

— Je suis fière de toi, Meg. C'est vraiment bien que tu aies décidé de te joindre aux recherches. Les cartes sont sur la table. Prends-en une ainsi qu'un sifflet.

Quand la jeune fille se fut éloignée, Caroline s'adressa à Annabelle.

— Ça te dérange si Meg se joint à nous ?

— Aucun problème, lui répondit Annabelle. Mais, du coup, je suis en train de penser qu'il serait judicieux que l'un de nous reste là, près du poste de contrôle des opérations, au cas où l'un des groupes ferait une découverte. Comme j'ai ma caméra numérique, je vais traîner dans le coin pendant que tu participes aux recherches en compagnie de Meg, Lamar et Boomer.

Caroline pesa un instant le pour et le contre.

— En fait, je pense qu'il serait préférable que ce soit moi qui reste. J'ai l'impression qu'il va se passer quelque chose, là-bas. Et tu seras bien plus à même que moi de réagir dans le feu de l'action.

— Pas de souci, acquiesça Annabelle. Laisse-moi te montrer le fonctionnement de la caméra au cas où tu aurais à t'en servir. Tu vas voir, c'est d'une simplicité enfantine.

Les différents groupes se dispersèrent. Au bout de quelques minutes, Caroline entendit les premiers coups de sifflet qui montaient depuis le lointain.

105

Gus sortit du garage et se dirigea vers la table qui servait de poste de contrôle aux opérations de recherche. Il savait qu'il ne pouvait décemment pas ne pas y participer. Il écouta les instructions qu'on lui donna, puis marcha vers les bois.

*

Le lieutenant Stanley le regardait s'éloigner. Dès que Gus eut franchi le premier rideau d'arbres, le policier donna ses instructions à ses troupes.

— Ce type ne m'inspire aucune confiance. Maintenant qu'il est loin, on a le champ libre. Allons voir chez lui.

— Mais on n'a pas de mandat de perquisition, objecta l'un de ses adjoints.

— Le garage est sur la propriété de Belinda Winthrop, lui répondit Stanley.

— Oui, mais c'est *son* domicile privé.

— Si on trouve quoi que ce soit chez lui permettant

de retrouver Belinda Winthrop, personne n'en aura rien à foutre de ce fichu mandat ! lança-t-il furieux à son subalterne en le fusillant du regard. En plus, si on se dépêche, on aura fini avant qu'il revienne, et il ne s'apercevra de rien… Allez, action !

*

Caroline vit les policiers aller vers le logement de Gus. Elle sortit aussitôt la caméra et enregistra une vingtaine de secondes d'images.

106

Meg marqua un arrêt et porta le sifflet à ses lèvres. Elle attendit quelques instants, mais seul le pépiement d'un oiseau lui répondit. Meg entendait au loin de nombreux coups de sifflet, et elle eut l'impression que les autres groupes n'obtenaient pas plus de résultats qu'eux.

— Je vais devoir vous quitter, dit-elle à ses compagnons après avoir consulté sa montre-bracelet. Je prends la parole cet après-midi pendant la messe célébrée à la mémoire d'Amy et je n'ai pas tout à fait fini de préparer mon intervention.

— Lamar, Boomer, est-ce que l'un de vous deux veut raccompagner Meg ? demanda Annabelle.

— Oh, c'est pas la peine. Je vais retrouver mon chemin.

Elle fit demi-tour et regagna le petit sentier qu'ils avaient emprunté à l'aller. Tout en marchant sous les arbres centenaires, Meg se dit qu'elle ne devrait plus mettre bien longtemps avant d'atteindre l'orée du bois, quand elle entendit un bruit derrière elle, un peu comme si quelqu'un venait de marcher sur une brindille. Elle se retourna, mais ne vit qu'une multitude de troncs immobiles. Soudain, elle aperçut un écureuil gris qui détala entre les fougères, et elle reprit son chemin.

*

Caché derrière le tronc d'un chêne, l'assassin tendait l'oreille pour ne pas perdre la trace de Meg, qu'il entendait fouler le tapis de feuilles couvrant le sous-bois.

Mais ce n'était pas le bon moment. Il y avait trop de monde dans les parages. Tous recherchaient Belinda, ignorant qu'ils passaient à quelques mètres d'elle seulement !

L'assassin s'occuperait de Meg ultérieurement, quand la probabilité que quelqu'un puisse le surprendre serait moins élevée.

107

Merci, mon Dieu, merci, se dit Belinda.
On était donc à sa recherche.

Toujours allongée sur le dos, elle entendait les nombreux coups de sifflet et des larmes de gratitude lui montèrent aux yeux. Elle attendit que les sons fussent bien distincts. Quand elle pensa qu'ils étaient proches, elle rassembla toute son énergie et se mit à crier.

— Au secours ! Je suis là, juste en dessous.

Mais sa voix n'était qu'un faible filet à peine audible.

108

Les deux policiers fouillaient méthodiquement l'appartement de Gus, n'oubliant aucun placard, aucun tiroir.

— Faites attention, les prévint le lieutenant Stanley. Remettez bien les choses à leur place. Il ne faut pas qu'Oberon se doute que quelqu'un est venu en son absence.

— C'est tellement le bazar, ici ! s'exclama un policier, que ça m'étonnerait qu'il remarque quoi que ce soit. On a l'impression qu'un ouragan est passé il n'y a pas longtemps !

— Quand tu en auras fini avec cette armoire, inspecte donc ces étagères, lui répondit-il en jetant un œil au lit défait.

Un sachet en plastique contenant de la marijuana fut découvert sous une pile de *Playboy, Penthouse* et autres magazines masculins de moindre renommée.

— Pas suffisant pour l'inculper, jugea le lieutenant Stanley. Remets cette herbe où tu l'as trouvée.

Caroline se tenait à bonne distance du garage, prête à filmer les policiers quand ils quitteraient l'appartement de Gus.

— Qu'est-ce que tu es en train de faire ?

Caroline sursauta en entendant la voix de Meg dans son dos.

— Oh ! Tu m'as fait peur, lui dit-elle en fermant les yeux un court instant.

— Ce n'était pas mon intention, lui assura la jeune fille. Il faut que je regagne le campus et je tenais à te prévenir de mon départ. Mais dis-moi ce que tu es en train de faire.

— Les policiers fouillent actuellement l'appartement de Gus Oberon. J'attends qu'ils redescendent pour les filmer.

Le visage de Meg se ferma.

— Que se passe-t-il ? s'enquit Caroline.

— Gus m'a vendu de l'herbe, avoua Meg.

— Oh, non !

— Pourvu qu'il n'ait pas conservé une trace écrite de ses transactions, conclut la jeune femme.

*

Caroline observa les policiers quitter le garage pour se rendre à l'ancienne écurie. Elle les vit introduire une clé dans la serrure avant de pénétrer dans l'atelier de Remington Peters.

Elle filma la scène, puis se rapprocha du loft le plus discrètement possible.

*

— Rien d'anormal, chef, lui lança l'un de ses adjoints.

— Rien d'anormal, sauf que ce type est complètement barré ! répondit le lieutenant Stanley qui avait soulevé le drap recouvrant le chevalet et observait le tableau. Belinda Winthrop a un regard haineux, on dirait celui d'une folle...

*

Caroline se faufila à l'arrière de l'atelier et jeta un coup d'œil discret à l'intérieur. D'où elle était, elle put voir les policiers quitter la pièce principale, ouvrir une porte et descendre en file indienne à la cave.

Quand ils eurent disparu, elle s'approcha de la baie vitrée et vit un chevalet recouvert d'un drap. Sans doute le portrait de Belinda que Remington ne jugeait pas suffisamment abouti pour être exposé à la galerie Ambrose.

Elle se mordit la lèvre inférieure. Que faire ? Et pourquoi ne pas profiter de l'absence des policiers pour se glisser à l'intérieur et soulever le drap ?

Mais, alors, il fallait agir sans perdre une seconde...

*

— Je n'ai jamais vu une cave aussi propre ! s'exclama l'un des policiers.

Le lieutenant Stanley acquiesça. La cave était vide en effet. Il s'agenouilla et prit une bougie, qu'il examina avec circonspection.

— À quoi peuvent bien servir ces bougies ? s'interrogea-t-il à haute voix, intrigué.

— Aucune idée, chef.

Le lieutenant Stanley la reposa sur le sol et poursuivit son inspection de la cave. Vide à l'exception de ces cartons entreposés dans un recoin.

— Ouvrons-les, dit-il en pointant sur eux le rayon de sa lampe torche.

*

Jamais Caroline n'avait fait une telle chose de sa vie. Jamais elle n'avait même imaginé qu'elle s'introduirait un jour chez quelqu'un sans son autorisation. Mais avoir une caméra et couvrir l'affaire pour Key News lui donnait du courage. Belinda Winthrop avait disparu, deux stagiaires étaient morts, la bibliothécaire avait été assassinée... On ne vivait pas une période ordinaire.

Caroline franchit le seuil de l'atelier et marqua à peine une pause devant la porte menant à la cave, d'où elle perçut des bruits de voix étouffés. Elle se précipita vers le chevalet et ôta le drap qui le recouvrait. Elle regarda le tableau et en eut le souffle coupé. Une meurtrière lui faisait face.

Caroline commença à filmer le tableau représentant Belinda en Valérie. La jeune femme se tenait droite dans sa robe de velours verte, un pistolet à la main. Sa chevelure blonde était remontée sur le dessus de son crâne et ses yeux verts brillaient d'un éclat diabolique, en accord avec l'expression terrifiante de son visage.

Pourquoi Remington l'avait-il représentée ainsi ? se demanda Caroline.

*

Les policiers ouvrirent le premier carton. Le lieutenant Stanley plongea la main à l'intérieur et émit un petit sifflement en en ressortant quelques sachets.

Après avoir recouvert le tableau, Caroline s'attarda pour filmer l'atelier. Elle s'apprêtait à quitter le loft quand elle entendit les policiers qui remontaient de la cave.

Elle n'avait pas assez de temps pour ressortir sans qu'ils l'aperçoivent, aussi décida-t-elle de se cacher derrière le canapé. Elle retint sa respiration et écouta la conversation des policiers qui se tenaient au milieu de la pièce.

— Que fait-on, chef ? s'enquit l'un des adjoints. On confisque cette cargaison de marijuana ou on va interpeller Remington Peters ?

— D'abord, Peters, répondit le lieutenant Stanley. On posera les scellés un peu plus tard. Allons-y.

Caroline entendit le bruit de pas des policiers décliner. Elle attendit encore une minute et sortit de sa cachette. Par la baie vitrée, elle les observa qui traversaient la prairie en direction des bois. La voie étant libre, elle se précipita à la cave.

Des cartons trônaient au milieu de la pièce voûtée. Elle examina le contenu de celui qui avait été ouvert : plusieurs centaines de sachets d'herbe. Étrange, se dit-elle, que Peters entrepose ce genre de marchandise dans sa cave. Ce serait plutôt le style de Gus Oberon.

Mais, prenant conscience que son temps était compté, elle repoussa ces questions à plus tard. De nouveau, elle mit la caméra en marche et filma les cartons, zoomant sur celui qui avait été ouvert pour que l'on voie bien en gros plan les sachets d'herbe. Caroline était persuadée que cette découverte intéresserait au plus haut point tous les producteurs de Key News.

Belinda était toujours introuvable et l'on découvrait un important stock de drogue chez l'artiste de renom qui vivait sur sa propriété. Dans quelques minutes, il serait arrêté. De plus, ce dernier avait réalisé un portrait inquiétant de la comédienne...

Caroline était de plus en plus excitée par cette affaire, qui devenait la sienne. Elle eut une poussée d'adrénaline. Mais il fallait qu'elle garde la tête froide. Des vies étaient en jeu.

110

— Hé, je crois que j'ai trouvé quelque chose ! cria l'un des participants à la battue.

Il se pencha et ramassa une chaussure de femme.

Ayant regagné sa chambre, Meg se dirigea immédiatement vers son bureau. Elle demeura un instant interdite en contemplant l'espace vide. Elle aurait pourtant juré qu'elle avait laissé son ordinateur portable à cet endroit.

Elle commença aussitôt à fouiller sa chambre et sentit le stress la gagner à mesure qu'elle retournait tout sans aucun résultat. Elle reposa sur son lit la couverture qu'elle avait arrachée et se mit à quatre pattes pour regarder en dessous. Elle alla même jusqu'à inspecter les toilettes, sachant pertinemment qu'elle n'avait pu y laisser son ordinateur.

Meg s'assit sur son lit et réfléchit. Avait-elle aperçu son portable ce matin, quand son père était venu la voir avant de la déposer à Curtains Up ? Non, elle n'en avait pas le souvenir. La dernière fois qu'elle l'avait utilisé, c'était hier soir, avant de se coucher. Ensuite, il y avait eu cette alarme qui s'était déclenchée et ce départ précipité. Elle était alors sortie sans fermer sa porte à clé...

Meg demeura interdite en prenant conscience que quelqu'un lui avait volé son ordinateur avant qu'elle regagne sa chambre, une fois l'alerte passée.

Avoir à en acheter un nouveau n'était pas ce qui la préoccupait. Le plus embêtant était qu'elle avait commencé à prendre des notes pour la cérémonie de l'après-midi. Pis encore, elle venait de perdre son journal...

Tous les policiers qui participaient à la battue reçurent le même message : Remington Peters devait être intercepté et raccompagné au poste de contrôle des opérations. Juste après, Caroline appela Annabelle sur son mobile pour lui faire part de la nouvelle.

— Je crois que les autorités s'apprêtent à placer Remington Peters en garde à vue pour détention de drogue, lui dit-elle.

— Pas possible !

Annabelle s'arrêta et regarda autour d'elle.

— Tout a l'air calme pour le moment. Quelqu'un vient juste de trouver une chaussure de femme, mais comme c'est très touffu ici, Lamar, Boomer et moi allons quitter les bois. Comme ça, quand les flics embarqueront Peters, on ne pourra pas les manquer.

— Et moi, qu'est-ce que je fais ? lui demanda Caroline.

— Où es-tu, en ce moment ?

— Je sors de la maison de Remington. J'ai réussi à filmer les cartons de marijuana. Actuellement, je me dirige vers le poste de contrôle.

— Tu as fait quoi ? s'exclama Annabelle, incrédule.

— J'ai filmé les cartons de marijuana qui se trouvent dans sa cave, répéta Caroline.

— Ne m'en dis pas plus. Je ne veux même pas savoir comment tu t'es débrouillée pour obtenir ces images.

— Comme tu voudras, mais je les ai. Et j'ai aussi quelques plans du portrait de Belinda.

— Excellent ! s'écria Annabelle. Bon, écoute-moi, tu restes où tu es pour l'instant et tu filmes les policiers quand ils embarquent Peters. Avoir différents plans de son arrestation ne peut pas faire de mal.

— D'accord, lui répondit Caroline. Mais ne faudrait-il pas que l'une de nous appelle sans tarder Key News pour les prévenir ?

Annabelle ne put s'empêcher de sourire en sentant l'excitation de sa consœur, qui de critique théâtrale se muait en journaliste d'investigation.

— Tu es foutue ! lui lança-t-elle.

— Qu'entends-tu par là ? lui demanda Caroline. Qu'est-ce que tu veux dire ?

— Tu es contaminée, tu as attrapé le virus...

113

Après qu'elle fut certaine que les images de l'arrestation de Remington Peters étaient exploitables, et qu'on le voyait bien, menottes aux poignets, monter dans une voiture de police, Annabelle appela le siège new-yorkais de Key News pour prendre les instructions.

Elle referma le clapet de son téléphone portable et rejoignit le groupe.

— « Evening Headlines » veut un sujet pour ce soir. Un camion satellite est déjà en route pour relayer nos images. Et c'est toi, Caroline, que la rédaction a choisie pour le présenter.

— Mamma mia ! s'exclama Boomer tandis que Lamar éclatait de rire.

— Ce sera ton baptême du feu, la rassura Annabelle

en la prenant par l'épaule. Mais pas d'angoisse, tout se passera bien.

— La plupart de mes chroniques sont enregistrées à l'avance ou ont lieu en studio. Même pour « Key to America », il est rare que j'intervienne en direct. Dois-je préciser que j'ai un trac fou ?

— Ne t'inquiète pas, Caroline. On a l'habitude de ce genre de situation, lui répondit Annabelle en se tournant vers Lamar et Boomer, à qui elle adressa un regard de connivence. Tout va bien se passer.

— Tu en es sûre ?

— Certaine.

Ce qu'Annabelle avait omis de préciser à Caroline, c'est qu'aucun autre présentateur n'était disponible. Le producteur de « Evening Headlines » l'avait choisie par défaut.

*

Caroline et Annabelle faisaient le point sur les éléments dont elles disposaient quand le portable de Caroline se mit à sonner. C'était Meg, qui lui raconta le vol de son ordinateur, avant d'enchaîner :

— Et maintenant, je n'arrive pas à me souvenir de tout ce que j'avais écrit pour la célébration... Je suis sûre que je vais oublier plein de trucs.

— Écoute ce que ton cœur te dicte, Meg. Sois sobre. Mieux vaut une courte intervention, lui conseilla Caroline.

— En fait, je voulais savoir si tu ne pourrais pas venir me donner un coup de main...

C'était la première fois que Meg faisait appel à elle, la première fois qu'elle lui demandait de l'aide. Caroline ne pouvait pas refuser cette main tendue. Et pourtant, il fallait qu'elle se consacre à la préparation de « Evening Headlines », qui lui prendrait plusieurs heures.

— Tu sais ce qu'on va faire ? lui proposa-t-elle. Tu prépares une ébauche de texte, ensuite je m'arrange pour le relire et le peaufiner avec toi avant la cérémonie. D'accord ?

114

L'équipe de Key News quitta Curtains Up et regagna l'auberge où logeaient Caroline et Annabelle. Une fois arrivés sur place, ils gagnèrent le bar de l'hôtel, commandèrent sandwichs et boissons fraîches, puis réfléchirent à la manière de préparer le sujet pour « Evening Headlines ».

— C'est vraiment formidable que Caroline ait réussi à filmer ces cartons de marijuana dans la cave de Peters ! entama Annabelle. Même si les autres chaînes ont des images de son interpellation, nous serons les seuls à pouvoir montrer pourquoi il a été arrêté.

— Ouais, t'as eu un sacré coup de chance, admit Boomer du bout des lèvres.

— Hein, Boom, pas mal pour une jeune demoiselle inexpérimentée ! lui lança Lamar tout en adressant un clin d'œil à Caroline.

— Et n'oubliez pas que nous avons aussi en exclusivité le dernier portrait de Belinda, ajouta Caroline. Un tableau qui fait froid dans le dos...

— J'ai hâte de voir ça, dit Annabelle.

Caroline tendit la minicaméra à Lamar, qui fit défiler les images jusqu'à trouver celles qu'il cherchait. Il effectua quelques réglages, appuya sur le bouton pause et tendit l'appareil à Annabelle.

— Ça, c'est excellent pour l'audience ! Mais c'est bizarre, on dirait qu'il ne la porte vraiment pas dans son cœur. Elle a tout simplement l'air d'un monstre...

— Arrêtez-moi si je me trompe, mais ce tableau est bien censé représenter le personnage que joue Belinda Winthrop dans la pièce, non ? Pourquoi n'irions-nous pas nous procurer une copie de l'enregistrement de la première de *Devil in the Details* ? suggéra Lamar. On pourrait alors comparer les deux. L'actrice sur scène et le délire de l'artiste...

— Très bonne idée ! s'enthousiasma Annabelle. On ira juste après le déjeuner.

Caroline avala une gorgée de thé glacé et pensa à tous les éléments qu'il faudrait qu'elle intègre dans son reportage pour n'en oublier aucun. D'abord la battue organisée ce matin à Curtains Up. Puis la police, qui en profitait pour fouiller l'appartement de Gus Oberon et l'atelier de Remington Peters. L'arrestation du peintre, enfin, et sa probable mise en examen. Elle disposait aussi de l'interview que Belinda lui avait accordée dans sa loge juste après la première ; sans doute les dernières images disponibles à ce jour de la star. Bien que « Evening Headlines » en ait déjà diffusé quelques extraits la veille, cet entretien était une pièce de choix, qui se devait de figurer dans son sujet.

— On devrait peut-être se renseigner sur le sort de Remington ? suggéra Caroline. Combien de temps va-t-il rester en garde à vue ? Quelles sont les charges retenues contre lui ? A-t-il déjà fait appel à un avocat ? La police va-t-elle l'inculper uniquement pour possession de drogue, ou pense-t-elle également qu'il est impliqué dans la disparition de Belinda ?

— N'en jette pas plus ! l'interrompit Annabelle en posant une main sur l'avant-bras de Caroline. Toutes tes questions sont fondées et on va faire en sorte d'y répondre pour que le reportage soit le plus complet possible. Mais chaque chose en son temps...

— Attention, Annabelle ! sourit Lamar. Caroline est en train de te piquer ton job. Elle pose toutes les questions à ta place...

— Comme si je ne m'en étais pas aperçue, lui répondit Annabelle sur le ton de la plaisanterie. J'ai bien remarqué que Caroline était en train de glisser du côté de la force obscure...

*

Alors qu'ils attendaient l'addition, le téléphone d'Annabelle sonna. Elle décrocha et ses trois compagnons purent entendre la voix tonitruante de Linus Nazareth, qui éructait à l'autre bout de la ligne.

— Tu peux m'expliquer pourquoi ce n'est pas moi qui vais profiter du scoop ? J'ai appris que c'est « Evening Headlines » qui allait avoir l'exclu ! Ça veut dire quoi ? Dois-je te rappeler que tu travailles pour « Key to America » ?

— Comment pourrais-je l'oublier, Linus ! lui rétorqua Annabelle. Mais il se trouve que tout s'est accéléré depuis ce matin, et que la prochaine émission d'info n'est autre que « Evening Headlines »...

— Arrête ton baratin ! répliqua Nazareth. Moi, ce que je vois, c'est que toutes les télés vont rappliquer et que c'est « Evening Headlines » qui va bénéficier des scoops, et pas moi. Demain matin, on n'aura rien de nouveau à l'antenne. Rien ! Et tu sais que je déteste ça.

— Oui, je sais, Linus, lui répondit Annabelle.

— Passons, je voulais aussi te dire que Constance Young arrive. Elle n'est pas vraiment ravie de venir travailler ce week-end, mais je m'en fiche. C'est elle qui présentera le sujet demain matin.

— Très bien, ponctua Annabelle. Si c'est ce que tu souhaites.

— Non, c'est ce que je veux ! Préviens donc Caroline que c'est désormais Constance qui s'occupera de la couverture de cette affaire. Et dis-lui que, si elle comptait jouer encore longtemps les journalistes, c'est fini à présent. Elle n'en a pas la carrure...

115

Assis dans une cellule du commissariat de Warrenstown, Remington se tenait la tête entre les mains.

— D'abord, cette perquisition n'a rien de légal, lui dit son avocat.

— L'atelier ne m'appartient pas. Il est situé sur le domaine de Belinda.

— Oui, mais c'est vous qui l'occupez, c'est votre domicile. Sans mandat, la police n'avait aucun droit d'y pénétrer.

— Et dire que je ne sais même pas comment ces cartons ont pu atterrir dans ma cave...

L'avocat s'arrêta et le regarda fixement.

— Mais combien de fois faudra-t-il que je vous répète que je suis innocent ? Allez-vous finir par me croire, oui ou non ? s'emporta Remington.

— OK, OK, je vous crois, tempéra l'homme de loi. Vous n'y êtes pour rien. Bon, je vais m'arranger pour vous faire libérer, même s'il faut pour cela verser une caution. Courage !

116

— Nous allons aussi avoir besoin de réactions de la population locale, dit Annabelle à Caroline tandis qu'elles quittaient l'hôtel. Pourquoi ne pas assister à la cérémonie célébrée à la mémoire de ces deux stagiaires ? Nous pourrions filmer ces gens en deuil et recueillir quelques témoignages.

— Oh, j'ai failli oublier ! J'ai promis à Meg que je passerais la voir avant l'office afin de l'aider à peaufiner le texte qu'elle doit lire.

Annabelle ne fit aucun commentaire, mais Caroline eut la très nette impression que la productrice n'appréciait pas qu'elle s'éclipse alors qu'il y avait tant à faire.

— Ça ne va pas être très long, la rassura-t-elle. Je te retrouve à l'église à 2 heures.

*

— Oh, merci d'être venue ! s'exclama Meg, en voyant Caroline.

— Ne t'avais-je pas dit que je passerais ?

— Oui, je sais bien. Mais je n'étais pas sûre que tu arriverais à te libérer.

— Bon, comment tu t'en sors ?

— Plutôt mieux que ce que je craignais. Mais je n'ai plus l'habitude d'écrire à la main. J'espère que j'arriverai à me relire.

— Tu veux que je jette un coup d'œil à ton texte ?

— Et si je te le lisais ?

Caroline déclencha le chronomètre de sa montre et écouta, six minutes durant, Meg parler d'Amy. Elle évoquait d'abord leur rencontre, au début de l'été, le fait que toutes deux s'étaient aussitôt bien entendues, leur amitié qui s'était développée au fil du stage et le lien qui s'était renforcé en découvrant qu'elles avaient chacune perdu leur maman. Meg fit ensuite état des qualités d'Amy et mentionna la joie de cette dernière après son coup de foudre réciproque pour Tommy. Puis elle conclut en évoquant la dernière journée du jeune couple et le plaisir qu'elle avait eu en prenant connaissance des photos qu'Amy lui avait envoyées.

— À l'exception d'une, qui n'était pas exploitable, j'ai imprimé toutes les photos qu'elle m'a envoyées ce jour-là. Elles seront distribuées pendant l'office, expliqua Meg à Caroline. Ainsi, chacun pourra revivre les derniers instants d'Amy et de Tommy.

*

— Allez, courage ! lui lança Caroline.

Instinctivement, elle se pencha vers Meg pour l'embrasser et, à sa grande surprise, sa belle-fille ne se détourna pas.

— Et que vas-tu faire pour ton ordinateur ? lui demanda Caroline.

— Oh, il avait déjà quelques années et, de toute façon, je comptais bien en demander un autre à papa pour mon anniversaire. D'ici là, je me débrouillerai et, à la rentrée, j'utiliserai ceux de l'université, lui répondit Meg en rassemblant ses notes. Ce qui m'embête le plus, c'est de ne pas avoir imprimé mon journal au fur et à mesure. Je vais être obligée de tout recommencer depuis le début si je veux valider mon stage.

117

L'église était pleine à craquer. Il n'y avait pas un siège de libre et plusieurs dizaines de personnes se tenaient debout, dans le fond ou dans les allées latérales. Tous les membres du festival, ainsi que de nombreux habitants de Warrenstown, avaient fait le déplacement pour rendre un dernier hommage aux deux jeunes disparus.

À l'entrée, chacun s'était vu remettre un livret contenant des photos d'Amy et de Tommy. Après l'avoir feuilleté, l'assassin, assis en retrait près d'un pilier, observa la foule. Il vit Meg arriver, qui alla aussitôt vers une équipe de télévision installant son matériel. Elle confia son sac à main à Caroline Enright, puis se dirigea vers les premiers rangs.

La cérémonie débuta. Quand Meg McGregor, après s'être approchée du micro, commença à lire son texte, l'assassin eut une illumination. Il sut ce qu'il ferait après la messe.

118

Après la cérémonie, Caroline et ses collègues de Key News se postèrent à la sortie de l'église. Lamar et Boomer filmèrent les gens qui sortaient, le visage grave. Caroline interviewa plusieurs habitants de Warrenstown, qui acceptèrent d'évoquer la disparition de Belinda Winthrop. La plupart d'entre eux n'avaient pas entendu parler de l'arrestation de Remington Peters. Et tous furent stupéfaits d'en apprendre la cause.

Caroline aperçut Keith, Langley et Victoria. Elle s'approcha d'eux et remarqua qu'ils avaient l'air tendus.

— Qu'avez-vous pensé de la cérémonie ? leur demanda-t-elle.

— Vraiment émouvante, répondit Victoria. En particulier l'intervention de Meg. Très touchante.

— C'est gentil de le souligner. Meg a été bouleversée par tout ce qui s'est passé.

— C'est compréhensible, intervint Langley. Je me souviens que Meg et Amy étaient inséparables.

— Espérons que nous n'aurons pas à assister bientôt à une autre cérémonie, en mémoire de Belinda celle-là..., dit Keith. Victoria vient juste de m'apprendre que l'on a retrouvé une de ses chaussures dans les bois... Je change de sujet, mais vous avez des nouvelles de Remington ?

— Il a été libéré sous caution, les informa Caroline. Elle laissa passer quelques instants, puis reprit :

— Peut-être allez-vous pouvoir m'aider. Je prépare un sujet pour « Evening Headlines », au cours duquel j'aimerais diffuser quelques scènes de la première de *Devil in the Details*. Mais le département audiovisuel du festival n'arrive pas à remettre la main sur l'enregistrement de la pièce...

— C'est normal ! intervint Victoria. C'est moi qui l'ai. Je voulais m'assurer que la copie était de qualité. Je n'ai pas pu attendre et j'ai emprunté la cassette sans prévenir personne. Si vous voulez, je la rapporte. Je pense qu'ils ne feront aucune difficulté pour vous la prêter.

— En fait, nous sommes assez pressés. Si vous êtes d'accord, je préférerais que vous me la remettiez. J'irai ensuite la leur rendre ; personnellement, je vous le promets.

— D'accord. Mais la cassette est à Curtains Up.

— Nous avions justement l'intention de nous y rendre pour tourner quelques prises. Voyez-vous un inconvénient à ce que nous vous y accompagnions ?

— *A priori* aucun... Qu'en penses-tu, Keith, un peu de publicité ne peut pas faire de mal à la pièce ?

Le metteur en scène resta muet.

— Hier, vous m'avez dit que vous seriez partante pour une interview. L'êtes-vous toujours ? demanda Caroline à Langley.

— Oui, lui répondit Langley sans hésiter. Quand voulez-vous que nous nous voyions ?

— Nous devons boucler avant 17 h 30, heure à laquelle nous envoyons tout à New York. En fait, le plus tôt serait le mieux.

— J'ai deux ou trois détails à régler, mais pourquoi ne viendriez-vous pas me voir dans ma loge vers 16 heures ? proposa Langley.

*

Tandis qu'ils suivaient la voiture de Victoria en direction de Curtains Up, Caroline commença à préparer son intervention pour « Evening Headlines ». Elle sortit son calepin et y traça un trait. D'un côté, elle inscrivit le nom des personnes qu'elle avait déjà interviewées ; de l'autre, le nom de celles qu'elle avait prévu de rencontrer, ou qu'il lui faudrait approcher. Celui de Langley, d'abord, puis celui de l'avocat de Remington qui, avec un peu de chance, accepterait de leur parler. En ajoutant à cela tout ce qu'ils avaient déjà filmé, ils ne manquaient pas de matière.

Quand ils arrivèrent à Curtains Up et se garèrent devant la maison de Belinda, Victoria était déjà à l'intérieur. Elle en ressortit quelques instants plus tard, une cassette vidéo à la main, qu'elle tendit à Caroline par la vitre de la voiture.

— Merci. C'est vraiment gentil à vous. Maintenant, si vous n'y voyez pas d'inconvénient, nous allons encore prendre quelques scènes devant la maison de Belinda.

— Non, pas du tout. Laissez-moi juste le temps de déplacer ma voiture. Je ne tiens pas à apparaître en arrière-plan.

— Très bonne idée, murmura Annabelle dans l'habitacle. Moins on a de monde dans les pattes, mieux on se porte...

*

— Oh, putain ! s'exclama Boomer. Regardez, on dirait le peintre !

Les trois autres occupants de la voiture tournèrent aussitôt leur regard en direction de l'ancienne écurie.

— Oui, c'est bien lui ! s'enflamma Annabelle. Lamar, sors ta caméra.

Mais ce dernier n'avait pas attendu l'injonction de la productrice pour commencer à filmer Remington, qui se tenait devant sa porte d'entrée.

— Je vais voir s'il accepte de nous parler, lança Caroline en se précipitant hors de la voiture.

*

— Je ne suis pas supposé répondre à vos questions, ni même évoquer l'affaire avec quiconque, dit Remington à Caroline.

— C'est votre avocat qui vous a dicté cette ligne de conduite ?

Remington acquiesça.

— Je peux comprendre. Mais sachez que nous réalisons un reportage pour Key News, qui sera diffusé ce soir dans « Evening Headlines ». Mon équipe est là. Vous avez peut-être envie de livrer votre version des faits...

— Je ne regarde pas la télévision, la coupa Remington.

— Des millions de personnes la regardent.

— Il y a longtemps que je ne m'intéresse plus à ce que font ou pensent mes congénères, lui répondit Remington d'une voix lasse.

— Même s'ils vous tiennent pour responsable de la disparition de Belinda ?

L'artiste dévisagea Caroline, incrédule. Après quelques instants de réflexion, il se décida.

— Faites venir votre équipe. J'accepte de répondre à vos questions.

*

Annabelle suggéra que l'interview se déroule dans l'atelier. Mais Remington refusa catégoriquement.

— Dehors ou rien ! Je ne veux pas d'intrusion chez moi. C'est mon espace personnel, ma bulle, ça ne regarde personne.

Pour ne pas compromettre l'entretien, Annabelle accéda bien évidemment à sa requête. Lamar proposa alors d'aller sous un érable, non loin de là. Proposition qui fut acceptée.

Boomer équipa l'artiste d'un micro tandis que Lamar procédait aux réglages. Quand tous furent prêts, Caroline attaqua.

— Remington Peters, vous avez été arrêté parce que la police a découvert dans votre cave plusieurs cartons contenant de la marijuana... Qu'avez-vous à dire pour votre défense ?

— Que je n'ai absolument rien à voir avec ce que l'on me reproche.

— Oui, mais reconnaissez que les apparences sont contre vous !

— Les apparences sont souvent trompeuses...

Caroline lui répondit par une autre question.

— Comment expliquez-vous alors que l'on ait retrouvé ces cartons chez vous ?

— Je ne pourrais vous le dire précisément, mais cela a sans doute un rapport avec ces colis tombés du ciel.

— Quels colis ? lui demanda Caroline en jetant un regard en direction d'Annabelle, qui roulait des yeux incrédules. Expliquez-vous !

— Un avion qui passe la nuit, des cartons qui sont largués...

— Et vous prétendez que la drogue retrouvée chez vous serait tombée du ciel ?

— C'est une hypothèse qu'il ne faut pas exclure.

— Mais comment aurait-elle ensuite atterri dans votre cave ?

— Quelqu'un a dû l'y mettre. Je ne vois pas d'autre explication étant donné que je n'avais jamais vu ces cartons avant que la police ne les découvre... Je n'ai rien d'autre à ajouter...

Caroline changea aussitôt de sujet.

— Et la disparition de Belinda ?

— Oui, la disparition de Belinda, et alors ?

— Avez-vous une idée de ce qui a bien pu lui arriver ?

Les yeux de Remington commencèrent à s'embuer.

— Je ne pourrais pas vivre dans un monde sans Belinda.

— Je comprends, mais vous ne répondez pas vraiment à la question.

— Non, je ne sais pas ce qui lui est arrivé, murmura Remington en commençant à dégrafer son micro.

Caroline s'empressa d'enchaîner avant qu'il ne lui échappe.

— Et concernant le nouveau portrait de Belinda que vous êtes en train de réaliser, comment les choses se présentent-elles ?

— Ça avance, mais il est loin d'être terminé.

— Pensez-vous qu'il sera un ultime hommage à Belinda ? Qu'il exprimera vos sentiments à son...

— Écoutez, la coupa-t-il. Les portraits de Belinda que je réalise la représentent dans le rôle qu'elle interprète chaque année au festival de Warrenstown. En ce sens, on peut d'ailleurs dire que j'effectue un travail de mémoire, un travail d'historien. Mais, bien sûr, nuança-t-il, la sensibilité de l'artiste est toujours présente. Je peins bien évidemment Belinda en fonction de ma sensibilité, en fonction de ce que je ressens, de ce qu'elle m'inspire…

Sachant que des images du tableau seraient montrées

ce soir dans le reportage, Caroline se sentit mal à l'aise en entendant ce monologue. Les derniers mots, surtout. Ils n'allaient pas jouer en faveur de Remington.

*

— Excellent ! s'exclama Annabelle. On tient une interview exclusive du coupable.

— Du *présumé* coupable, objecta Caroline en douchant son bel enthousiasme. Et encore, pour le moment, il n'est accusé que de détention de marijuana. Rien ne prouve qu'il soit impliqué dans la disparition de Belinda.

— D'accord, d'accord, admit Annabelle, *présumé* coupable. Mais, quoi qu'il en soit, « Evening Headlines » en fera ses choux gras.

— Et Linus va encore te passer un savon !

— Ne m'en parle pas, je l'entends déjà…, admit Annabelle en regardant sa montre. Mais bon, action ! On n'a pas de temps à perdre. Il faut que tu enregistres le lancement de ton sujet. Ensuite, on ira voir Langley Tate. Lamar, Boomer et toi, vous restez ici. Toi, devant la maison de Belinda, tu commentes les derniers rebondissements de l'affaire. Moi, je rejoins le camion satellite et j'établis la liaison avec New York pour qu'ils puissent commencer à travailler sur ce qu'on a déjà. À tout à l'heure.

Après la cérémonie, plusieurs personnes vinrent trouver Meg pour lui exprimer leur sympathie. Toutes lui dirent qu'elles avaient trouvé son intervention touchante, qu'elles avaient été émues.

Quand la plupart des adultes se furent dispersés, un groupe de quelques stagiaires lui proposa de prendre un verre. C'était la première fois depuis le début de l'été qu'on lui faisait une telle proposition. Et, au lieu de rentrer directement dans sa chambre, comme elle en avait envie, elle accepta l'invitation. Si elle voulait renouer des liens sociaux, elle devait prendre sur elle-même.

Meg s'éloigna de l'église en oubliant qu'elle avait confié son sac à main à Caroline.

Belinda, toujours plongée dans le noir, tendit l'oreille et perçut un nouveau bruit, différent des précédents. Ce n'était plus ce sourd grondement qu'elle entendait avant de perdre connaissance. Non ! À présent, elle avait l'impression que quelqu'un grattait au-dessus d'elle. Un son régulier et continu.

Belinda essaya d'imaginer de quoi il pouvait s'agir. Et la seule image qui lui vint à l'esprit fut celle d'un chien qui fouillait le sol à la recherche d'un os.

Elle cria, et le bruit cessa quelques instants. Pour reprendre ensuite de plus belle. S'il s'était agi d'un homme, on lui aurait répondu. Cela signifiait donc que c'était un animal qui creusait frénétiquement pour la rejoindre.

Ce constat lui arracha des larmes de détresse. Elle allait mourir. Elle était enterrée et le seul être vivant qui venait à sa rencontre était un animal sauvage. Sans doute cette maman lynx à la recherche de ses petits.

121

Caroline espérait que Meg serait dans la loge en compagnie de Langley Tate quand elle arriva au théâtre pour interviewer la doublure de Belinda. Mais sa belle-fille ne s'y trouvait pas.

Consciente qu'elle ne disposait pas de beaucoup de temps, et que l'équipe technique était déjà prête, Caroline attaqua sans plus attendre.

— Langley, ce soir encore vous allez suppléer Belinda Winthrop. Que ressentez-vous, quels sont vos sentiments à quelques heures de la représentation ?

— Bien évidemment, ce n'est pas ainsi que j'espérais débuter sur les planches. Mais nous vivons un moment particulier, et il faut faire face. La seule chose qui m'importe est de ne pas trahir Belinda. Elle incarnait à la perfection le personnage de Valérie. J'essaie simplement de me montrer à la hauteur.

— Quand l'avez-vous vue pour la dernière fois ?

— Après la première, lors de la fête qu'elle avait donnée à Curtains Up… Mon Dieu, poursuivit Langley en jouant avec ses cheveux blonds. Et dire que c'était avant-hier ! J'ai l'impression qu'il y a une éternité.

— Et comment l'avez-vous trouvée, ce soir-là ? lui demanda Caroline.

— Rayonnante ! Elle semblait heureuse, détendue, du moins au début…

— Qu'entendez-vous par là ? s'enquit Caroline.

— Eh bien, à un moment, j'ai été témoin d'une prise de bec entre elle et son régisseur.

— Gus Oberon ?

— Oui.

— Et savez-vous pourquoi ils se querellaient ?

— Je pense que c'est un peu à cause de moi, minauda Langley. Gus se montrait, comment vous dire, un peu trop entreprenant…

— Et en quoi cela a-t-il pu déranger Belinda ?

— Je ne sais pas, lui répondit-elle en haussant les épaules. Peut-être était-elle un peu jalouse… Peut-être voulait-elle que Gus ne regarde personne d'autre qu'elle…

— Vous me surprenez, Langley ! J'étais à cette soirée, et à aucun moment je n'ai eu l'impression que Belinda recherchait la présence de Gus Oberon…

— Vous savez, elle cache peut-être bien son jeu…, assena la jeune femme en balayant une fois de plus sa chevelure d'un geste étudié.

Caroline fut désarçonnée par le comportement de cette tête de linotte, qui n'avait sans doute pas conscience de la portée de ses paroles. Aussi préféra-t-elle changer de sujet.

— Avez-vous une idée de ce qui a bien pu arriver à Belinda ?

— Non, aucune, répliqua Langley, dont le visage redevint grave.

284

— Je vais maintenant vous poser une dernière question. Pensez-vous que ces tragiques événements vont servir de tremplin à votre carrière ?

— Eh bien, comme je vous l'ai dit tout à l'heure, ce n'est pas ainsi que j'espérais débuter ma carrière. Mais, pour être honnête, oui, je pense que cela peut m'aider. Sans la disparition de Belinda, je n'aurais jamais eu la chance de me produire sur scène dans un festival aussi prestigieux que celui de Warrenstown… Et, maintenant, si vous voulez bien me laisser, il va falloir que je me prépare pour ce soir.

Tandis qu'ils s'apprêtaient à sortir pour rejoindre le camion satellite, Caroline se souvint qu'elle avait toujours le sac à main de Meg. Elle fut un instant tentée de le laisser dans la loge pour qu'elle le trouve à son arrivée. Mais elle changea d'avis. La jeune fille le lui avait confié, elle lui rendrait en mains propres.

*

— Qu'avez-vous pensé de cette interview ? demanda Caroline aux deux techniciens tandis qu'ils montaient en voiture.

— Je n'aimerais pas être en concurrence avec elle ! s'exclama Boomer. Cette fille est dévorée par l'ambition, on la sent prête à tout pour réussir…

Meg, qui avait suivi le groupe de stagiaires pour prendre un verre en souvenir d'Amy et de Tommy, se retira après avoir bu une bière. Elle voulait garder les idées claires pour aider Langley lors de la représentation.

Quand elle sortit du pub, Meg cligna des paupières pour s'habituer à la lumière aveuglante de cette fin d'après-midi d'été. Il lui restait encore pas mal de temps avant d'avoir à rejoindre le théâtre. Aussi pensa-t-elle un instant regagner sa chambre pour y faire une courte sieste. La pression et le stress qui l'avaient envahie avant la cérémonie étaient en train de s'évacuer, la laissant exténuée. Et la bière qu'elle venait de boire n'arrangeait rien. Elle se sentait somnolente. Mais la perspective de retourner dans sa chambre, où un inconnu était entré pour lui voler son ordinateur, la mettait mal à l'aise. Et puis, de toute façon, sa clé se trouvait dans le sac à main qu'elle avait confié à Caroline et qu'elle avait complètement oublié de lui réclamer après la cérémonie.

Le foyer des acteurs ! songea-t-elle soudain. Oui, elle pourrait s'y reposer un moment, sur l'un des canapés ou dans le petit lit d'enfant.

Le camion satellite était garé sur l'aire de repos tentaculaire d'une station-service. Quand l'équipe de Key News arriva sur place, elle trouva le camion dépêché par « Evening Headlines » cerné par ceux de NBC, ABC et CBS. Tandis qu'ils se garaient, Caroline reconnut plusieurs présentateurs-vedettes des chaînes concurrentes. Certains avaient leur téléphone portable collé à l'oreille, d'autres consultaient leur BlackBerry en marchant ou répétaient le texte de leur prochaine intervention.

— Eh oui ! les accueillit Annabelle, fataliste. Il ne fallait pas rêver. On n'allait pas rester seuls *ad vitam aeternam*...

Lamar s'installa dans le camion et se mit aussitôt au travail. Il envoya au siège new-yorkais de Key News toutes les images brutes qu'il avait prises dans la journée tandis que Caroline peaufinait son script. Elle avait été heureuse et soulagée de constater que la rédaction de « Evening Headlines » n'avait apporté que quelques modifications mineures à son texte.

— Prête, Caroline ? lui demanda Boomer en l'équipant d'un petit micro portatif.

Caroline acquiesça d'un signe de tête, puis s'éclaircit la voix.

— Piste Belinda Winthrop/Remington Peters pour « Evening Headlines », entendit-elle dans son oreillette. Trois, deux, un...

C'est parti ! se dit-elle, incrédule. Elle qui n'avait aucune expérience faisait ses grands débuts de journaliste d'investigation dans l'émission phare de la chaîne, qui serait regardée par des millions de téléspectateurs...

— La région des Berkshires est surtout connue pour ses paysages magnifiques et sa richesse culturelle. Tous ceux qui vivent ici à l'année ou viennent s'y ressourcer louent la beauté et la sérénité des lieux. Pourtant, à Warrenstown, Massachussets, berceau d'un célèbre festival de théâtre, la tranquillité n'est pas de mise cet été. Deux jeunes gens, qui effectuaient un stage au festival, ont trouvé la mort dans un accident de voiture le week-end dernier. L'une des bibliothécaires de la ville a été assassinée jeudi et, depuis deux jours, l'on déplore la disparition de Belinda Winthrop, la célèbre comédienne, lauréate de plusieurs prix prestigieux.

Caroline marqua une pause.

— Là, il faudra insérer la réaction de cette spectatrice que nous avions interviewée dans le hall du théâtre et qui disait, en substance : « Je ne veux même pas imaginer qu'il lui soit arrivé quoi que ce soit. Cela fait tant d'années qu'elle m'apporte, à moi et à de nombreuses autres personnes, de la joie et du bonheur. C'est vraiment une femme extraordinaire, une actrice de talent... » Ensuite, il serait bien de placer quelques images de Belinda sur scène lors de la première, dit Caroline à l'intention de la personne qui effectuerait le montage du sujet. Bon, reprenons.

Caroline s'éclaircit de nouveau la voix et poursuivit le fil de sa narration.

— Au cours des vingt dernières années, Belinda Winthrop n'a pas manqué une seule édition du festival de Warrenstown. Cet été, elle jouait dans *Devil in the Details*, une nouvelle création promise à un très bel avenir. On parle déjà du Pulitzer et d'une adaptation cinématographique... Là, indiqua-t-elle au technicien de New York, il faudra mettre cet extrait de l'interview que Belinda nous avait accordée dans sa loge après la représentation : « Imaginez votre destin lié à celui d'un être amoral, totalement dépourvu de conscience... Victoria Sterling nous a livré une vision stupéfiante d'un tel cas de figure, elle a parfaitement su restituer la terreur à l'état brut qui s'empare de quelqu'un vivant avec un sociopathe... Et je dois m'estimer heureuse, reconnaissante et comblée d'avoir pu interpréter un rôle aussi fort. » Bon, retour au commentaire. Je reprends : Après une première triomphale, Belinda Winthrop a donné une fête dans sa propriété de Curtains Up ; fête à l'issue de laquelle elle a disparu. Aujourd'hui, la police, aidée de nombreux volontaires, a organisé une battue sur le domaine de soixante-quinze hectares de la comédienne. Mais les recherches ont été vaines. Seule l'une des chaussures qu'elle portait au cours de la soirée a été retrouvée dans les bois. Plus surprenant, les autorités ont découvert quarante kilos de marijuana dans la cave d'une ancienne écurie réhabilitée en loft, qui sert d'atelier et de logement à Remington Peters, un peintre jouissant localement d'une belle réputation, et qui est aussi le portraitiste attitré de Belinda Winthrop depuis ces vingt dernières années. L'artiste a aussitôt été arrêté avant d'être remis en liberté sous caution dans l'après-midi.

Caroline marqua une autre pause et prit une gorgée d'eau.

— Maintenant, il faut intercaler l'échange que nous avons eu. Moi : « Comment expliquez-vous alors que l'on ait retrouvé ces cartons chez vous ? » Peters : « Je ne pourrais vous le dire précisément, mais cela a sans doute un rapport avec ces colis tombés du ciel. » Moi : « Quels colis ? » Lui : « Un avion qui passe la nuit, des cartons qui sont largués... » Moi : « Et vous prétendez que la drogue retrouvée chez vous serait tombée du ciel ? » Lui, pour finir : « C'est une hypothèse qu'il ne faut pas exclure. » Je poursuis maintenant. Trois, deux, un. L'artiste peintre, qui vit en ermite à Curtains Up, passe dans la région pour un excentrique. Depuis que son ancien atelier a brûlé, détruisant dix-sept portraits de Belinda Winthrop dans ses rôles successifs au festival de Warrenstown, il habite en effet sur la propriété, d'où il ne sort que rarement. Hier, à la surprise générale, il a refusé à la dernière minute que le tableau représentant la comédienne en Valérie, le personnage principal de *Devil in the Details*, soit exposé lors d'un vernissage organisé de longue date. Pourquoi ce revirement ? Key News s'est procuré en exclusivité des images de ce tableau...

Caroline reprit son souffle.

— Bien sûr, là vous enchaînez avec les images du tableau prises dans l'atelier du peintre, précisa Caroline à l'attention de New York. Bon, je continue, dit-elle avant de changer d'intonation. Cette toile effrayante est à l'opposé du personnage qu'interprète Belinda Winthrop sur scène. Valérie est une femme torturée par la peur qui prend peu à peu conscience que son mari est un sociopathe. Pas une femme animée de folie meurtrière, comme l'a représentée Peters. Qu'a-t-il voulu signifier, lui qui n'a jamais caché être tombé amoureux de Belinda Winthrop lors de leur première rencontre, il y a vingt ans de cela ? Nous n'en savons rien. Toujours est-il qu'elle l'avait alors éconduit.

Caroline avala une autre gorgée d'eau.

— Bon, maintenant, vous passez cet extrait de l'interview de Peters : « La sensibilité de l'artiste est toujours présente. Je peins bien évidemment Belinda en fonction de ma sensibilité, en fonction de ce que je ressens, de ce qu'elle m'inspire. » Et, enfin, on termine par le plan où je suis devant la maison de Belinda, micro en main : Bien sûr, un portrait dérangeant et quelques cartons de marijuana ne prouvent rien. C'est à la police maintenant d'établir le lien éventuel avec la disparition de Belinda Winthrop. Caroline Enright pour Key News depuis Warrenstown.

124

Une fois levé, Chip Mueller prit une douche, enfila son uniforme bleu marine et se dirigea vers sa cuisine. Il sortit une poêle d'un placard, se prépara des œufs au bacon et du café. Puis il alluma son poste de télévision et s'assit.

Chip prenait son petit déjeuner à l'heure où l'immense majorité de la population se mettait à table pour dîner, son travail de veilleur de nuit dans un entrepôt lui imposant de dormir une bonne partie de la journée.

Il changea de chaîne et choisit Key News pour regarder « Evening Headlines ». Chip suivit avec attention le reportage consacré à la disparition de Belinda Winthrop. Et plus particulièrement le passage consacré à l'artiste. La journaliste disait que Remington Peters était en quelque sorte le peintre officiel de la comédienne mais que la plupart des toiles qu'il avait peintes d'elle avaient disparu dans l'incendie de son ancien atelier, quelques années auparavant.

Chip était quasiment certain que le type de la télévision était celui qui avait fait deux voyages à l'entrepôt la nuit dernière pour y déposer des paquets assez larges mais peu épais. Oui, il pouvait très bien s'agir de tableaux, pensa-t-il. Mais alors pourquoi venir les déposer là au beau milieu de la nuit ?

125

Meg devait se trouver au théâtre, où l'assassin la cherchait en arpentant les lieux.

Mais elle n'était pas dans la loge. Ni dans la buanderie.

L'assassin poursuivit méthodiquement son inspection.

En ouvrant la porte du foyer des acteurs, il vit une forme recroquevillée sur le lit d'enfant.

Meg était là, endormie.

126

Meg ouvrit brusquement les yeux en sentant une main posée sur sa bouche. Il lui fallut quelques secondes pour reprendre ses esprits et comprendre ce qui lui arrivait.

Puis elle vit le regard perçant de son agresseur et sentit son haleine chaude dans son cou. Elle se débattit pour s'efforcer d'échapper à son étreinte. En vain.

— N'essaie même pas de résister ! Fais ce que je t'ordonne et tout se passera bien.

127

Une fois l'enregistrement de « Evening Headlines » terminé, Caroline tenta de joindre Meg sur son portable. Mais elle tomba sur sa messagerie.

— Meg, c'est moi, c'est Caroline. Je suis désolée que nous n'ayons pas pu nous voir après la cérémonie, mais j'étais occupée... Je voulais te dire que tu avais été très bien, très touchante. J'ai été fière de toi, et je suis sûre que ton père aussi l'aurait été. Bon, assez parlé. J'ai toujours ton sac à main. Rappelle-moi.

Après avoir raccroché, Caroline espéra que Meg ne prendrait pas mal son message un peu lapidaire et tardif. Mais, après tout, il fallait bien qu'elle comprenne qu'elle aussi avait sa vie. Une vie professionnelle bien remplie en ce moment. Et puis ce n'était pas à Caroline de faire tous les efforts pour que leur relation prenne un tour meilleur.

Caroline remit son téléphone portable dans son sac et rejoignit Annabelle, Lamar et Boomer qui discutaient devant le camion satellite.

— Bon, on va rendre la cassette au département audiovisuel du théâtre, puis on va dîner, lui lança Annabelle. Tu te joins à nous ?

— Oui, avec plaisir, accepta Caroline qui savait que Meg ne serait pas disponible au cours des heures à venir. Où allons-nous ?

Le sous-sol du théâtre était composé d'une multitude de pièces. Dans l'une d'elles, Meg, ligotée, n'en menait pas large.

— Où se trouve le scénario ? lui demanda son ravisseur d'une voix menaçante. Dis-moi où il est.

Meg sut aussitôt à quoi il était fait allusion. Mais elle ne pouvait rien révéler sous peine de mettre Caroline en danger. Elle leva les yeux vers son ravisseur, qui la fixait d'un regard dur et déterminé, les pupilles dilatées.

— J'ai tout mon temps, crois-moi. Tu finiras bien par me répondre.

— Je ne vois pas de quoi vous voulez parler, lui répondit Meg d'une voix tremblante.

— Ne joue pas à l'idiote avec moi ! Je sais que tu l'as, j'ai lu ton journal !

— Quoi ! C'est... c'est donc vous qui avez volé mon ordinateur...

Et soudain, elle prit réellement peur. L'individu qui se trouvait face à elle était vraiment déterminé. Ce n'était pas un stagiaire qui avait profité de la cohue pour s'introduire dans sa chambre et lui subtiliser son portable, mais quelqu'un, avec un plan précis. Une personne qui n'avait pas hésité à l'enlever pour récupérer le script en sa possession.

— Quelle perspicacité, Meg ! Je vois que ton pseudonyme de *brightlights* n'est pas usurpé, la railla son ravisseur en faisant allusion à son adresse électronique. Alors fais preuve d'un minimum d'intelligence, sois une *lumière brillante*, et dis-moi où se trouve ce foutu scénario.

Meg réfléchit à toute vitesse.

— Je ne l'ai plus, réussit-elle à articuler d'une voix moins assurée que ce qu'elle aurait voulu laisser transparaître.

— Très bien ! Si tu le prends comme ça, pas de problème ! lui dit son ravisseur en lui collant un bâillon sur la bouche. Mais peut-être que, seule dans le noir, tu vas reconsidérer la question et te montrer plus coopérative.

La porte claqua.

128

Assis à son bureau du commissariat, le lieutenant Stanley retournait le problème dans tous les sens. Quelque chose clochait. Si quelqu'un se livrait à un trafic de drogue sur la propriété de Belinda Winthrop, il ne pouvait s'agir que de Gus Oberon, pas du peintre. Le passé du régisseur ne plaidait pas en sa faveur. C'est chez lui que l'on aurait dû retrouver ces cartons de marijuana, et non dans la cave de Remington Peters.

La sonnerie du téléphone le tira de ses réflexions.

— Chef, j'ai en ligne le contrôleur judiciaire de Gus Oberon.

— Passe-le-moi. Allô, oui, merci de me rappeler, dit-il à son interlocuteur à qui il résuma la situation, avant d'ajouter : En fait si je tenais à vous parler c'est que j'ai un doute. D'après moi, il est fort probable que Gus Oberon ait placé ces cartons dans la cave du peintre, à son insu. Qu'en pensez-vous ?

— Eh bien, depuis que je suis Gus, il donne l'impression d'avoir retrouvé le droit chemin, commença le contrôleur judiciaire. Il n'a manqué aucun rendez-vous et s'est toujours soumis aux tests de dépistage. Mais je ne me berce pas pour autant d'illusions. On peut toujours berner un contrôleur judiciaire. Et Gus Oberon est quelqu'un de particulièrement manipulateur. Il est, selon moi, tout à fait capable de mener tout son monde en bateau...

129

Après avoir observé le théâtre se remplir, Keith et Victoria s'entretenaient en coulisses avant le lever de rideau. Ce soir encore, la salle serait comble. La disparition de Belinda n'avait semble-t-il pas freiné l'ardeur des spectateurs.

— J'ai même entendu quelqu'un dire tout à l'heure qu'il avait acheté un billet à cause de tout ce battage, dit le metteur en scène. La situation n'est peut-être pas si désespérée.

— Je te trouve bien cynique, Keith. Comment peux-tu dire ça après tout ce qui est arrivé ?

— Le tact et la diplomatie n'ont jamais été mes points forts, Victoria. Mais tu sais aussi à quoi je fais allusion... Ne penses-tu pas que Langley serait tout à fait capable d'interpréter Valérie au cinéma ?

— Je crois que tu es en train de déraisonner.

— À l'inverse de Belinda, Langley n'hésitera pas une demi-seconde si on lui propose de jouer dans l'adaptation cinématographique de *Devil in the Details*.

— Et le financement ? Tu n'imagines quand même pas que des producteurs vont investir sur une parfaite inconnue. Sans Belinda, tu n'arriveras pas à boucler ton budget.

— Oui, mais le cachet de Langley n'aura rien à voir avec celui qu'aurait touché Belinda.

— Redescends sur terre, Keith ! lui lança Victoria. Langley n'arrive pas à la cheville de Belinda. On le sait tous les deux.

130

Une fois le dîner terminé, Annabelle annonça qu'elle rentrait se coucher.

— Et n'oubliez pas, vous deux, lança-t-elle à Lamar et à Boomer, Constance Young arrive demain. Elle nous attend à la première heure, frais et dispos...

— T'inquiète pas, on va juste aller boire une bière ou deux au pub du coin, pas plus, lui répondit Boomer en éclatant de rire.

— Caroline, tu rentres avec moi ? lui demanda Annabelle.

— Non, je t'abandonne. Je vais faire un saut au théâtre pour rendre son sac à Meg avant de regagner l'hôtel.

*

Quand Caroline entra, la loge était déserte. Sur le moniteur de contrôle, elle vit que la fin du premier acte était proche. Elle s'assit et patienta, posant le sac de Meg au pied de sa chaise.

En regardant Langley évoluer sur scène, Caroline dut admettre que la jeune femme n'était pas dénuée de talent, loin de là. Bien sûr, la comparaison avec Belinda n'avait pour le moment aucun sens mais, avec un peu d'expérience, et si elle choisissait bien ses rôles, une belle carrière pouvait s'offrir à elle.

Le script de la pièce dépassait du sac de Meg. Caroline s'en saisit et le feuilleta jusqu'à trouver la scène qui se jouait à l'écran. Elle voulut suivre le jeu des comédiens, mais fut troublée par ce qu'elle constata. Langley récitait le texte de Davis tandis que ce dernier déclamait les mots qu'aurait dû prononcer Valérie. C'était à n'y rien comprendre. Sans doute une erreur d'impression.

Agacée, Caroline reposa le scénario dans le sac de sa belle-fille et consulta sa montre. Où Meg était-elle fourrée ? Elle aurait dû se trouver ici pour accueillir Langley, qui n'allait pas tarder, et l'aider à se changer entre les deux actes.

*

La porte de la loge s'ouvrit et Langley s'engouffra à l'intérieur. Son expression se figea quand elle vit que Caroline l'y attendait, seule.

— Quoi, elle n'est toujours pas là ? explosa la comédienne. Il a déjà fallu que je me débrouille toute seule avant le début de la pièce ! J'espérais au moins qu'elle serait là à l'entracte pour m'aider...

— Comment ça ? Meg n'était pas là ? Ça ne lui ressemble pourtant pas. J'espère qu'il ne lui est rien arrivé...

Langley haussa les épaules en signe de mépris.

— Quel que soit son problème, c'est le mien désormais. Elle me met dans l'embarras. Mais, au fait, pendant que je vous tiens... À quoi bon m'avoir interviewée ? L'entretien n'a même pas été diffusé dans l'émission de ce soir !

— Vous savez, Langley, je comprends votre déception, et j'en suis navrée. On ne fait pas toujours ce qu'on veut, c'est comme ça. Mais, veuillez m'excuser, l'absence de Meg me préoccupe. Je l'ai appelée à plusieurs reprises et elle n'a pas décroché, lui dit Caroline en notant son numéro de portable sur un bout de papier. Je vais aller faire un tour dans sa chambre. Si jamais vous la voyez, soyez gentille, prévenez-moi.

*

Un stagiaire permit à Caroline d'entrer dans la résidence. Elle frappa à plusieurs reprises à la porte de Meg, mais n'obtint aucune réponse. Caroline interrogea ensuite plusieurs jeunes apprentis. Aucun n'avait vu Meg depuis le verre qu'ils avaient pris ensemble après la cérémonie.

Caroline sentit la panique la gagner.

131

La prestation de Langley était encore meilleure que celle de la veille. Keith se fit cette réflexion au moment où allait débuter la scène finale. Bien qu'il connût le texte par cœur, il tenait un script à la main, qu'il consultait régulièrement afin de noter les passages qu'il faudrait revoir avec Langley.

Acte II, scène 4

Quand les lumières se rallument, Davis a rejoint Valérie sur le balcon. Le ciel est constellé d'étoiles et la lune diffuse une lumière blanche. Davis admire la vue avant de se tourner vers Valérie, qui se tient au milieu du balcon. Davis semble étrangement calme.

Davis : Pourquoi ces balcons étroits sont-ils toujours appelés belvédères de la veuve ? Les architectes n'ont-ils pas pensé qu'un veuf solitaire avait lui aussi besoin de prendre l'air ? *(Il regarde le ciel.)* Et les étoiles, ne sont-elles pas supposées réconforter les maris endeuillés ?

Valérie : Je te l'ai déjà dit, Davis. Je ne t'offrirai jamais le plaisir de me suicider. *(Prise de vertiges, elle chancelle, porte une main à sa tête et, de l'autre, agrippe la balustrade. Puis elle se ressaisit.)* Mes migraines me reprennent. Il est préférable que je rentre prendre mes médicaments.

Davis : Inutile. Tu ne les trouveras pas. *(Il sort de sa poche un flacon, qu'il agite devant elle.)* Je ne souhaite pas que tu les prennes, ma chère Valérie. Je te préfère tremblante et vacillante. *(Il s'approche d'elle jusqu'à lui bloquer le passage et rendre sa retraite impossible.)* Hélas, comme tu sembles me refuser le suicide, il faudra que cela ressemble à un accident.

Valérie : *(Les deux mains posées sur la balustrade.)* Éloigne-toi de moi, Davis. J'ai récemment compris qui tu étais. Je lis en toi comme dans un livre ouvert. Et ce que j'y lis m'effraie. Tu es le diable personnifié. Je t'en conjure, s'il reste en toi une once d'humanité, laisse-moi passer. Tu me prives déjà de mes médicaments, laisse-moi entrer, j'ai besoin de repos. Je vais aller m'allonger.

Davis : La nuit est trop belle pour rester enfermés. *(Il chuchote à son oreille.)* Regarde à quelle hauteur nous nous trouvons. Imagine la rapidité de la chute, la rapidité de la fin, si la balustrade venait à lâcher. Tu serais enfin délivrée de tes perpétuels maux de tête. Imagine le soulagement, la délivrance. *(Il commence à secouer la balustrade, de plus en plus fort.)* Ton mariage avec moi n'aura été qu'un enfer, n'est-ce pas ? Et tu n'aspires désormais qu'à la paix... Je me trompe ?

Valérie : Arrête, Davis. Arrête ! *(Elle se détache de la balustrade et recule de deux pas pour se coller dos au mur.)* Je n'ai plus l'énergie pour me battre avec toi. Je rends les armes, tu m'entends ? Je capitule.

Davis : *(Il continue de secouer la rambarde de sécurité, jusqu'à l'arracher. Elle s'écrase en contrebas. Désormais, ils sont tous deux face au vide. Il sort le revolver de la poche de sa veste et met sa femme en joue.)* Capitulation, le seul mot que je voulais entendre de ta bouche... *(Il fait un pas vers elle et pose sa main libre sur son épaule.)* Maintenant, viens !

Avance de deux pas et tout sera fini. Ta reddition sera complète.

(Valérie résiste à Davis. Elle ne bouge pas. Ses ongles semblent incrustés à la paroi. D'un geste violent, Davis parvient à la décoller du mur. Ils sont à présent tous deux au bord du précipice. D'un geste désespéré, Valérie parvient à arracher le pistolet des mains de Davis. Ce dernier, surpris, perd l'équilibre. Et tombe dans le vide. Valérie reste un moment interdite. Puis rentre, victorieuse.)

Les lumières s'éteignent.
Le rideau tombe.

Oui, décidément, Langley s'en sortait à merveille, jubila Keith tandis que les comédiens saluaient sous les ovations du public.

132

Meg entendit une nouvelle fois la sonnerie de son téléphone portable. Au cours des dernières heures, les appels avaient été nombreux, de plus en plus rapprochés, et Meg se doutait que Caroline cherchait à la joindre. Quand elle repensa aux nombreux coups de fil de sa belle-mère qu'elle avait délibérément ignorés au cours des mois passés, Meg en eut les larmes aux yeux. Mais elle essaya de se ressaisir et de ne pas se laisser envahir par le chagrin et le désespoir. Si jamais elle se mettait à pleurer à chaudes larmes, elle risquait de s'étouffer à cause du bâillon.

Meg entendit soudain la porte s'ouvrir. Un rai de lumière envahit la pièce obscure. La silhouette s'approcha, se pencha sur elle et lui ôta le foulard qui lui barrait la bouche.

— Alors, tu t'es enfin décidée à parler ?

— Je n'ai toujours rien à vous dire.

— Ne sois pas sotte ! Pense à tes amis, Amy et Tommy. Vois ce qui leur est arrivé quand ils ont voulu se mettre en travers de mon chemin...

Toutes les barrières de Meg lâchèrent alors et elle éclata en sanglots.

*

— Te voilà enfin devenue raisonnable. Maintenant, appelle ta belle-mère et demande-lui de te rapporter le script. Donne-lui rendez-vous dans la buanderie.

Meg s'en voulait d'avoir avoué que le scénario se trouvait dans le sac qu'elle avait confié à Caroline. À présent, à cause d'elle, elle était en danger. Hors de question qu'elle aggrave la situation en l'attirant dans un piège.

— Non, je ne l'appellerai pas !

— Comme tu voudras, Meg ! lui répondit l'assassin en lui arrachant le téléphone des mains.

133

Caroline observait les spectateurs qui quittaient la salle, scrutant leur visage à la recherche de celui de Meg, au cas où, par chance, elle se serait trouvée parmi eux. Peine perdue.

Elle avait conscience qu'il était grand temps qu'elle rentre à l'hôtel en perspective de la journée du lendemain. Mais elle savait aussi qu'elle serait incapable de trouver le sommeil. Où Meg pouvait-elle bien se trouver ?

Caroline sortit son téléphone de son sac et composa le numéro de Nick. Elle fut contrariée de tomber sur sa messagerie.

— Nick, c'est moi. Rappelle-moi, mon chéri. C'est important.

*

Guère emballée à l'idée de retrouver Langley, Caroline décida cependant de retourner à la loge. Elle ne pouvait quitter le théâtre sans y faire un dernier saut.

Les couloirs étaient à présent déserts.

Démaquillée, Langley était en train de finir de se changer.

— Avez-vous eu des nouvelles de Meg ? lui demanda Caroline.

— Non, aucune ! lui répondit la jeune comédienne, visiblement irritée. Et j'espère qu'elle aura une bonne excuse. Sinon, dès demain, je demande que quelqu'un d'autre s'occupe de moi. Ce que j'ai vécu ce soir est insupportable !

— Je suis sûre qu'elle aura une explication à vous fournir, tempéra Caroline. Meg n'est pas comme ça.

— J'espère simplement ne pas apprendre qu'elle était trop défoncée pour venir s'occuper de moi...

Caroline ne dit rien.

— Oui, je sais qu'elle fume des pétards, poursuivit Langley. J'en ai fumé moi aussi. Il y a des signes qui ne trompent pas...

— Alors, essayez de la comprendre. Elle a récemment traversé pas mal d'épreuves, intercéda Caroline.

En son for intérieur, Caroline pensa qu'elle était sans doute elle-même l'une de ces épreuves... Mais elle ne se morigéna pas davantage. Son esprit pratique reprit aussitôt le dessus. En laissant parler Langley, elle en apprendrait sans doute plus sur le mal qui rongeait Meg. Et peut-être trouverait-elle des clés pour l'aider à se libérer de sa dépendance. Caroline avait envie de soutenir sa belle-fille, surtout à présent que cette dernière semblait avoir fait un pas dans sa direction.

Mais Langley ne s'étendit pas sur le sujet.

— Oh, j'ai failli oublier, lui dit la comédienne avant de quitter la loge. J'ai trouvé ça devant la porte. Je crois que c'est à elle. Vous le lui rendrez, quand elle daignera réapparaître...

Caroline prit le bracelet que Langley venait de sortir d'un tiroir, pensant que le fermoir s'était une nouvelle fois ouvert, comme l'autre soir chez Belinda. Mais, en l'examinant, elle constata qu'il était toujours fermé. En revanche, le bijou était cassé en son milieu, comme si quelqu'un avait tiré dessus.

Caroline appela le commissariat pour faire part de ses craintes. Mais elle se fit gentiment éconduire.

— Désolé, m'dame, mais on ne peut pas lancer un avis de recherche dès qu'un adolescent a quelques heures de retard. Sinon on y passerait nos journées...

Essayant de ne pas se laisser gagner par la panique qui l'envahissait, Caroline regagna à pied son hôtel. Elle allait en franchir le seuil quand son téléphone sonna.

— Ah, enfin ! C'est toi...

— Caroline, que se passe-t-il ? s'enquit Nick.

— C'est Meg. J'ai peur qu'il ne lui soit arrivé quelque chose, lui dit-elle avant de tout lui raconter d'une traite.

— Calme-toi, ma chérie. Ça ne sert à rien de te mettre dans tous tes états.

— Nick, crois-moi, s'il te plaît ! J'ai le pressentiment que...

Caroline ne put terminer sa phrase. La batterie de son téléphone venait de la lâcher.

*

Nick raccrocha et arpenta la pièce.

Et si Caroline avait raison ? Et si Meg était réellement en danger ? Ou, pire, s'il lui était déjà arrivé quelque chose ?

Si sa fille courait vraiment un risque, il se devait de faire ce qui était en son pouvoir pour l'aider. Quitte à révéler à Caroline son inavouable secret. Et mettre son couple en danger...

Être pris entre le marteau et l'enclume. Jamais encore il n'avait à ce point eu conscience de la pertinence de ce dicton...

*

La première chose que fit Caroline, une fois dans sa chambre, fut de brancher son téléphone sur le chargeur. Puis elle gagna la salle de bains, où elle s'aspergea le visage. Tandis qu'elle se séchait, elle entendit la sonnerie de son portable. Mais pas celle signalant un appel. Et, effectivement, quand elle prit l'appareil, elle constata qu'elle avait reçu un SMS.

De Meg !

```
tt va ok. ai besoin de mon sac. rdv
salle des costumes
```

Soulagée d'avoir enfin de ses nouvelles, Caroline s'empara du sac à main de sa belle-fille et se précipita vers le théâtre.

Alors qu'elle marchait à grands pas dans les rues désertes de Warrenstown, Caroline voulut appeler Nick pour l'informer de la bonne nouvelle. Mais elle se rappela qu'elle avait laissé son téléphone sur le chargeur. Et puis Nick n'avait pas eu l'air spécialement inquiet, ce qui avait chagriné Caroline. Mais les faits avaient l'air de lui donner raison.

Nick attendrait. Mieux, ce serait Meg qui se chargerait de l'appeler.

— Je vous en supplie, laissez ma belle-mère en dehors de cette histoire. Elle n'est pas une menace pour vous. Elle n'imagine même pas que vous pouvez avoir un lien avec tout ce qui s'est passé. C'est le manuscrit qui vous intéresse, pas elle. Laissez-la tranquille, l'implora Meg.

L'assassin prit le temps de considérer les paroles de la jeune fille. Meg n'avait sans doute pas tort. Caroline Enright ne représentait pas un réel danger. Et, même si d'un point de vue personnel la mort de la journaliste ne lui posait aucun problème, d'un point de vue pratique, il était préférable d'éviter un nouveau meurtre. Ils avaient été trop nombreux cette semaine. Bien qu'aucun n'ait été prémédité.

Il avait fallu agir vite, dans l'instant. C'est l'instinct de survie qui avait prévalu. Des meurtres exécutés avec les instruments à sa disposition. Une voiture, un coupe-papier, une cravate de soie... Sa fierté ? Avoir su s'adapter, réagir de manière appropriée. Prendre la bonne décision au bon moment.

Le meurtre de Daniel, deux ans auparavant, n'avait pas été aussi spontané. Il avait au préalable fallu élaborer un plan, se montrer machiavélique. Cette lente ivresse jusqu'à la délivrance finale avait pris du temps.

Meg avait sans doute compris qu'elle n'avait aucune chance de s'en sortir vivante. Elle en savait trop. Aussi serait-elle capable d'un geste désespéré. Il fallait donc en tenir compte. Et la garder à l'œil.

— Ne te fais pas d'illusion, lui dit l'assassin. Je serai

là quand tu rencontreras Caroline. Tapie dans l'ombre. Elle te donnera le script, puis tu lui demanderas de partir. Et tu lui répéteras exactement ce que je vais te dire. Sinon, elle mourra...

*

— Meg ? appela Caroline après avoir ouvert la porte de la salle des costumes.

Il faisait noir. Caroline chercha l'interrupteur. La lumière révéla des mannequins, des tables de couture et des fers à repasser. Mais pas de Meg.

Caroline posa le sac de sa belle-fille sur l'une des tables. Pour patienter, elle prit le script qui en dépassait et le parcourut une nouvelle fois.

*

L'assassin se tenait en retrait, caché dans une penderie à moitié ouverte, une paire de longs ciseaux à la main, attentif au moindre mot, prêt à intervenir.

— Ah, te voilà enfin ! s'exclama Caroline en voyant Meg arriver.

Elle se dirigea vers la jeune fille et l'enlaça.

— Où étais-tu ? Je me faisais un sang d'encre.

— Avec une amie, répondit-elle en se dégageant de l'étreinte de Caroline.

— Alors que tu n'es même pas venue travailler ce soir !

— C'est pas la fin du monde, lâcha Meg.

— Ce n'est pas l'avis de Langley. Elle était furieuse.

— C'est pas la fin du monde, répéta Meg.

Caroline observa le visage de Meg. Quelque chose ne tournait pas rond. Avait-elle encore fumé un joint ?

— Langley pense que tu étais encore défoncée...

— Non, c'était pas ça.

— Tu n'as quand même pas envie de gâcher tout ton stage ? s'emporta Caroline.

— Mais non, t'en fais pas, lui répondit Meg avec agacement. Bon, je suis fatiguée, maintenant. Donne-moi mon sac et on en reparle demain.

Quand elle tendit la main pour s'en emparer, Caroline se sentit blessée et désemparée par l'attitude de Meg. Alors qu'elle pensait que leur relation avait pris un tournant décisif, elles revenaient au point de départ.

— Appelle au moins ton père pour lui dire que tu vas bien, d'accord ?

— Je l'appellerai plus tard. Une fois que je serai rentrée.

— Je te raccompagne, si tu veux, lui proposa Caroline.

— Non, c'est pas la peine. Je vais d'abord passer à la loge, ranger et nettoyer un peu.

— Comme tu voudras, dit Caroline d'une voix lasse en quittant la pièce. Ah, au fait ! T'étais-tu aperçue que tu avais de nouveau perdu ton bracelet ? C'est Langley qui l'a retrouvé.

— C'est pas très grave. C'est juste un bracelet...

Caroline la regarda, incrédule, avant de s'éloigner. Décidément, elle n'arriverait jamais à la comprendre.

Le téléphone sonna à plusieurs reprises avant de basculer sur le répondeur.

— Bonsoir, c'est moi, commença Nick. Peut-être est-il préférable que je tombe sur ta boîte vocale... Ce que j'ai à te dire ne sera sûrement pas agréable à entendre, ma chérie. Mais comme ça, tu auras un peu plus de temps pour digérer la nouvelle. Je commets peut-être une erreur en te parlant de... l'erreur, justement, que j'ai commise il y a deux ans. Je ne suis pas fier de ce que j'ai fait. Et, si je n'en ai jamais parlé jusqu'à présent, c'est que j'avais mes raisons.

Sa voix se mit à trembler.

— Mais tu m'as dit que Meg était en danger, reprit-il. Il faut donc que tu saches ce que j'ai vu ce soir-là. Tu m'as interrogé sur la soirée au cours de laquelle Daniel Sterling a eu son accident. Et j'ai éludé tes questions, prétendant qu'il était trop douloureux pour moi d'évoquer l'été précédant la mort de Maggie. C'était vrai. Mais il y avait autre chose, chérie. En fait, j'en sais bien plus que ce que j'ai raconté à la police. Mais je me suis toujours tu pour ne pas blesser Maggie ou Meg, ou même toi...

Sa voix se brisa.

— La nuit où Daniel Sterling est mort, j'étais à Curtains Up. J'ai assisté à la soirée, bien sûr, mais j'y étais encore bien longtemps après que tout le monde fut rentré se coucher. Je m'apprêtais à partir, au beau milieu de la nuit, quand j'ai vu Victoria qui remontait l'allée de la propriété. De toute évidence, elle n'a pas

311

passé la nuit seule dans sa chambre tandis que Daniel était parti faire un tour pour décompresser, comme elle l'a affirmé à la police... J'ai toujours pensé qu'elle avait quelque chose à voir dans sa mort. Mais je ne pouvais rien dire. Il m'aurait fallu expliquer ce que je faisais là à cette heure. Il m'aurait fallu avouer que je venais de quitter la chambre de Belinda...

Il marqua une pause.

— Je me doute que la nouvelle n'est pas agréable à entendre. Mais il fallait que je t'en parle. Je ne pouvais plus garder tout cela pour moi. Surtout si Victoria est impliquée dans la disparition de Belinda. Et dans celle de Meg, maintenant...

*

Nick raccrocha, conscient qu'il n'y avait plus moyen désormais de faire machine arrière. Mais, dans un sens, il se sentait soulagé, maintenant qu'il s'était libéré du lourd secret qu'il portait depuis deux ans.

Il avait failli avouer sa faute à Maggie avant qu'elle ne meure, mais s'était retenu. Se confesser lui aurait fait du bien, mais Maggie ne méritait pas ça, surtout à ce moment. Il avait dérapé. Une fois, une seule. Et, depuis, le souvenir de cette nuit le minait.

Il aurait bien sûr pu tenter de se justifier. Alléguer que le succès de la lecture sur scène de sa dernière création l'avait rendu euphorique, qu'il avait sans doute trop bu, que Belinda était resplendissante... Mais Maggie n'avait pas à entendre ses excuses. Elle souffrait déjà physiquement. Elle se savait condamnée. Pourquoi lui aurait-il infligé de nouvelles tortures, morales cette fois, en lui avouant qu'il l'avait trompée ?

En allumant son ordinateur pour consulter les horaires d'avion en direction de la côte Est, Nick se dit qu'il avait peut-être perdu Caroline à tout jamais. Mais il ne pouvait récrire le passé. Ni effacer la nuit qu'il avait passée avec Belinda, ni le message qu'il venait de laisser... Il espérait seulement qu'il avait vu juste. Et que ses soupçons permettraient de retrouver Meg.

Mais Caroline lui pardonnerait-elle jamais ?

134

Il était 23 heures quand Caroline pénétra enfin dans le hall de son hôtel. Elle ne put masquer sa déception quand elle vit Constance Young à l'accueil, en grande discussion avec le réceptionniste. Sa présence signifiait la fin de l'aventure. Dès demain, elle passerait le relais et serait dépossédée de l'affaire, de son affaire. Pourtant, elle fit bonne figure.

— Constance, comment vas-tu ? lui demanda-t-elle d'une voix enjouée. Comment s'est déroulé ton voyage ?

— Ne m'en parle pas ! Une horreur ! Ça fait trois heures que je devrais être au lit.

Caroline attendit que Constance ait fini de remplir sa fiche, puis toutes deux se dirigèrent vers l'ascenseur.

— Alors, des nouvelles de Belinda Winthrop ? lui demanda la coprésentatrice de « Key to America ».

— Non, aucune, on ne l'a toujours pas retrouvée.

Mais j'ai appris que, demain, une brigade canine allait arpenter la propriété.

*

Belinda fit un effort pour déchiffrer l'heure à sa montre. 11 heures. Était-ce le soir ou le matin ? Quelque part, non loin d'elle, elle entendait toujours la maman lynx qui grattait le sol.

*

Une fois dans sa chambre, Caroline s'empara de son téléphone pour appeler Meg et s'assurer qu'elle était bien rentrée. Et tant pis si son coup de fil agaçait sa belle-fille !

En voulant trouver le numéro dans son répertoire, Caroline vit qu'un correspondant avait cherché à la joindre. Elle composa le numéro de son répondeur et prit connaissance du message que Nick lui avait laissé. Elle fut d'abord alarmée par sa voix d'outre-tombe. Puis elle écouta le message une seconde fois et prit conscience de ce qu'il lui disait. Elle ferma les yeux, comme pour tenter de chasser la douleur. Mais les mots résonnèrent dans sa tête.

« L'erreur que j'ai commise il y a deux ans... »

« J'ai éludé tes questions... »

« Je ne pouvais rien dire. Il m'aurait fallu expliquer ce que je faisais là à cette heure. Il m'aurait fallu avouer que je venais de quitter la chambre de Belinda... »

Caroline repensa aux événements récents. À l'attitude confuse qu'avait eue Nick dans la loge de Belinda quand cette dernière lui avait dit que le nom de McGregor lui était familier mais qu'elle n'avait pas fait le rapprochement entre Meg et lui... Au regard troublé que lui avait lancé Belinda quand Nick, lors de la fête, avait dit qu'il s'amusait autant à Curtains Up ce soir-là que la dernière fois qu'il y était venu, deux ans auparavant...

La nuit où il avait couché avec elle.

Caroline s'assit sur son lit pour faire le point. Nick avait été infidèle. Il avait trompé Maggie. Il pouvait très bien la tromper à son tour. Il avait menti à sa première femme. Il pouvait très bien lui mentir également... Colère, désillusion, peine, autant de sentiments mêlés qui s'entrechoquaient. Malgré tout, Caroline se ressaisit. Le moment était mal choisi pour s'apitoyer sur son sort ou décider du tournant à donner à son mariage. Si Nick avait voulu briser leur union, il ne s'y serait pas pris autrement. Mais pourquoi aurait-il inventé cette histoire impliquant Victoria ?

Nick prétendait avoir vu Victoria Sterling remonter l'allée de Curtains Up après l'accident de Daniel. S'il disait vrai, elle avait donc menti à la police.

La voiture des deux stagiaires avait elle aussi versé dans le fossé. Tout le monde croyait, là encore, à un accident. Mais si tel n'était pas le cas ?

Se pouvait-il que Victoria soit impliquée dans ces deux *accidents* ? Cela n'avait aucun sens. Elle était un auteur dramatique reconnu, au sommet de son art. Elle était même pressentie pour le Pulitzer.

Puis Caroline repensa au script qu'elle avait feuilleté dans la salle des costumes en attendant Meg. Les rôles y étaient inversés. Caroline avait d'abord cru qu'il s'agissait d'une erreur de frappe. Mais s'il n'en était rien ? Cela signifiait-il alors qu'il avait existé une autre version du scénario de *Devil in the Details*, différente de la pièce jouée à Warrenstown ?

Caroline se remémora le cours des événements lors de la fête donnée à Curtains Up. Quand Belinda avait remis le script à Meg, elle sortait de l'atelier de Remington. Était-ce la raison pour laquelle le peintre avait réalisé un portrait de la comédienne si dérangeant, si éloigné de la réalité scénique ? Il aurait travaillé en se fondant sur une version antérieure. Un texte où Valérie était la sociopathe, et Davis la victime. Une pièce que Victoria Sterling n'aurait pas écrite...

Et si Belinda, s'étant aperçue qu'il existait une autre version du scénario, était allée trouver Victoria pour lui faire part de ses doutes, cette dernière aurait-elle alors décidé de se débarrasser de la comédienne ?

Et pourquoi Meg lui avait-elle dit que la perte de son bracelet n'était pas si importante alors qu'elle chérissait ce bijou ? Avait-elle voulu lui faire passer un message ?

Les questions se bousculaient dans sa tête. Comme il lui fallait en avoir le cœur net, elle appela Meg. Mais n'obtint aucune réponse...

*

Sa bouche était aussi sèche que du coton, le bâillon s'enfonçant profondément dans sa gorge. Meg avait de la peine à déglutir mais elle s'obligeait à ne pas tousser pour ne pas s'étouffer.

Elle repensait à ce rendez-vous avec Caroline dans la salle des costumes. Elle aurait dû agir. Elle aurait dû prévenir sa belle-mère du danger qui les guettait. Ensemble, elles auraient sans doute pu maîtriser cette folle qui fumait cigarette sur cigarette en la regardant fixement, et dont les derniers mots l'avaient glacée :

— On va attendre qu'il n'y ait plus personne dehors. Et, dès que je serai certaine que tout le monde dort, on ira faire un tour, toutes les deux...

*

La sonnerie du téléphone réveilla Annabelle.

— Allô, dit-elle d'une voix pâteuse.

— C'est moi, c'est Caroline, j'ai besoin de ton aide.

Annabelle se redressa aussitôt et alluma.

— Que se passe-t-il ?

— Je crois que Victoria Sterling est impliquée dans la disparition de Belinda. Ce serait trop long à t'expliquer mais, je t'en supplie, va à la résidence voir si Meg s'y trouve. Frappe à sa porte, réveille tout le monde s'il le faut, moi, de mon côté, je file au théâtre...

*

Caroline secouait frénétiquement les poignées des différentes portes vitrées du théâtre, mais toutes demeuraient désespérément closes. Elle frappa même aux carreaux, sans résultat. Personne ne vint lui ouvrir.

Elle chercha en vain de l'aide, mais les alentours étaient déserts. Elle se calma, réfléchit un instant et décida de faire le tour du bâtiment pour essayer de trouver un autre moyen d'accès.

Alors qu'elle s'approchait de l'entrée des artistes, elle se figea en voyant deux silhouettes quitter le théâtre. Toutes ses craintes s'en trouvèrent justifiées.

*

Meg sentait la pointe des ciseaux dans son dos tandis que Victoria l'obligeait à sortir du théâtre pour rejoindre le parking.

— Meg !

Jamais de toute sa vie, la jeune fille n'avait été aussi contente d'entendre quelqu'un l'appeler. Elle se retourna et vit Caroline qui se précipitait vers elles.

Meg profita d'un moment de flottement pour se dégager de son étreinte et se mettre à courir. Mais Victoria réagit dans l'instant. Elle se précipita à sa poursuite, la rattrapa et la plaqua au sol. Sans perdre une seconde, elle plaça la pointe de ses ciseaux contre le cou de Meg et l'obligea à se relever.

— N'essayez pas d'intervenir ou je lui tranche la gorge ! lança Victoria à Caroline. Vous le regretteriez. Je suis prête à tout. Je ne reculerai devant rien.

— Comme pour le meurtre de la bibliothécaire ? lui demanda Caroline.

— Elle n'avait qu'à s'occuper de ses affaires. Si elle ne s'était pas mise en travers de mon chemin, rien ne lui serait arrivé.

— Et je suppose que ces deux adolescents méritaient également de mourir ? continua Caroline pour gagner du temps, ne voyant pas ce qu'elle pouvait faire d'autre pour le moment.

— Eux aussi sont responsables de leur sort. Ils n'avaient qu'à pas prendre ces photos. Qu'auraient pensé les jurés du Pulitzer si ces photos avaient été divulguées ? Quand on est pressenti pour une telle récompense, il faut à tout prix éviter la moindre contre-publicité.

Caroline fut choquée par son absence d'émotion. Froide, déterminée, Victoria ne semblait pas accorder la moindre importance à la vie de ses victimes.

— Ça doit être confortable, intellectuellement j'entends, quand rien n'est jamais de sa faute. Quand on est capable de tout justifier, même le pire, même un meurtre... Que ressent-on quand aucune barrière n'existe entre le bien et le mal ?

— Arrête ton numéro ! la coupa Victoria. Et viens par là, lui ordonna-t-elle en accentuant la pression des ciseaux sur le cou de Meg. Je ne plaisante pas.

Caroline croisa le regard affolé de Meg. N'ayant pas d'autre solution, elle obtempéra.

*

Annabelle se dépêcha de rejoindre le théâtre, espérant que Caroline aurait retrouvé Meg. Car la jeune fille ne se trouvait pas à la résidence. Ni dans sa chambre ni ailleurs.

En arrivant, elle dépassa une Volvo isolée garée sur le parking et continua sa course.

135

Serrées l'une contre l'autre dans le coffre de la voiture, presque incapables du moindre mouvement, Caroline et Meg n'en menaient pas large. Surtout Meg, qui sanglotait.

— Ressaisis-toi, ma chérie, l'implora Caroline. On va trouver un moyen de s'en sortir.

— Mais comment ? hurla Meg dont les nerfs lâchaient. Quand nous serons arrivées à destination, elle va nous tuer... Elle a sans doute un pistolet... Ou alors elle va nous laisser ici et on va mourir étouffées...

— Arrête, Meg ! la coupa Caroline. Calme-toi ! Il faut qu'on échafaude un plan.

Dans un virage, elles furent projetées l'une sur l'autre et ballottées contre une paroi du coffre. C'est alors que Caroline aperçut ce qui pourrait les aider à se sortir de ce mauvais pas.

*

D'abord Caroline Enright, la belle-mère de Meg, puis Nick McGregor, son père, et enfin Annabelle Murphy, une productrice de Key News. Trois appels rapprochés pour signaler la disparition de la jeune fille. Les deux derniers ayant précisé que Victoria Sterling avait sans doute quelque chose à voir avec les affaires qui agitaient Warrenstown en ce moment.

Il n'en fallut pas plus pour que l'officier de garde se décide à déranger le lieutenant Stanley.

*

— Quand la voiture sera arrêtée, on l'entendra sans doute approcher avant qu'elle n'ouvre le coffre. Et, à ce moment-là, on sera prêtes à bondir.

— Et si jamais elle est armée ? objecta Meg. Et si elle nous abandonnait là ?

— Tôt ou tard, elle viendra nous chercher, lui répondit Caroline d'une voix plus résolue qu'elle ne l'était en réalité.

*

Victoria ouvrit la boîte à gants et fouilla à l'intérieur. Sous le manuel d'utilisation de la voiture, qu'elle n'avait jamais ouvert, elle sentit le métal froid de son revolver.

Quand on avait affaire à deux personnes, une paire de ciseaux ne pouvait suffire.

*

Après un nouveau virage, elles comprirent qu'elles quittaient la route principale. Elles ne roulaient plus à présent sur le macadam lisse de la chaussée mais sur des graviers.

— J'ai l'impression qu'on arrive à Curtains Up, dit Caroline.

Puis elle fit part à Meg du plan qu'elle avait concocté.

— Quoi qu'il arrive, tu restes à l'abri dans le coffre, lui précisa-t-elle.

La Volvo s'arrêta. Elles entendirent la portière s'ouvrir, puis se refermer.

Caroline se prépara et agrippa la poignée fluorescente de l'ouverture de secours, située à l'intérieur du coffre.

*

Le lieutenant Stanley écouta attentivement le subalterne lui faire son rapport.

— Il est encore trop tôt pour savoir ce qu'il est réellement arrivé à cette jeune femme, conclut-il. Mais, si Victoria Sterling a quelque chose à voir avec la disparition de Belinda Winthrop, on ne peut pas se permettre d'attendre jusqu'à demain matin.

*

Les bruits des pas s'arrêtèrent devant le coffre.

— Maintenant, murmura Caroline.

De son seul bras libre, elle poussa la poignée fluorescente tandis que Meg, de son côté, faisait pression avec ses jambes. Cette ouverture brutale déstabilisa Victoria, qui fut projetée en arrière et tomba à la renverse. Sa tête heurta le sol.

Caroline essaya de s'extraire le plus rapidement possible du coffre. Mais, alors qu'elle s'apprêtait à en sortir, elle vit Victoria, assise par terre, qui avait recouvré ses esprits et tenait un revolver à la main.

*

Caroline ne répondait pas, ni à l'hôtel ni sur son portable, ce qui inquiéta Annabelle.

À la suite de son appel, la police allait peut-être agir. Mais elle n'en avait pas la certitude. Comme elle ne pouvait pas rester là à ne rien faire, elle décida de se rendre à Curtains Up.

N'ayant aucune envie d'y aller seule, Annabelle appela Lamar et Boomer pour qu'ils l'accompagnent.

*

Victoria s'était relevée tandis que Caroline sortait du coffre de la Volvo. Les deux femmes se tenaient à présent l'une en face de l'autre et Victoria brandit son revolver pour mettre Caroline en joue.

— Allez-y, tirez ! la provoqua Caroline. Mais vous commettriez une grossière erreur. J'ai déjà prévenu Key News. Je leur ai fait part de mes soupçons à votre égard. Je leur ai dit que je vous suspectais d'être responsable de la disparition de Belinda.

— Des soupçons, mais pas de preuves. Il en faut plus pour inculper quelqu'un !

— La police sera quand même intriguée quand elle apprendra par Key News que l'on vous croit coupable de la disparition de Belinda mais, également, que vous n'étiez pas dans votre chambre, contrairement à ce que vous aviez prétendu, le soir où votre mari a eu son accident. J'ai retrouvé une personne qui peut en témoigner.

— Je ne vous crois pas ! Si quelqu'un m'avait vue, il y a longtemps qu'il aurait parlé. Et, d'abord, qui est votre prétendu témoin ?

Caroline hésita. Meg était toujours allongée dans le coffre de la voiture. Elle ne devait pas perdre une miette de la conversation et Caroline avait envie de la préserver. Elle n'avait pas besoin d'apprendre que son père avait trompé sa mère. Mais, de toute façon, si elles s'en sortaient, la trahison de Nick serait divulguée, et Meg en souffrirait. Mais elle en souffrirait à condition d'être encore vivante... Alors autant se jeter à l'eau, surtout si cela pouvait les aider à rester en vie.

— Nick, dit Caroline.

— Nick McGregor ?

— Oui, il vous a vue remonter l'allée. Vous avez tué votre mari, n'est-ce pas ? lui demanda Caroline. Ce n'était pas un accident.

Victoria se balança d'un pied sur l'autre, comme si elle soupesait sa réponse.

— J'en avais marre de ne pas récolter les lauriers qui m'étaient dus. Tout le monde pensait que c'était lui le génie, que je n'étais qu'une petite main, la partie négligeable de notre duo... Quand j'ai lu la pièce qu'il écrivait dans son coin, j'ai tout de suite voulu me l'approprier. Il fallait qu'elle soit mienne !

— Alors, vous l'avez tué.

— Ce n'est pas ainsi que j'analyse la situation, poursuivit Victoria. Daniel ne faisait plus attention à lui cet été-là. Il tirait sur la corde. Il ne dormait pas assez, il mangeait n'importe quoi, il buvait trop. Et, avec son diabète, il n'aurait pas tenu longtemps comme ça... Disons que j'ai seulement un peu accéléré le processus... Ce soir-là, après la réception, il s'est senti faible. Et, quand il a voulu se faire une injection d'insuline, il s'est aperçu que ses réserves avaient fondu. Il n'y avait pas pris garde !

— Vous auriez pu vous en apercevoir.

— Eh bien figurez-vous que je le savais. Mais j'attendais précisément ce moment. Le moment de précipiter le mouvement...

Un sourire se forma sur le visage de Victoria, qui semblait savourer ses derniers mots.

Malgré la situation critique dans laquelle elle se trouvait, Caroline ne put s'empêcher d'être fascinée par Victoria, qui n'affichait ni regrets ni remords. Sa manière d'appréhender les événements, avec froideur et calcul, était tout simplement hallucinante.

— Je lui ai alors proposé de l'accompagner à l'hôpital. Par chance, il s'est bien vite assoupi. Après, ce fut un jeu d'enfant. Je me suis arrêtée dans un virage désert, j'ai ouvert sans bruit la portière et je suis rapidement descendue après avoir enclenché la marche avant. Et j'ai regardé la voiture plonger dans le ravin.

— Pourtant, tout le monde a cru que c'est votre mari qui conduisait, objecta Caroline.

— Oui, la vie est bien faite ! Quand je suis arrivée en contrebas pour m'assurer que Daniel était bien mort, la voiture avait effectué plusieurs tonneaux et il se trouvait déjà derrière le volant, ce qui m'a évité d'avoir à déplacer son corps. Après cela, je n'avais plus qu'à rentrer à Curtains Up sans me faire remarquer, conclut-elle avec fierté.

Caroline eut un flash et se souvint de la dernière intervention de Margo Gonzalez dans « Key to America ». Les mots de la psychiatre résonnèrent en elle en entendant Victoria avouer son crime. « Oui, les sociopathes font peur, et à juste titre. Une personne atteinte de cette pathologie ne possède en effet aucune conscience morale... Elle n'éprouve aucun sentiment de culpabilité, aucun regret, aucune empathie envers autrui, fût-ce un ami, un proche ou un membre de sa propre famille... Imaginez, vous commettez les actes les plus horribles, les plus répréhensibles, et cela ne vous affecte pas, vous ne ressentez ni honte ni remords. »

L'exact portrait de Victoria Sterling. Caroline avait en face d'elle une sociopathe. Cette révélation lui fit froid dans le dos. Pourtant, elle s'efforça de n'en rien laisser paraître.

— Donc rien de bien compliqué, en somme ! ironisa même Caroline.

Le doigt de Victoria se crispa sur la détente.

— Ne jouez pas à la plus maligne avec moi, Caroline. N'essayez pas d'imiter Belinda. Ça ne lui a pas porté chance. J'aurais seulement voulu qu'elle me dise d'où elle tenait ce scénario...

— De Remington Peters, lui répondit Caroline sans hésiter.

— Daniel lui en avait donc confié une version...

Et c'est à partir de ce scénario qu'il avait travaillé, songea Caroline. D'où son refus d'exposer sa toile, qui ne correspondait plus à la *nouvelle* pièce.

— Où est-elle, Victoria ? Qu'avez-vous fait de Belinda ?

Victoria ne répondit pas. Elle avait tourné la tête en direction du bruit des sirènes que l'on entendait dans le lointain. Et qui se rapprochait.

Caroline profita de ce moment d'inattention pour se précipiter sur elle. Elle agrippa son poignet pour essayer de la faire lâcher prise. Les deux femmes luttèrent. Dans le feu de l'action, Victoria pressa la détente. La balle vint se loger dans la lunette arrière de la Volvo. La vitre vola en éclats, ce qui arracha à Meg un cri de frayeur.

Le hurlement des sirènes de la police devenait plus aigu quand Caroline parvint à désarmer Victoria. Le revolver roula sous la Volvo. Consciente qu'elle n'aurait pas le temps de le récupérer, Victoria repoussa violemment Caroline, qui tomba à terre. Puis elle se précipita vers le volant.

— Saute, Meg ! Sors de là ! hurla Caroline.

La jeune fille s'extirpa du coffre au moment où Victoria enclencha la première. Elles entendirent les pneus crisser et virent les feux arrière descendre l'allée à tombeau ouvert.

DIMANCHE 6 AOÛT

136

Annabelle et Caroline se tenaient à côté du camion satellite tandis que le technicien envoyait les dernières images à New York.

— Excellent boulot ! s'enthousiasma Linus Nazareth qui les visionnait au fur et à mesure qu'elles arrivaient à Key News.

L'on pouvait voir les gyrophares rouges des voitures de police trouer la nuit, des officiers qui s'agitaient autour d'une Volvo bleue qui avait versé dans le fossé après la course-poursuite et, cerise sur le gâteau, Victoria Sterling, escortée par deux policiers, monter à l'arrière d'une voiture de patrouille.

— Vraiment du très bon boulot, répéta le producteur exécutif de « Key to America ». Est-ce qu'on sait si Sterling a avoué quoi que ce soit au sujet de Belinda Winthrop ?

— Si tel est le cas, la police n'a rien laissé filtrer, lui répondit Annabelle. Mais pourquoi Victoria irait-elle s'accuser spontanément ? On n'a toujours pas retrouvé de corps. Et puis son avocat essaiera peut-être de monnayer des informations contre une réduction de peine...

— Ouais, je vois, ponctua Linus. Mais restez en contact avec la police.

— Évidemment, lui répondit Annabelle. Ah, au fait, Linus, je voulais te demander, ne penses-tu pas que Caroline devrait couvrir la fin de cette affaire ?

— Hors de question ! Constance est là pour ça. En revanche, utilisez-la comme témoin.

*

La police avait fouillé la chambre de Victoria à Curtains Up, mais n'avait rien trouvé, à l'exception de l'ordinateur portable de Meg, caché dans un placard.

Le lieutenant Stanley faisait les cent pas devant la maison pendant que le maître-chien accoutumait le berger allemand à l'odeur de la comédienne en lui faisant renifler des affaires lui appartenant.

— Vu le nombre de personnes ayant arpenté la propriété ces derniers temps, je me demande bien comment elle va pouvoir détecter quoi que ce soit... Pour moi, ça reste un mystère, dit-il, sceptique, quand le policier et la chienne le rejoignirent.

— C'est vrai qu'il aurait été préférable que Daisy intervienne plus tôt, acquiesça le maître-chien. Mais c'est une demoiselle fort occupée. Elle ne peut se trouver à deux endroits en même temps. Et, hier, elle nous a permis de retrouver ce petit garçon de Lenox qui s'était égaré.

— Espérons qu'elle sera aujourd'hui encore dans un bon jour. Hein, tu vas nous aider à mettre la main sur Belinda Winthrop ? dit le lieutenant Stanley en caressant l'animal.

— Ne vous en faites pas, chef. Si la comédienne est ici, Daisy la trouvera.

*

L'édition dominicale de « Key to America » s'ouvrit sur les images chocs de Victoria Sterling, menottes aux poignets, qui franchissait le seuil du commissariat de Warrenstown. Constance Young, qui les commentait en voix *off*, apparut ensuite à l'écran et prit le relais, en direct devant le théâtre.

— Belinda Winthrop est-elle toujours en vie ? Victoria Sterling, qui a été arrêtée cette nuit, va-t-elle avouer où elle se trouve ? C'est ce que la police essaiera de déterminer en ce dimanche 6 août...

Lamar filmait la présentatrice-vedette. L'endroit grouillait de journalistes. La plupart des chaînes nationales, sans oublier les locales, avaient elles aussi dépêché sur place leurs équipes. Plusieurs concurrents étaient même venus trouver Annabelle pour lui proposer de lui racheter des images dont Key News avait l'exclusivité. Mais tous se firent éconduire. Non, la chaîne n'était pas vendeuse.

Caroline attendait à côté du cameraman tandis que Constance exposait les derniers rebondissements de la nuit. Puis, cette dernière l'invita à la rejoindre.

— Ce matin, je suis avec Caroline Enright, la chroniqueuse spectacles de « Key to America ». Caroline, vous êtes à Warrenstown depuis une semaine pour couvrir le festival de théâtre, et l'on peut dire que vous

vous êtes retrouvée au cœur des événements. Racontez-nous ce qui s'est passé.

Caroline résuma l'affaire pour les téléspectateurs.

— Victoria Sterling vous a donc avoué qu'elle avait tué son mari, il y a deux ans ? s'enquit Constance. Elle a aussi admis être responsable de l'accident des deux stagiaires, de l'assassinat de la bibliothécaire et de la disparition de Belinda Winthrop, c'est bien cela ?

Caroline acquiesça.

— Bien sûr, Constance, vous le savez comme moi, tant qu'elle n'a pas été jugée, reconnue coupable par la justice, elle est présumée innocente... Mais, effectivement, Victoria a reconnu tous ces crimes. Ma belle-fille était également présente ; elle pourra vous le confirmer.

— Mais quelles étaient ses motivations ? lui demanda Constance. Qu'est-ce qui a pu la pousser à agir ?

— Un mélange d'ego surdimensionné, de besoin de reconnaissance et de cupidité. Elle voulait s'approprier *Devil in the Details*, la pièce que son mari avait écrite.

*

Caroline s'était à peine éloignée du champ de la caméra que son téléphone sonna.

— Bonjour, mon rayon de soleil.

— Bonjour, Nick.

— Chérie, je viens juste de te voir, tu as été fantastique.

— Oui, aussi fantastique que toi et Belinda dans sa loge ! Ou lors de sa soirée ! Quelle interprétation remarquable ! Impossible d'imaginer en vous voyant que vous aviez eu une aventure...

— Caroline, laisse-moi t'expliquer.

— Je n'ai vraiment pas envie d'aborder ce sujet au téléphone.

— Je saute dans un avion. Je serai à New York demain matin.

— Il faut que tu saches, Nick, que je ne sais plus où j'en suis. Ce n'est pas moi que tu as trompée, mais je me suis sentie trahie. Et, maintenant, j'ai peur de ne plus pouvoir te faire confiance. Si tu as trompé Maggie, tu peux tout aussi bien me tromper... Et pourtant, poursuivit Caroline en pesant ses mots, si tu ne m'avais pas avoué ta faute, si tu ne m'avais pas fait part de tes soupçons concernant Victoria, nous ne serions peut-être plus...

Sa voix se brisa.

— Caroline, s'il te plaît, ne pleure pas, l'implora Nick. Tout ce qui compte est que toi et Meg soyez en vie. Et ce qui compte aussi, c'est que nous parvenions à recoller les morceaux. J'espère du fond du cœur que nous allons nous en sortir, tous les deux. Je t'aime, Caroline.

— Moi aussi, Nick. Mais je pense qu'il va également falloir que tu aies une explication avec Meg.

*

Pendant ce temps, « Key to America » continuait.

— Nous venons d'apprendre que les autorités ont retrouvé dix-sept toiles dans un entrepôt d'Albany, poursuivit Constance. Ces tableaux, signés Remington Peters, en quelque sorte le peintre officiel de Belinda Winthrop, représentaient tous la comédienne et retraçaient sa carrière à Warrenstown. Mais le point intéressant est que ces peintures avaient prétendument disparu il y a trois ans dans l'incendie qui avait ravagé l'atelier de Peters...

Constance changea de position avant d'enchaîner.

— La police a été prévenue par un veilleur de nuit qui a reconnu le peintre après avoir regardé, hier soir, un reportage de Key News montrant son arrestation pour détention de marijuana. Comme cet homme l'avait récemment vu venir déposer au beau milieu de la nuit plusieurs colis dans sa pièce de stockage, il a aussitôt alerté les autorités. Peters avait perçu près de quatre millions de dollars de la part de la compagnie d'assurances...

137

Quand on lui donna le signal de départ, Daisy commença à flairer le sol et se dirigea aussitôt vers le garage. Elle aboya en regardant la voiturette de golf.

— Qu'essaie-t-elle de nous dire ? demanda le lieutenant Stanley.

— Je ne sais pas précisément, lui répondit le maître-chien. Belinda Winthrop a sans doute conduit ce véhicule.

— Ou alors on l'y aura transportée contre son gré...

*

Plusieurs hélicoptères de différentes chaînes de télévision sillonnaient le ciel au-dessus de Curtains Up. À l'intérieur, les cameramen, qui avaient déjà pris plusieurs photos aériennes de la propriété, braquaient à présent leurs objectifs sur les policiers.

Ils virent les minuscules silhouettes, sur lesquelles ils zoomèrent, sortir du garage puis traverser la prairie avant de disparaître derrière un rideau d'arbres.

*

Le sol moussu des sous-bois était couvert d'empreintes de pas. Les deux policiers se rendirent à l'endroit où, la veille, l'on avait découvert la chaussure de Belinda. La truffe aux aguets, la chienne se mit à renifler les alentours.

— Avec tout ce remue-ménage dû à la battue, je ne vois pas comment Daisy va pouvoir retrouver Belinda Winthrop, dit le lieutenant Stanley. Et puis, si elle a été portée ou conduite à bord de la voiturette, comment suivre sa trace ?

— Évidemment, ce n'est pas l'idéal, admit le maître-chien. Il y a beaucoup trop d'odeurs corporelles. Mais, si elle est dans les parages, Daisy la retrouvera. Ce ne sera pas facile, mais c'est possible, conclut-il tout en gardant un œil sur le berger allemand.

*

Le pouls de Belinda s'accéléra quand elle entendit de nouveau ce grattement au-dessus d'elle. Elle prit peur. Sans doute cette maman lynx qui revenait à la charge. Pourtant le bruit lui semblait légèrement différent.

Proche, mais différent.

Elle essaya d'appeler à l'aide mais sa voix n'était qu'un mince filet inaudible.

*

— Venez, chef ! dit le maître-chien. J'ai l'impression que Daisy a découvert quelque chose.

Les deux hommes rejoignirent l'animal qui tournait en rond autour d'un point précis tout en grattant le sol.

— Qu'as-tu trouvé, ma belle ? lui demanda son maître en se penchant vers elle, avant de s'exclamer : Oh, regardez !

Ils virent alors une planche de contreplaqué recouverte de terre, de mousse et de feuilles mortes qui obstruait l'entrée d'une grotte.

*

Après ces longues heures passées dans l'obscurité totale, le rayon de la lampe torche trouant les ténèbres aveugla Belinda, qui referma les yeux.

— Comment vous sentez-vous, mademoiselle Winthrop ?

Belinda entrouvrit les paupières et aperçut le contour flou de deux visages penchés sur elle.

— Le cauchemar est terminé, mademoiselle Winthrop. Tout va bien. Nous allons nous occuper de vous.

*

Le lieutenant Stanley remarqua le mégot de cigarette qui traînait près de l'entrée de la grotte. Il sortit une paire de gants en latex de sa poche et les enfila. Puis il ramassa le filtre, qu'il mit dans un sac en plastique.

Si jamais on y retrouvait l'ADN de Victoria Sterling, ce mégot constituerait une belle pièce à conviction pour l'accusation.

138

Dix minutes avant la fin de l'émission, la police déclara que Belinda Winthrop venait d'être retrouvée saine et sauve dans l'une des grottes souterraines de sa propriété, ce qui permit à Constance d'annoncer la bonne nouvelle aux téléspectateurs de « Key to America » avant de rendre l'antenne.

Épilogue

Quand Belinda se réveilla dans sa chambre d'hôpital, Keith Fallows était assis à son chevet.

— Merci d'être venu, lui dit Belinda.

— Langley aurait également aimé être là, mais elle est sur scène.

— C'est d'autant plus gentil d'être présent à mon côté, lui répondit-elle faiblement. Je sais que tu détestes manquer une représentation.

Belinda était sous perfusion. Son visage était couvert d'ecchymoses et de griffures, sa lèvre inférieure fendue.

— Oh, tu sais, les comédiens n'ont plus vraiment besoin de moi. La pièce est bien rodée, maintenant.

— Et comment se comporte Langley ? s'enquit Belinda.

— Au-delà de toutes nos espérances. Elle est vraiment formidable... Enfin, pas autant que toi, bien sûr.

Belinda esquissa un sourire.

*

Tandis que l'équipe de Key News se dirigeait vers l'hôpital, Caroline réfléchissait au tête-à-tête qui l'attendait. D'un point de vue professionnel, elle était excitée à l'idée d'être la seule journaliste admise auprès de Belinda pour l'interviewer. D'un point de vue personnel, la perspective de se retrouver face à la femme avec qui Nick avait eu une aventure la mettait mal à l'aise.

Le parking et les abords de l'hôpital grouillaient de journalistes. Tous se mirent à protester de manière virulente quand Caroline, Annabelle, Lamar et Boomer furent admis à l'intérieur après avoir fendu la foule.

— Les médecins m'ont déconseillé cette entrevue, dit Belinda à Caroline tandis que Lamar fixait un micro à sa chemise de nuit. Ils pensent que ce n'est pas une bonne idée, qu'il est trop tôt, mais j'ai insisté. Je sais que je vous dois une fière chandelle. Je tenais à vous remercier, Caroline, sincèrement.

— C'est le chien qui vous a retrouvée, pas moi.

— Oui, mais c'est grâce à votre intervention. Et c'est grâce à vous encore que Victoria Sterling aura ce qu'elle mérite. Vous avez permis son arrestation.

— Il vous faudra également remercier Meg, la fille de Nick...

Les deux femmes s'affrontèrent du regard un court instant.

— Cet épisode appartient au passé, croyez-moi. Et soyez certaine que tous deux avons ensuite regretté ce qui s'était passé, lui assura Belinda.

*

Belinda raconta ces interminables heures dans la grotte. L'alternance entre veille et somnolence ; la présence des deux bébés lynx et sa peur de voir leur mère arriver ; ses découragements, quand elle perdait tout espoir qu'on la retrouve un jour. Mais elle ne fit en revanche aucun commentaire sur l'agression de Victoria, la police lui ayant précisé que cela pourrait nuire à l'instruction.

— Et que vous inspirent ces dix-sept tableaux que l'on vient de retrouver ? lui demanda Caroline.

— Des sentiments partagés. Je suis évidemment soulagée de savoir que ces toiles que je croyais perdues existent toujours. Mais je suis aussi extrêmement peinée d'apprendre que Remington nous a tous trompés et, surtout, qu'il a empoché l'argent de l'assurance.

Belinda se fit plus solennelle.

— Remington m'a appelée il y a quelques instants, reprit-elle. Il m'a expliqué qu'il regrettait mais qu'il avait agi ainsi parce qu'il ne supportait plus que tout le monde puisse m'admirer. J'espère sincèrement qu'il va s'en sortir... Il m'a aussi assurée qu'il avait versé l'intégralité des quatre millions à des œuvres caritatives. À ce propos, je vais vous faire une confidence, j'ai pris la décision d'indemniser la compagnie d'assurances si cette dernière renonce à le poursuivre.

— Et la découverte de ces cartons de marijuana ? Avez-vous jamais imaginé que Remington Peters pouvait se livrer à un trafic de drogue sur votre propriété ?

— Non, pas un seul instant, répondit-elle fermement. Mais je suspecte quelqu'un d'autre. Et j'ai fait part de mes doutes à la police...

*

Une fois l'interview terminée, Annabelle alla porter la cassette dans le camion satellite tandis que Caroline se rendait directement à l'hôtel pour se reposer. Il était prévu qu'elle intervienne en direct le soir même et, comme elle n'avait pas dormi de la nuit, elle avait impérativement besoin d'une sieste si elle voulait faire bonne figure.

À peine avait-elle posé la tête sur l'oreiller que son téléphone portable sonna.

— C'est moi, est-ce que je peux monter ?

— Bien sûr, ma chérie, répondit-elle à Meg.

Caroline eut juste le temps de se passer un peu d'eau fraîche sur le visage et d'enfiler un peignoir. Meg frappait déjà.

— Entre, dit Caroline à sa belle-fille en lui tenant la porte grande ouverte.

Meg franchit le seuil de la pièce et enlaça aussitôt Caroline.

— Je voulais te remercier, lui dit-elle. Si tu ne t'étais pas inquiétée pour moi, si tu n'étais pas partie à ma recherche, je serais morte à l'heure qu'il est. Je suis sûre que Victoria n'aurait pas hésité à me tuer.

— N'y pense plus, Meg, murmura Caroline en lui tapotant le dos.

— C'est comme un mauvais rêve, poursuivit la jeune femme tandis que toutes deux prenaient place sur le lit.

— Je comprends, compatit Caroline. Mais c'est terminé, maintenant.

— Oui, en partie seulement...

— Tu fais allusion à ton père ?

Meg acquiesça.

— Je sais que je ne devrais pas parler de ça avec toi, mais je n'arrive pas à digérer que papa ait pu tromper maman avec Belinda. Je n'arrive pas à y croire. Elle était mon idole... Et papa aussi l'était...

— Même les meilleurs d'entre nous commettent des erreurs, lui dit Caroline avec douceur.

— Alors, ça ne te pose pas de problème ? Tu lui pardonnes ?

— En fait, à l'heure actuelle, je n'en sais rien. J'espère que j'y parviendrai, même si ça risque d'être long. Mais la colère est mauvaise conseillère. Et prendre une décision, comme ça, de manière précipitée, serait sans doute injuste pour Nick.

— J'espère sincèrement que toi et papa allez réussir à surmonter cette épreuve, lui dit Meg.

— Moi aussi, ma chérie. Moi aussi.

*

Après le départ de Meg, Caroline s'allongea de nouveau. Elle était exténuée et, pourtant, elle ne trouvait pas le sommeil, la tension accumulée au cours des dernières heures ayant du mal à retomber.

Il faut que je dorme, se dit-elle en se frottant les yeux. Mais ceux-ci refusaient de se fermer. Elle fixait le plafond et ses pensées dérivèrent vers Nick. Avaient-ils encore un avenir commun ? Quoi qu'il advienne, il faudrait qu'ils mettent les choses à plat. Qu'ils aient une discussion. Pourtant, Caroline se voulait optimiste. Leur relation n'était pas fondée sur du vent. Elle était solide. Nick avait commis une erreur. Mais il l'avait admise. Il se sentait coupable et s'en était excusé. Que pouvait-il faire de plus ? C'était à elle de lui pardonner, de passer outre. Et elle s'en sentait capable.

Caroline ferma les yeux, mais les événements des derniers jours défilèrent derrière ses paupières closes. Quelle influence cette affaire aurait-elle sur son avenir à Key News ? Linus allait-il continuer à lui mener la vie dure ? Quoi qu'il advienne, elle ne dévierait pas de sa ligne de conduite et rendrait toujours compte des spectacles en fonction de sa propre sensibilité, que cela lui plaise ou non. Mais son séjour à Warrenstown lui avait aussi ouvert de nouvelles perspectives. N'était-ce pas l'occasion de donner une autre orientation à sa carrière, de se tourner vers le journalisme d'investigation ? Il n'était sans doute pas trop tard...

Caroline se retourna dans son lit, consciente que ressasser toutes ces questions ne l'aiderait pas à trouver le sommeil. Si elle voulait s'endormir, il lui fallait évoquer des souvenirs agréables, penser à des choses positives.

Meg. La seule bonne nouvelle au milieu de cette semaine éprouvante. Elles avaient enfin brisé la glace. Et cela signifiait qu'à présent leur relation prendrait la tournure que Caroline avait toujours espérée. Non qu'elle voulût prendre la place de la mère de Meg. Mais celle d'une bonne amie, d'une confidente. Elle pourrait enfin l'aider à découvrir sa voie.

Caroline, qui n'avait pas dormi depuis trente-deux heures, trouva enfin le sommeil.

Mary Jane Clark
dans Le Livre de Poche

Cache-toi si tu peux   n° 37265

En période estivale, l'émission vedette de la chaîne new-yorkaise Key News est diffusée depuis Newport, station balnéaire huppée de la côte Est. Grace Callahan, l'une des quatre stagiaires de « Key to America », est prête à tout pour décrocher le poste qui sera offert au meilleur d'entre eux. La dernière chance pour cette mère divorcée de 32 ans de prouver ses talents de reporter. Peu de temps avant l'arrivée de l'équipe de télévision, on exhume le squelette d'une femme. Des secrets enfouis depuis quatorze ans refont surface... Les stagiaires de Key News participent d'abord activement à l'enquête, à la recherche du scoop qui lancera leur carrière. Mais, très vite, ils sont pris pour cibles. Et le tueur frappe à nouveau... Grace prend peur pour sa vie et celle de sa fille. Aurait-elle pressenti la vérité ?

Nul ne saura   n° 37181

Alors qu'il arpente la plage de Sarasota, en Floride, avec son détecteur de métaux, Vincent, onze ans, fait une découverte macabre : sous un lit d'algues gît une main ornée d'un rubis. S'il prévient aussitôt les autorités, il se garde bien de leur remettre son « trésor », dont il espère tirer un bon prix… Lui et ses proches deviennent dès lors la cible d'un homme prêt à tout pour récupérer la bague. Cassie Sheridan, ex-chroniqueuse vedette de Key News dépêchée sur place pour rendre compte de la progression d'un cyclone, pressent qu'elle tient là un scoop – et une chance de remettre sa carrière sur les rails. Mais Cassie ignore qu'elle va bientôt être rattrapée par de mauvais souvenirs.

Nulle part où aller   n° 37205

Le chroniqueur littéraire de l'émission d'information matinale de la chaîne Key News a été assassiné. Il projetait de publier un brûlot dénonçant les pratiques de ses confrères. Elle-même journaliste, Annabelle Murphy a eu connaissance du manuscrit. Elle est la nouvelle cible du tueur. À qui se fier ? Tous les collègues d'Annabelle sont suspects à ses yeux. Elle en est certaine : le meurtrier appartient bien à Key News, et il l'épie… Rebondissements, morts violentes, empoisonnements… Mary Jane Clark s'inspire des lettres piégées à l'anthrax, qui avaient semé la panique aux États-Unis après les attentats du 11 septembre 2001, dans ce sixième thriller, son meilleur à ce jour selon *Kirkus Review*.

Puis-je vous dire un secret ?   n° 17201

Un présentateur vedette du journal télévisé qui se suicide sans raison apparente… Une future « First Lady » impliquée dans une relation inavouable… Une jeune journaliste qui ne se console pas de la mort de son mari… Et un tueur insaisissable. Autant de personnages pris dans l'engrenage du secret et du mensonge, sur fond de chasse au scoop et de campagne électorale. Autant d'ambitions contrariées, de trahisons, de rivalités. Autant de raisons de basculer dans la vengeance et le meurtre.

Si près de vous n° 37082

Chaque soir, Elisa Blake, présentatrice vedette de la chaîne Key News, captive des millions de téléspectateurs. Qui deviennent autant de suspects lorsqu'un mystérieux correspondant entreprend de lui adresser message sur message, disséquant ce qu'elle dit à l'antenne et commentant sa tenue vestimentaire. Mais les lettres, de plus en plus menaçantes pour elle et pour sa petite fille de cinq ans, évoquent bientôt les moindres faits et gestes de sa vie. En sorte que le coupable pourrait bien se trouver près d'elle, tout près d'elle… Exposée à tous, Elisa va devoir affronter un ennemi invisible. Le même, peut-être, qui, cinq ans plus tôt, s'est attaqué à une autre journaliste, dont le sort n'a jamais été éclairci.

Vous ne devinerez jamais ! n° 37032

C'est le grand soir. Deux adolescents franchissent les grilles du parc d'attractions. Le responsable de la grande roue leur a promis, à la fermeture, un tour gratuit. Ils s'installent, ferment les yeux. Quand la grande roue redescend, la place de l'un des enfants est vide… Trente ans plus tard, la présentatrice vedette de Key News, qui s'apprêtait à diffuser un reportage sur l'affaire, fait une chute mortelle. Pour Laura Walsh, qui réalise les notices nécrologiques de l'émission, il existe forcément un lien entre les victimes. Elle va tout mettre en œuvre pour le découvrir. Mais qui sait si, dans l'ombre, sa propre « nécro » n'est pas en train de s'écrire…

Dans la salle des ventes de Churchill's, la tension est à son comble : l'un des plus célèbres bijoux de la collection Fabergé, l'« Œuf de lune », que l'on croyait disparu avec la famille impériale russe, est mis aux enchères. Toute la presse va annoncer le chiffre record de cette vente : six millions de dollars. Ce que tout le monde ignore, c'est que cette pièce exceptionnelle pourrait bien être un faux. Seul Peter, le fils de l'antiquaire Pat Devereaux, a d'excellentes raisons de le penser. Et il confie ses doutes à Faye, la journaliste vedette de Key News. Au même moment, un artisan russe du quartier de Little Odessa est sauvagement assassiné. Et la vieille Olga, dont le père a jadis fui la Russie révolutionnaire, manque de périr dans l'incendie de sa maison…

Du même auteur aux éditions de l'Archipel :

QUAND SE LÈVE LE JOUR, 2010

DANSE POUR MOI, 2008

CACHE-TOI SI TU PEUX, 2007

NULLE PART OÙ ALLER, 2006

NUL NE SAURA, 2005

SI PRÈS DE VOUS, 2003

VOUS NE DEVINEREZ JAMAIS !, 2001

VOUS PROMETTEZ DE NE RIEN DIRE ?, 2000

PUIS-JE VOUS DIRE UN SECRET ?, 1999

Composition par *JOUVE* – 45770 Saran

Achevé d'imprimer en septembre 2010 en Espagne par
LITOGRAFIA ROSÉS
Gava (08850)
Dépôt légal 1re publication : octobre 2010
Librairie Générale Française
31, rue de Fleurus – 75278 Paris Cedex 06

31/3398/0